谨将此书献给

支援边疆开发建设者

和

创建和谐社会者

世绪　著

葱郁园林

Cong Yu Yuan Lin

世绪文集之二

线装書局

图书在版编目（CIP）数据

葱郁园林 / 世绪著 . — 北京 : 线装书局 , 2017.11
（世绪文集 ; 2）
ISBN 978-7-5120-3017-6

Ⅰ . ①葱… Ⅱ . ①世… Ⅲ . ①长篇小说–中国–当代 Ⅳ . ① I247.5

中国版本图书馆 CIP 数据核字（2018）第 004886 号

葱郁园林——世绪文集之二

作　　者：世　绪
责任编辑：程俊蓉
插页绘画：蔚　南
装帧设计：王文龙
出版发行：线装書局
　　　　地　址：北京市丰台区方庄日月天地大厦 B 座 17 层（100078）
　　　　电　话：010–58077126（发行部）010–58076938（总编室）
　　　　网　址：www.zgxzsj.com
经　　销：新华书店
印　　制：虎彩印艺股份有限公司
开　　本：787mm × 1092mm　1/32
印　　张：15
字　　数：244 千字
版　　次：2017 年 11 月第一版第 1 次印刷
印　　数：0001—1100 册

线装书局官方微信

定　　价：39.00 元

序一

——为医学家王世绪创作的文学作品出版面世鼓与呼

2009年夏，我突然收到一个包裹。打开一看，原来是世绪同志写的一部小说《葱郁园林》的手稿。于是立即放下身边的事，不顾天气炎热和年迈体弱，抓紧时间，开始阅读。在阅读中，我频频被小说中的故事情节和作者的构思、写作的技巧所感动。阅读后，在主要章节后，分别写了读后感。最后写了四条修改意见。建议修改后送出版社发表，不要束之高阁。

在后来的电话交流中，世绪说他仍缺乏自信，决定先自费装订成册送亲朋战友阅正后听取反馈意见。据世绪说，经过几年的送阅，读者们给予了许多的正面评价与鼓励，也提出了一些修改意见。

我认为，写的东西再好，未经出版社编审把关，以自费装印送亲朋阅，虽然也是一种善举，总归是“私货”，只有经过正规出版社出版才是合法的，才能惠及更多的读者，才能发挥作品的最大社会效益。

可喜的是，现在世绪有了自信，经过适当地再加工修改，他决定送国家出版社正式出版，我表示全力支持。

作者是一名参加革命、从医几十年的离休老同志，在医学领域里有不少成就与贡献。除此之外，他也热爱文学、酷爱写作。他除了撰写医学专著外，曾写了46万字的长篇传记文学《蜗牛的足迹》、20万字的杂文集《语林荟萃》等，出版后在读者中有良好的评价。

《葱郁园林》是继上述作品后世绪又独立创作的一部“童话式”的小说。

作者虽然不是专业作家，但他懂得文学创作来自生活，来自对生活、对客观事物的观察，来自创作想象与文采的发挥。他更懂得一部作品的成功，要紧紧抓住读者的阅读心理和爱好！

曾有读者对我说：作者是一位历经南征北战、从医几十年的老革命、老医生，很难想象他会取此题材，写出这样好的作品，倒让人认为是出自一位文学高手，或农大园林系毕业的专家教授。我冒昧地转述后，作者的回答是：一位好的文学家，也可以是一位医学家、心理学家和生物学家。他说，孙中山、鲁迅、郭沫若都是从过医的。从某种意义上说，只有看透了生命世界，才能看透精神世界。他这种富有哲理的高论，使人更加信服而仰慕！

作者对我说，他写《葱郁园林》这部小说的思路与启迪，来自二十一世纪初国家主席胡锦涛“创建和谐社会”的正义号召。世绪想：和谐的思想基础不就是诚爱吗？人与人之爱、家庭之爱、民族间之爱，乃至举国上下、东西南北中之大爱，不就是构建和谐社会的重要要素吗？

作者还说，爱有三种写法：大爱、小爱和爱的传承。要创建和谐社会，就要积小爱为大爱：小爱要服从大爱，爱要代代传承。大爱的海平面要不断升高。这样才能逐步建成真正的和谐社会。

他自信地说，说和谐，自然使人联想到大自然和植物世界。大自然是最讲和谐的。大自然的和谐和人类社会的和谐是息息相关的。没有大自然的和谐，就没有人类文明的和谐社会。

然而，创建和谐社会不是一句空口号，而是要人去奋力创建的。创建就是奋斗，就要付出血汗甚至生命代价。中华民族几十年，乃至几百年的变革，尤其是二十世纪的组建大规模的建设兵团，全国知青上山下乡、支农，内地支援边疆开发建设等等，都是促进社会和谐的大行动。

作者几十年的革命、从医生涯，经历了许多革命变革，接触过许多人，听说过许多支边、支农出现的英雄们的可歌可泣的故事。本人也曾多次参加支农，开垦荒山荒地、改良盐碱地、水利灌溉工程等劳动，有深细的体会。

毋庸讳言，正是基于上述思想和经历，世绪才构思、创作了《葱郁园林》这部小说。

为了提高小说的趣味性、可读性和艺术性，作品用了不长的篇幅，用童话艺术的写作手法，勾画了一个大自然的植物世界的故事，并借以阐明从植物到人类社会前进的内在动力是竞争。没有竞争，就没有生命，就没有进步。在作品中还应用了一些诸如诗歌等艺术形式，贯穿于故事人物的交往中，以提高作品的思想文化内涵。为创作这本小说，可见作者之用心良苦与构思奇妙！

当今，科幻小说风靡世界，颇受年轻人青睐。作者自谦不会写科幻小说，作品也不是纯童话小说，只是在故事中引进了一些童话素材，就算是“童话式”的小说吧！

作品一开篇就给人一种气势恢宏的场景，勾画了一个亦真、真假、亦虚、亦幻的大自然植物世界的故事。

用拟人的写作手法,选择了最能象征爱与和谐的桃(P)、柳(W)作为主人公,从植物到人的演变过程,又进入人类成为真人发生了颇多的人间故事。把一个普通又普遍、曲折又离奇的爱情故事,以葱郁园林为载体,放在一个大空间、大范围,没有年代、时间界限的大时代、大跨度内,以展示人物,特别是主人公的高尚、宽大思想境界和伟大的献身精神和动因成果。

作品热情歌颂了祖国葱郁园林的大好河山,对立志守卫祖国边疆的英雄们,作了浓墨重彩的描述、赞誉和褒奖。

祖国可爱、山河最亲。作品处处映照、体现何以使她更美好。只有血汗付出,甚至生命奉献才能得以体现。在这儿,明细无误地告诉世人:执着学问、倾心科研、不畏艰辛、百折不挠,方达景行之巅。

正直的人品、纯洁的爱情、和谐的家园、高尚的操行。以桃(P)、柳(W)君为代表的主人公,成为葱郁园林建设伟岸的形象,作品的亮点、魅力、耐嚼,引人入胜,盖在于此。

作者很懂得读者的心理。当小说近乎尾声,主人公为边疆开发建设竭尽一生、迈入垂暮之年,站在自己亲手设计的石桥上,凭栏远眺祖国的大好河山之葱郁园林和近处的片片茵茵幼苗与似有灵性的花草,感慨地说："啊！新一轮的生命又开始了！她是多么鲜活、妩媚和动人呀！"此刻读者可能已经有些疲劳、沉重感吧？作品立即进入"尾声"，豁然出现了一个高天青空、透明万里、一尘不染的灿烂天地。在那里，一切都是原生态貌，没有秽、没有憎，只有旺盛的生命、永恒的情爱和广博的葱郁园林……

少年的柳、桃又邂逅了！他们将天天在一起，用自己的双手再创建一个新型的、和谐的葱郁园林，以其无惧、炽热、果断行动奉献给"园林国"！读者看到这里，立即有一种耳目一新之感。转而以轻松愉快的心态，慢慢地合上书本。

我愿以与作者七十年战友的情谊深交，真诚对读者说：作者凭借他丰富的阅历、不凡的想象力和写作功底，用拟人化童话写作手法，刻画入微，把人物写得栩栩如生。其文笔流畅、通俗易读，风格既稳重又青春靓丽。从文章看，简直看不出是出自一位八旬高龄的老人之作。这也反映了作者的创作心态、对社会主义祖国大好河山的无限热爱和对和谐社会的殷切期盼。

我敢说，这是一本有意义、有价值、有文采的好书，只要你一本在手读上几页，就会非把它读完不可。读后定会有所启迪、有所裨益。对这位半生军旅、一生杏林的白衣睿医表示由衷地崇敬！

最后，愿以古风一首止笔。

祖国山河多壮观，
和谐社会映地天。
生态优化人康泰，
共创葱郁美林园。

上海金秋文学社原社长、教授　杨在春

二〇一六年九月于上海

序二

2016年的初夏，收到作者世绪的女儿转交的《葱郁园林》一书。

翻开书页，即被主人公W君和P君曲折离奇的故事所深深吸引。作者运用超然的想象力和艺术的表现手法，向我们展示了在“葱郁园林”中所发生的一切。

在那里，有宇宙形成之初辽阔无垠、变幻莫测、气象万千、摄人心魂的瑰丽景色；有地球混沌之时天崩地裂、山呼海啸、蓝天白云、始惊后宁的视觉享受；有原始森林中毒蛇猛禽、飞虫走兽弱肉强食的生命角逐；有园林中各种植物生根发芽、开花结果、生生不息的成长轨迹。而我们可爱的主人公在这大自然中相识、相知、相恋、相爱，一边好学上进、孜孜不倦地徜徉在知识的海洋中，一边勤奋进取，踊跃投入到适应大自然、改造大自然的运动中去。

主人公的桃柳情缘始于葱郁园林，那里有成千上万种的植物需要他们去栽培、去改造，他们和大家一起流血流汗、增加才干。他们的桃柳情缘也在不知不觉中经历了无数的波折、峰回路转、欲逢又离、令人扼腕。然而，生性善良的W君和P君凭着乐观的性格、淳朴的人性，最终战胜人格的弱点，分享平安幸福的晚年生活，又让我们为他们感到无比庆幸。

作者以八十多岁的高龄，写出这部童话小说，且人物描写细腻、生动、形象、传神，对W君P君在不同年龄段的心理刻画更是丝丝入扣、颇具特色：年轻时，他们对一切新鲜事物充满了好奇心和求知欲；中年时，虽几经坎坷，命运屡遭重大挫折，但对工作和事业的责任心历久弥坚，且终获突出成就；进入晚年，历经人生沧桑、遍游生命苦海，W君已肢残体弱，与P君错过了绝佳姻缘，但双方膝下子女孝顺，友情依然充沛、饱满，面对苍天，问心无愧，人生价值得到极大体现。他们所经历的一切，正是当年建设大西北的知识分子的真实写照。因为有了他们的无私奉献，大西北才变得更加壮丽富饶、硕果累累。

开卷有益。翻开《葱郁园林》，作者将带你走进一个亦真亦幻、亦近亦远、童话和现实交织的奇幻世界。在那里，既有风花雪月、春华秋实、阳光雨露、朝霞满天，也有冰霜雾霾、暴风骤雨、怪石嶙峋、悬崖深渊。既有正直善良的人们，也有阴险狡诈的伪君子。他们时常欺小凌弱、欺上瞒下，甚至向他人的成果伸出贪婪之手。然而，在正气凛然的 W 君面前，他们终究不可一击，留下的只有心灵的忏悔和羞耻。这，就是《葱郁园林》所带给你的人生启迪！

宁波市第二医院党委书记 胡慈姚

2016 年 7 月

目录

小引子

大自然创造了自身，也创造了生命。

宇宙、地球、世界，最具生命活力的是大自然和人。

人，源于大自然，创益大自然，回归大自然。

人与大自然，人与人之间充满了竞争活力、情和爱、秽和憎。

竞争，是天然的；情，是深长的；爱，是执着的。

大自然和时光冲却了秽与憎，只留下旺盛的活力、永恒的情、爱和广博的葱郁园林。

葱郁园林

书曰：

天地源于盘古，
生命始于胞株。
动植互为属性，
情爱寓于风雨。
乾坤风花雪月，
园林葱葱郁郁。
君若欲解其意，
且观拙笔陋书。

1

却说，在原古原古的虚旷时代，宇宙是一片漫无边际、无声无息、无光、无热，更无生命的寂寥太空，一切都是空虚虚、死气沉沉的。

忽然，在一个不知时的时刻，那灰茫茫的太空里竟出现了一个无法比拟的、巨大盘形怪物。那怪物形如飞滚的妖龙，在漫无边际的空间无方向、无规律地飞滚着。如是不知过了多少时间，那巨大怪物顷刻崩裂、粉碎成亿万颗碎片，并从中喷发出一股烟云和一个巨大火球，那烟云顷刻不知去向。那火球则腾空而起，光焰四射，把个灰蒙蒙的宇宙照得通红、明亮、五彩缤纷。那无数颗碎片则如群龙失首，到处乱飞、乱撞、乱碰、乱沉。它们在运动、碰撞、摩擦中，有的几颗融合成一颗，有的由多形状变成了圆形、椭圆形、半椭圆形、楔形、不规则形，有的变成了粉末被巨大的引力所吸收。

后来，那巨大火球便成了今天的太阳。那股烟云便缭绕于太空，成了主宰一切生灵的“原古灵气”。而那些碎片，便成了宇宙中各种星系。

于是，从此有了天。

在那些碎片中，其中一颗比小的大得多、比大的小得多的，由于在翻滚、碰撞、摩擦中形成了椭圆形的，又被“原古灵气”所点化，便形成了能产生生命的地球。

于是，从此有了地。

这便是盘古开天地的由来。

正如古书上说的：

> 天地玄黄，宇宙洪荒，日月盈昃，辰宿列张……

综上之说，是谬？是误？是邪？是正？权且不予考究。

今天，因限于科学的发达，那宇宙间的诸多碎片所形成的各种星系的详细情况尚知之甚少。但其中一颗，就是人类生活在上面的地球，在亿万年进化过程中已演化出了万顷的锦绣江山。在漫长的更替岁月间又演绎出了万千的风花雪月和人间悲欢。

2

原古的地球，并非今日所比，而是像一团蜷曲的灰蟒，在宇宙空间飞滚着。它时隐时现，风驰电掣，火山崩喷，冷热无常，飞沙走石，洪水泛流，更无生命。后来，由于太阳系及其他星系力学关系等条件相对恒定和规律化，在各种天体运动条件的影响下，那灰蟒般的地球也逐渐变得温顺起来。于是，火山成了壑罅、山峦，洪水成了江河、湖泊、碧海，阳光温暖，灵气缭绕，气温、湿度逐渐变得有益于各种化学反应。地质中的一些元素间发生了分解、化合，以至于吸收、代谢和摄取氧气，更替自身。从此，便逐渐有了原始生命细胞株。生命便由此起源。

又经过了多少万年的不断进化，便产生了植物和动物。

由于动、植物在进化过程中所处的环境、条件、时间不同，故而又分化出了各种不同的类别，有的成为藻类、浮萍，有的成为矮藤，有的成为巨树，有的为蹦跳爬虫，有的为飞禽走兽，有的水生，有的穴居，有的地遁，有的栖树……其中有一种动物在进化过程中具有某些长处、优势和特有的条件，又被“原古灵气”所点化，便成了动物学家所称谓的“灵长目”类。猴子和人便是灵长目类。又经过多少万年的进化，一部分“原猴”也因具有某些优越条件，便逐渐进化成原古人类。所谓猴子变人便由来于此。

故若问猴子是怎样变来的？

由上所述便知，归根结底猴子是由单细胞株的植物变来。

就是说，先有植物，后有动物。所以，许多植物既具有植物的属性，也具有动物的属性。例如它们映阳而生辉，汲水而嫩芽，和风而生情……总之，在植物“七情六欲”皆而有之，无不通达人性。

地球是个怪物，也是个奇物。地球之上，不仅有各种植物、动物、云水碧海、高山巅岭，更有风花雪月，葱郁园林。稀奇百怪，无不尽有。

那最怪者莫过于人物。那人物中，有正人君子，有跳梁小丑，有诚实憨厚，有虚伪奸诈，有刚正不阿，有滑面鼠胆，有乐善好施，有狂暴野蛮，有抢掠成性，有舍命为人，有漠然淡淡，有情痴如泥……

那次怪者，在地球上的各种植物，也是千奇百怪，万紫千红，而且也带有一些人的属性。君若欲知，且观下述之。

就在地球的东方，有一个园林国，那园林国里，有许多巨大园林基地。例如：东、西、南、北园林基地；东南、西南、东北、西北及中部等等园林基地。在每一个园林基地里，种植着众多的名胜植物，而那些植物中的每一种植物，都各具有自己的风格和人的属性。

下面就所谙悉者，摘其数种略作细描述之。

无名浮萍

它们虽为简单单细胞植物，却也是喜阳欲水，以摄氧而光合自身，又以自身去营养各种水生生物，用自己的牺牲去换取水生生物的生存换代，其风格可谓之高。然而，它又是短命无根，寿程极短，活像一个短命儿。

枣

即枣树，学名 jujube tree，代号“J”。

系一种落叶灌木或乔木。它还是幼年，除了长有绿色秀叶，在嫩枝上还对生有针刺，以防侵害者袭击。未到成年，即可开花结果。它那黄绿色的小花虽不甚鲜艳夺目，但孕出的果实却比其花要大许多倍，一旦成熟，那暗红、光亮的枣果十分漂亮、甜口。

它对人类的贡献极大，在食品、点心、药味乃至客桌上常有它们的身影。它还可以荣助新婚夫妻早(枣)生贵子呢！为了给人类做贡献，即使粉身碎骨被研磨成泥也在所不惜。

它的枝干虽不甚秀美，但木质坚硬致密，用它制成的用具十分坚固耐用，它还是丐帮的好武器呢！

桃

即春桃，学名 Peach，代号“P”。

为一种落叶乔木。它生得不高不矮。枝不粗而坚韧，叶不阔而秀雅，根不深而着实。还是早春，便吐露出含苞的花蕾。别的花果树是先叶而后花，而它却是先花开而后叶茂。当春暖花开之时，它那粉里透红的花瓣中散发出诱人的芳香，惹得许多早春的蜂蝶纷纷飞来飞去，在花丛中上下翩舞，那人间的顽男浪子也观赏蹒跚不舍。那些热衷于花卉摄影、绘画师们则常围绕之，以不同的角度给它描绘出最鲜艳、最美丽的画面。而它对此一切，则不卑不亢，面含微笑，以礼待之。它那光滑、灰白透绿的枝干更是外柔内刚，筋骨自强，挺拔自立，绝不像那喇叭花一样见枝而绕，伏墙爬地。它的果实更是风韵满盈，蜜汁滴滴，食之沁人肺腑，透人心骨，催人神爽、力活。由于它的核壳细密坚硬而韧，故而民间常将其壳雕刻成“美女神”作为避邪或吉祥之物。

柳

即绿柳，学名Willow，代号“W”。属落叶乔木或灌木。它具有特强的生命力。它见土而生长，逢春而笑开，迎风而飘舞。即使到了苍老年华，只要春风一吹，仍可老根抽芽、青春再现。它和那春桃一样，还是寒气早春，就绽苞吐绿。稍有春风，便绿丝婆娑，拂扬着周围的花草树木或碧水河畔，仿佛要寻找伴侣一样。一旦春暖花开，它便花絮纷飞，情意绵绵，真所谓“枝软如柳，情绵如絮”。一到夏日，它又是一种情趣，只见它排列在碧蓝的湖畔，蜿蜒的河旁，以它那众多的茸毛细丝根须，尽情地吸滋着地下的水分。它那万千的柔软绿丝汇聚成荡漾起伏的绿波，柔情似水。一有微风吹拂，便发出“嘘嘘”之声，好似在吟唱千首情歌，又好似在向园林的红花绿叶献殷，为鸟歌伴奏。它是园林的衬景，是河畔的时装。

椰

即椰树，学名Coconut palm，代号“C”，为一常绿叶乔木，树干直立、高大，不分枝，叶子丛生于顶部，叶大如羽扇，不为微风所动。一遇大风便大幅摇摆其大羽叶，好像要将四周的鸟儿、虫儿一扫而光似的。它的果实——椰子，大如小西瓜，壳厚，分内、中、外三层，外皮为黄褐色，中层为纤维层，内层为角质层，硬壳，果肉白色，多汁。肉、汁均可食用。也许因为它长得与众不同，故而傲立，旁若无人。只有大风吹时才摇晃它的大羽叶，自恃得很。它的果实也是高高在上，架于高高的树杈间，自觉价高不凡。椰农要摘取其果，却要攀树高端，十分花力气。也许是它的这些高、长之处，所以一般植物果实无法比拟，它也便骄傲自大，目无其他。

除了上面细述几种外，在园林中尚有众多的植物都具有自己的特性和带有一些人的属性。例如那高耸苍松，百年银杏，它们顶风雨，傲霜雪，抗旱御风，坚不可摧，好像那铁军武士。而那翠绿劲竹则是超天穿云，锐叶似剑。一到春雨之季，便是汲水劲长，破土穿石，冲天拉节，日长三尺，好生蓬勃！

在园林中也有另类，它们又是一种别样风格，例如在棘丛中的那渺小酸枣树，它们荆棘乱生，木不成材，专为园中羁绊，林中碍物。它们的果实虽小，却酸烈倒牙，为人所厌恶。更有那臭椿樗树，它虽貌似香椿，实却毒臭，更为人所痛绝。

在园林中，不仅有高、矮的乔木，还有繁多的灌木丛丛。它们也在万紫千红中争华斗妍，欲与人间的繁街闹市比上下。更有那繁锦万千的小花小草，在地皮铺上一层厚厚的锦绣绒毯。那些小花小草多数是人们不知其名数，它们才不在乎什么名数呢！都按自己的生长条件、规律争当自然界的一分子，并各有各的性格、特色。

就说那尽人所知所喜爱的兰草兰花吧，它们虽不像牡丹花那样大红大紫，炫傲耀眼，也没有桂花那般香浓味厚，而是以它那固有的淡雅、悠悠清香，呈现在人们的眼前，给人以美悦良感。它那碧绿、细长的秀叶远望去好似焗了绿色头油的短发女郎垂蓬秀美，所以多数人都喜欢它，常常在客厅或书房放一两盆观赏享用。到了春天，它常年丛生的绿叶更加翠绿、茸厚。它那淡绿色的小花散发着浓浓幽香，在房间漫溢着，给人以怡神、醒目、温馨之感。古人有云："竹有节而啬花，梅有花而啬叶，松有叶而啬香。而兰则花叶兼而有之。”可见人对兰之喜爱备至。

总之，在植物园林中，高、矮、疏、密，红、黄、蓝、绿，五彩缤纷，芬芳酸臭，香花毒草，无不尽有，真所谓：花有百妍，树有千姿，味有酸甜苦辣臭。

3

何谓故事？

故事就是用以讲述真实的或虚构的事情。

故事又可分为童话故事、民间故事、科幻故事，等等。

可你听说过植物间的故事吗？植物间的故事又属真实故事还是虚构或童话故事？

在园林中，那万千的植物，形状、大小、高矮不同，有花无花、有果无果之分，风格丑、美、善、恶、香、臭有别，又是什么原因造成的？是植物自身？是天？是地？是阳光还是雨露？是空气、风雨？

以上等等一切问号，很难作答，也不是本文讲述的主题，但是，从一些植物间的或许是“虚构”或“科幻”的故事中，也许可以得到一些解释，且容后叙。

就在园林国不同的园林基地内，其植物也各有其特点，例如：在南园林基地，以亚热带植物为多；在北园林基地以耐寒、耐旱植物为多；在西园林基地以耐旱、乱生灌木植物为多，而在东园林基地则以常青植物为多……

北园林基地：

这是一片广袤的丘陵原野。时下正是春光明媚的大好时节。它那黑黑的土地上覆满了茵茵绿草，散发着春的芳香。大片的灌木，行行的杨树、松柏，排排的翠柳，迎着春风呼呼涌涌，好生气派！

万千茸厚的花草，簇簇挤挤，竞相斗妍。

一条大河的分支直伸入北园林基地的中部，那大河唤作母亲河，终年累月地灌溉着那里的万千花草、树木、土壤。

可是，在过去这里却是一片荒芜，风雨无常，冷热无度，乱水横溢，虫、妖混杂的不毛之地，只是后来在风雨的冲刷中，在雷鸣电闪的震击中，在阳光雨露滋养下，那原始的植物间相生相克地抗争中，优生劣亡，生物自身的自强不息，才逐渐变成了如今的模样。

这北园林基地，位于母亲河北段分支河的中部河畔。时下正在热烈召开“园林植物优良品种选拔大会”。来自东、南、西、北园林基地的植物代表们正云集于此。大会场地就设在母亲河北分支河畔一块广大的园地上，会场外围是行行护林绿柳和威武的杨、松、柏树。场地中部集聚着各种名胜植物的代表们。在最中间是一片片花团锦簇的小花、小草、小苗。此刻它们正在挤挤攘攘，比彩竞妍。大会主席台上稳立着几十棵松、柏、槐、樟、银杏、劲竹等资深植物，看样子它们就是大会主席团了。

整个巨大会场呈现着一派繁茂、肃穆的气象。

一棵资深的槐，稳重地抖动了一下身子说话了："现在我宣布，园林植物优良品种选拔大会开幕！"它的话音一落，整个会场、园林立时发出一阵林啸、松涛般的呼啸欢呼声。

接着，一棵资深老柏抖擞了一下身子，精神矍铄地致开幕词。它用浑厚的声调说："我们这次大会的目的是通过大会代表们的自荐和推荐，选拔出最优良品种，以进一步优生优种，提高植物自身，把园林建设得更加美好，为园林国做出更大贡献……我预祝大会取得圆满成功！"它的讲话受到了与会者的热烈鼓掌。

大会发言开始了。

第一位发言的是来自北园林基地一棵中资槐代表，它说："我们槐对人类贡献很大，是植物中颇具资深的优良品种。我们耐热、耐寒、耐旱。特别是到了热天，我们不仅不枯蔫，反而叶茂枝繁，精神抖擞，迎阳而屹立，为人们遮阳纳凉。我们的木材可用作建筑，我们的花果可入食入药……我们还可以为人主婚以成情侣之美事呢！……”它的发言赢得了热烈的掌声。

第二位发言的也是来自北园林基地，是一棵中资柏，它说：“我们柏树具有耐冷、耐热、耐旱等优点。风来，我们欢呼；雨来，我们精神；遇霜雪，我们更挺拔。我们这种特质是几千几万年慢慢形成的……我们的木，我们的花，我们的针叶，甚至是血液、油脂，都给人类做贡献。我们保护弱小植物不被风吹折损。我们还是常青永存的象征，也是美化环境的宠物……所以，我们当属优良品种……”它的话刚结束，跟着是一片热烈的掌声。

第三位发言的是来自南园林基地的一棵樟树的代表。它说：“我们樟一出生就散发着香气，我们防虫、抗旱，护林美化，净化环境，都做出了很大的贡献。我们的木质良好，具有香气，做成的器具防虫、防蛀，保护衣衫不受害虫蛀损，十分受人们欢迎、喜爱。我们还可以被雕刻成巨大佛像，成为神、佛的化身。所以我们理所当然地成为人们公认的优良品种……”它的发言受到的掌声更热烈。

第四位发言的是来自南园林基地的一棵银杏代表。它说：“我们银杏属于高级植物品种，因为我们是雌雄异体，这是千万年来衍生进化而成的。我们还有个美名叫‘公孙树’，顾名思义，我们为人类子孙常年服务，千年不枯老，永生常绿。我们的果实小、圆、光滑，白洁，可食可药，延年益寿，连叶子也可入药……”它的话也博得了热烈的掌声。

第五位发言的是来自东园林基地竹的代表，它说：“我们竹是人类无处不用的多功能、多用途的植物。吃，我们的笋；药，我们有淡竹沥；用，我们被用于建筑、器皿、制衣、制纸、制各种工艺品……可以说，人类无处不有我们竹的踪迹……”它的话赢得了经久的掌声。

紧张的上半天，大会发言结束。下午继续发言。

正当大会发言热烈中，天空突然下起毛毛雨，这给大会更增添了精神，会场更加欣欣向荣。

就在这时，母亲河分支河近处的中央有几对鸳鸯鸟正在潋滟的水面上随波逐流，向河畔荡游，它们可能要寻找一处遮雨之地。

不经意间，河上游漂下一株小嫩柳。那小嫩柳荡荡停停，停停荡荡，一会儿便漂到大会场附近河畔的一节石阶旁被搁挡住了。只见它沐浴着细雨悠闲地停下来，侧耳听着大会场的热闹。它正在猜测着，是何原因使上面那么热闹？这时又从上游漂下一株小嫩桃。那小嫩桃被雨淋得有些颤巍巍的也漂挡在石阶旁。它的嫩枝正绊到小嫩柳上。小嫩柳见之微笑着说：“你也是来避雨的？”小桃未回话，它也被会场上的热闹声吸引了。小柳又对小桃说：“上面那么热闹，要不，咱们去看看？”小桃点点头表示愿意同往。

小柳、小桃立时成了朋友，携手爬上河畔的台阶走近会场。

刚到大会门前，一棵杨树挡住了它们的去路，并说：“这里正在开大会，闲人莫入！”小柳说：“我们想进去看看为啥那么热闹？”

“不行！不准进！”杨树说。

正当这时，一老槐走过来问何事。得知后说：“就让它们进去吧，或许对它们有好处，反正它们也是植物。”

小柳、小桃向老槐致谢后携手进入会场，见到会场的气氛和气派场面，小柳、小桃非常惊喜，它们还从未见到如此的场面呢！

这时大会正发言热烈中。

小柳、小桃开始不知它们在论述些什么，为何那么热烈而认真？小桃对小柳说：“它们在说些什么？”小柳说：“听听就知道了。”

小柳、小桃竖起耳朵听了好一会儿才明白，原来是为选优而开会。知道是选优大会，小柳、小桃更认真听了，因为它俩也想成为优良品种。

大会正在发言的是一位杉的代表，它说完了，接着是杨的代表、榆的代表、榕的代表……

这会小柳、小桃终于听得很明白了，它们都在介绍自己的优点，对人类的贡献。

大会发言一直持续到第三天下午，来自南园林基地的椰树代表发言了。只见它挺着高高的个儿，肩上扛着几只椰果，用傲气的神情扫视了会场一圈开口了。它说：“我们椰树个高果大，是世界上最优良的品种。请问，你们谁能比得上？我们的果实不仅个大，而且结构精致，从壳到肉、汁、液都是鲜美爽口的佳品，谁能比得上？我们……”它说了一大堆后最后说：“我们才是理所当然，当之无愧的优良品种！”它的话后有掌声，有唏嘘声，有喧嚣声，会场一阵骚动。

接着，一束来自西园林基地的荆棘抖着身子横横拉拉地冲上台便说：“我们棘树虽个小，木不成材，但可以羁绊着外人来偷你们树材、果实。要是没有我们荆棘防护，你们什么名胜植物、果实，一个早上就被砍伐偷光了。我们的果实虽小，但效用精大，比如，健胃、调味、养神……嘿！光甜不算美，加上点酸才更美味提精神……”它的话还没说完，嗓门从高到哑，还在大吹胡说，下面的小花、小草们可耐不住了。它们呼啦啦地起来一大片，用高而清脆的声音嚷着：“你们都说自己好，自己了不起，自己是优良品种，你们可有幼、少年时？请问，在几万万年以前你们就是现今的样子？还不也是一个细胞一棵小草！没有阳光雨露，没有进化，你们能有今天？请别忘记，少小才是最美好的！没有少小幼苗，哪来的资深？没有香草花簇哪来的美景？年轻一代才是最优良的！……”

正当会场十分热闹，甚至有些混乱时，一棵老槐站在主席台上说话了。它先咳嗽了两声清了一下嗓门后大声说：“请大家安静些！请安静些！”

经它几次重复“安静下来”的话之后，它说：“按原定计划，大会发言到此为止。现在请主席团委托老柏讲话。”

一位颇具资深的老柏开口了，它说：“五天来大家发言很热烈，发表了许多好议论。自报、自荐十分踊跃，所有的议论都很好。的确，大自然创造了我们植物，使我们能有今天。每一种植物都有其优点，各种优点的竞争、整合才不断进步。我们今天的选优也是为了进一步深造、优化我们的品种，为大自然、为人类做出更大的贡献。至于谁中选，大会主席团将委托评委会做出最后评定，评定结果中选者名单会公布于众。现在我代表主席团评委会对选优标准公开公布，未中选的和要争当优良品种者，可标之，以努力争取。

我们将一如既往每年召开一次这样的选拔大会进行优选评定，大家都有机会。”它说：“选优的标准是过‘八关’，能过者当选，未能过者落选，继续努力争取。”它继续说：“这八关是：风、雷、雨、雪、寒、热、旱、涝。就是说，你要当选为优良品种，必须经受这八关常年的锻炼、考验，常立于不枯、不竭、生命旺盛之中。只有这样，才是当之无愧的优良品种，才能当选，并有继续深造的机会……”

老柏的讲话刚结束，响起一阵热烈的掌声。

最后主持会的老槐又说：“生长在大自然中有艰难险阻，也有胜利的桂冠。但大自然赋予我们的桂冠只垂青于正直、刻苦、勤奋、不畏艰难险阻的勇士……”

大会结束，细雨也停止了，植物代表们纷纷退场。小柳、小桃又回到了小河边。见那几对鸳鸯又荡漾着进入河中央水面上戏水弄俏。

小柳对小桃说：“我们一起到河下游逛逛，你看好吗？”小桃同意。它们双双在河边缘漂荡着，一会儿停住，一会儿漂动，一会儿转转，一会儿弯弯，十分悠闲，但它们却没有多少对话。此时它们的脑海里还在想着大会的情景，回忆着老柏说的过“八关”。小桃忽然冒出一句：“你说，过八关到底怎么个过法？”小柳听后说：“我也在想这件事呢。”

好像过了很久，小柳、小桃在河面上被漂到一片竹林边。它们见竹林高耸云霄，青葱繁茂，好为壮观！小桃对小柳说：“你看，它们竹，为何长得那么高大，那么茂盛，那么精神。”

小桃问小柳的话刚落音，一棵老竹乐呵呵地挺着身子说：“哦，怎么？小桃姑娘，你想知道我们为何长得这么好吗？”小桃小柳齐点点头，仰头看着老竹。老竹自豪地说：“我们能到今天的模样，是长期艰苦衍生、过了多少的难关才达到的。”小柳插话说：“怎么个衍生？怎么个过难关？”

“噢！简单地说，就是过八关。”老竹说。

听说过八关，小柳、小桃更兴致了。它俩不约而同地说：“那，怎么个过八关呢？你能对我们说得详细点么？”

“当然可以。”老竹豪爽地说。它清了一下嗓门告诉它们过八关就是：

迎狂风而不折腰；
冒暴雨而不低头；
耐热浪而不萎蔫；
顶寒流而不僵脆；
抗干旱而不枯竭；

适水涝而不腐烂；

遇雷电而不焦灼；

傲霜雪而更挺拔。

听了老竹的一番论述，小柳、小桃对“过八关”似乎明白了一些，但从何起始呢？

就在这时，天空忽然黑云密布，遥远处听到“嘘嘘”的响声，由远而近，不一会儿便雷鸣电闪，狂风大作，接着是滂沱大雨。小柳、小桃赶忙躲进竹林密处避雨，这时老竹却扇动着巨大身躯说：“不要怕，这就是过八关的开始！”

小柳、小桃听后，立即又从竹林密处返回，挺身立于狂风暴雨间，任凭暴风雨冲刷、吹打。

暴雨下过一阵子，又转中雨，又转小雨。风时大时小，雨一直下着不歇，接连下了三天三夜。河水涨满了，山洪骤发，竹林下部淹了一大截子，幸而小柳、小桃在高坡处，不然就被全淹了。但它俩见竹林仍高昂地屹立在水中毫不畏惧，所以也一直立在小山坡上任雨浇灌，任凭根部被洪水冲击，一点也没动。到第四天，雨停止了，洪水也断了。接着，竹林内彩霞四射，太阳出来了！

小柳对小桃说：“天好了！太阳出来了！我们到

山坡高处去玩玩吧！”于是它们高高兴兴地爬上山坡高处，伸伸腰，抖抖叶，直感到全身轻松、愉快、有力。

小柳、小桃决定就地安营扎寨，根深为家，以竹为师，以邻为友，更好地锻炼自身。

乾坤反复，日月如梭，不觉又是来春。小柳、小桃经历了寒冬的风霜严雪的考验，并积蓄了体能，感到更强韧了。

随着天气渐暖，小柳、小桃自觉着身躯又长大了一些。高兴间，小柳发现自己的细枝上长出了串串苞蕾。不几天就长成了万千的马鞭子，迎着春风摇摇洒洒，它高兴极了。又没几天，小桃也发现自己灰白色的嫩枝也绽出了簇簇桃红花苞。又没几天，那花苞竟长成满树的桃花！小桃高兴地直对着阳光灿笑，惹得蜂蝶纷纷往来。

小柳、小桃为了庆祝经受锻炼后的成果，舒展愉快的心情，它们在原地跳呀、舞呀，迎风歌唱呀，十分快乐地度过这美好的春天。连儿童在山坡下玩放的风筝也在天空中为它们祝贺、欢呼、歌唱。

鸟飞兔走，春去夏至秋来，不觉已是秋旱、风多季节。阳光炙热，热浪滚滚，地下可汲的水分越来越少，小柳、小桃又迎来了新的考验。

干旱终于到来了，天空大气是炙热的，地皮是烘烤的，并裂开了大缝。小柳、小桃的根部土壤一点水分也吸不上来了。小桃喘着粗气对小柳说：“我渴极了！”小柳说：“哪来的水啊！坚持一下吧！”可是天空一点云气也没有，不仅无雨征兆，热风还不时吹来，整个地球空间成了一个大烤箱，连不怕寒热、旱涝的竹林也发出了干沙沙的呼叫声。

好像又过了好多天，小桃从昏沉沉中醒转来，用微弱的声音对小柳说：“我真的受不了啦！我要死了！”

小柳听了小桃微弱的呻吟声，十分心疼，但仍无计可施，想帮助小桃却一点办法没有。眼看着小桃又要昏过去，小柳心急如焚地说：“小桃，可要坚持住呀，干旱是八关最重要的一关，我们一定要挺住。”说着，它忽然有了救小桃的主意。只见它抖抖精神，从自己的身上摘下一些柳叶，用力搓了几下，将挤出的水分滴在小桃的身上和根部……

过了一会儿，小桃感到舒服多了。它对小柳说：“小柳哥，谢谢你了，谢谢你了！”

小柳没有回话，它已讲不出话了。

小桃担心地使尽全身力气支撑着身子靠近小柳，见它光秃秃的柳枝暴晒在烈日下，心疼地说：“柳儿哥，你觉得怎么样？你可要挺住啊！”小桃一面说着，一面舒展自己的枝叶，想为小柳遮一下烈阳。小柳急忙说：“小桃妹，我没关系。不要动！根浅土少，千万别动！”

正当这时，忽吹来一阵风，竹林里发出一阵“沙沙”响声。过了片刻，小柳感到稍有舒服，对小桃说：“可能还会来大风，我们到山坡下部的竹林密处去避一会儿吧！”小桃表示同意。

小柳、小桃将本不深牢的根须从热土中拔出来，稍抖擞了一下根部的热土，刚要动身，忽又来一阵巨大的旋风，那旋风像一个雷霆万钧的巨大吸盘，立即将山坡上的碎石、沙土、杂草、断枝残叶，连同小柳、小桃吸至空中，在空中打了一个旋涡，滚向山坡下的方向，顷刻间不知去向……

又是初秋。

一日，天气晴好，风吹树摇，鸟雀啾啾，园林欢笑。

为何?

啊！原来是园林又张出了绿色大榜！

那榜上说：

“经园林植物大会评委会评考选定，本年度被选为优良品种者，现公布如下：

柏、松、樟、槐、银杏、杨、榕、桃、桔、梅、李、桑、柳、藤、竹、椰、樗、梧、棘……”

榜上又说：“凡被选中者，均将被大自然之雨露灵气点化，而被演化成真人，并被送往人间作进一步培养、深造使之成为大自然育林高手，为创益、美化我葱郁园林奉献毕生，为人类做出更大贡献。”

自此，在园林基地中，又增添了新的成员。又历经那春花、夏绿、秋红、冬雪之锦绣年华。

于是，又引出了更多的人间故事来。

桃柳情

4

东园林基地

这是一个美丽、富庶的鱼米之乡，位于园林国母亲河下游东分支河畔。时下正是：

天高云淡秋风过，
青山绿水稻金波，
满园红绿累累果，
碧波扬帆渔船多。
更有那，
竹林片片黄花地，
行行翠柳护清河，
金波散秋香，
莺歌燕舞唱丰歌。

母亲河东分支河的清澈流水源远流长。河畔的绿柳迎着秋风飘飘洒洒，发出悠悠的“嘘嘘”声，密雨般地顺着风向飘舞着。河面上，偶尔有几艘机动船飞驶而过，把宽阔、平静的河面泛起一片白花，继之，随着船尾掀起一片波澜，又呈扇形推向岸边，冲击着岸边的堤墙和墙缘缝隙里伸出的柳根须，顺水势飘逸着。有几片绿色柳叶落入水中，随着水流，几经弯转、旋涡汇入中流，直至进入无际的大海。

这美好的秋色，使人心旷神怡。

此时，就在河畔柳林之下的花格石板路上，有几位青年男女正在漫游，忽而发出串串笑声，与鸟儿的歌声融汇在一起，透过柳林飘荡在河面的上空。

沿着游人漫游的方向望去，是排列整齐的绿柳。

就在远处的柳林之下，隐约可见一小片翠绿。远看去，像是一株翠柳，走近看，方知是一位身穿柳绿花格运动衫的年轻人的背影。只见那年轻人正在弓着身子埋头在石板凳上写着什么。他写完了本子的最后一页之后，合住本子，站起身来，伸伸懒腰，摇动着双臂，然后从地上捡起一块石头，用力向河中央抛去，那石头击中水面之处，立即击起一小片水花。一会儿，他又双脚蹦跳几下，跳完之后，又挺着身子向河中央眺望着，神情中显现出一种轻松、悠闲自得的模样。

过了一会儿，他又回到搁放笔记本的石板凳前，翻弄着那笔记本，好像那里面有什么功课要温习一样。

那笔记本是花格硬皮面，三十二开装，看上去厚厚的，足足有三百多页，但是，现在已全部写完了。

那笔记本里究竟写了些什么？那年轻男子又是何许人也？他为何那样悠闲自得的样子？

原来，那年轻男子是这东园林基地的一名年轻的育林园丁。

那年轻人姓柳，比他年长的，多呼他“小柳儿”，比他幼小的多呼他“柳君”。看上去，他约二十出头的年华，中等个头，浓眉大眼，两颊部尚有几分稚气，全身散发着青春的活力和张弓待发的气势。

多年来，特别是夏、秋之际，每在劳作之余，他常到这河畔的柳林之下游玩，并总是带着那个笔记本和书坐在石板凳上写写记记。就这样，数年如一日，从那笔记本的第一页一直写到今天写完最后一页。

那笔记本内究竟写了些什么？

可以说，什么都有——天文、地理、文章、札记、诗歌、生活琐事……但最多的还是书目名称和各种物理、化学、数学、定理、公式，也有植物学方面的重要内容，等等。那些书目是他多年来所读、学过的书名记录。

每当他在那笔记本上写记前后，他常常对着笔记本扉页上的赠言发一会儿愣。扉页上的赠言如下：

柳儿哥：

祝你枝叶繁茂节节高！

——桃桃，12月8日

那“赠言”及那笔记本和本内写记的内容，对那年轻人——小柳儿，柳君很重要吗？

要回答这几个问题，得从十二年前说起。

十二年前，在小柳儿的家乡一带，天空中，乱云飞渡，地面上，土沙飞扬，狂风大作，时而倾盆大雨，雷鸣电闪，漫天云雾，难得见阳光，人们终日过着慌乱无定、饥寒交迫的生活。

为了生计，年幼的小柳儿只好流浪于山野、村外，以打柴、拾荒为生，以糠菜为食，然仍不能维持最低的生活。

为了活命，少小丧父的小柳儿被妈妈送至几十里路以外的一个林地，当上了一名小育林园丁，后又几经辗转到了较大的南园林基地，并相对固定下来。

那小柳儿入园林基地后，虽年小力薄，却十分勤劳、刻苦。因他不胜重活，被安排专管提水浇灌幼树苗。他终日不吭声地只管提着水桶浇呀、提呀、浇呀，将一大片幼树苗浇灌得嫩芽直冒，蓬蓬勃勃。别的小园丁常有偷懒、休息，他从不偷懒。如此一直浇灌了十二个春秋。

如今，被他浇灌的幼树苗有的已长成大树，正迎风招展。

九年前，还是在南园林基地。有一天，小柳儿正提着水桶向一片树苗走去，忽见一人也提着罐子正躬身低头在一片幼桃园中浇水。小柳儿有些疑惑，是谁在给桃幼苗浇水？稍走近看，是一个小孩。心想，一定是和自己一样的。于是喊问道："那浇桃的小孩，你从哪里来的？以前怎么没看到你？"

"喂！那小孩，你叫什么名字？"

小柳儿连喊了几次，那小孩仍埋头浇水。小柳儿见那小孩无应答，也便略站了一会儿又去浇自己的水。

过了三天，小柳儿又见那小孩在桃幼苗园里浇水。小柳儿先大声咳嗽两声，又发问："那浇水的小弟弟，你叫什么名字？是哪里人氏？你是专管浇这桃幼苗的？"

"……"那浇桃者仍无回话，连头也不抬。

几次喊话，那浇桃者均无反应。小柳儿心想，也许那小孩是个聋哑儿，也便不再问，只站一会儿又去浇自己的水。

一晃过去半个多月，每隔三四天，总见到那浇桃小孩在桃幼苗园中浇水。小柳儿也不再向他发问，只是每路过那桃幼苗园林时加以环顾即走。

眼看着那片桃幼苗被小孩浇灌得长的水灵灵的，日日长高，小柳儿着实为那浇桃小孩高兴，小孩也干得更起劲了。

如此过了一个多月的一个下午，天空有些阴闷，小柳儿照例去浇水。为了防止下雨，小柳儿特意把防雨蓑衣带上，提着小水桶又去了幼苗林。

小柳儿如往常一样在幼树苗上浇水，见远方的天空有大片乌云，心想可能要下雨了，便停下手。这时他想起那浇桃的小孩也在浇水，看样子暴风雨要来了，他应该躲避一下。

小柳儿正向那小孩所在地走着，忽然狂风骤起，接着是豆大的雨点夹杂在风中劈头盖脸地袭来。他赶忙披着蓑衣向小孩所在地赶去。雨越下越大，小柳儿的脚步也越走越快。刚走到那片幼桃林，忽听到风雨中传来哭喊声："哎哟，我的胳膊痛死了！"小柳儿迎着哭喊声急赶过去，走近一看，正是那浇桃小孩，他正趴在雨水地上大声哭喊。柳儿急忙跑向前去抱拉他起来。那小孩直哭喊着："哎哟，我的胳膊好痛啊！"

这时小柳儿才发现小孩的左胳膊肘、腕部正在流血和泥水。小柳儿急忙从自己的布腰带上撕下一块布条将他的伤包扎好，将他抱在自己的蓑衣怀里为他挡风雨。然后，抱着他跑到附近一间放置农具的草棚里避雨。

小柳儿将小孩放下说："看，多危险！一定是跑着躲雨磕到了吧？不过还好，伤得不重，很快会好的。"那小孩仍哭泣着没回话，只用感激的目光看了小柳儿几眼。

这时小柳儿忽然想起，他原来不是聋哑儿，嗓门还很清脆呢！于是说："我还以为你是个小聋哑儿呢！你叫什么名字？"

"桃桃。"

"什么？桃桃？这名字好。小桃桃，天天提水浇桃苗。嘿嘿！你和桃可真有缘呢！"

小柳儿又问小孩："今年多大了？"

"十二岁。"

"噢，十二岁，你得叫我哥了！来，咱们交个朋友吧！"说着，小柳儿握着小孩未受伤的那只手热烈地摇动了几下。这时他发现，那小孩的手又小又细腻，便说："哎呀，看你瘦小的样子，这么孱弱，却一个人在这里干活。你的家在哪里？父母何在？"

"我的家……"桃桃没具体回答，只举眼看了一下北向远方。小柳儿又问：“在哪里？”小孩仍未回答。

见那小孩没回话，小柳儿也不便再问。便怜悯地说：“看，全身都湿透了。来，把我的衣服披上，我把你的湿衣服拧一下水。”

“不，不要！不需要！”小孩拒绝。

“要生病的。来，快脱下来！”小柳儿似大哥般关切地坚持要去脱小孩的衣服。可那小孩就是不让脱，柳儿硬要去解小孩的衣扣，小孩急了，只好说：“我是女孩。”

“什么，你是女孩？”小柳儿十分惊愕地说。

小女孩羞涩的脸蛋儿立刻绯红起来。

知道小孩原来是个女孩，小柳儿也不坚持给她换衣服了，只将她衣襟上的水稍稍挤了几下，然后用自己的衣襟帮她擦去脸额上的泥水。这时小柳儿才发现，那小女孩虽然有些瘦小，却有一张很漂亮的脸蛋儿。那小脸蛋儿艳如桃花，一双水汪汪的大眼睛羞涩地闪动着光亮。

知道小孩是女孩子，小柳儿更加爱惜地说：“你既然是女孩，那我就呼你桃妹吧！”他又自我介绍说：“我姓柳，你就叫我小柳儿吧！要是愿意，也可叫我小柳儿哥，好吗？”

桃桃姑娘听后稍闪出一丝笑容点点头。

雨止了，西南方向露出了阳光，不一会儿，在西方的天际上架起了一道彩虹。

小柳儿对桃桃说：“今天这一阵雨不小，至少三五天不要浇水了。你明天要干什么活呢？”

“不知道。多半是去修剪大的桃树枝。”桃桃回答。

“在哪里？”

“离这里约一里路。”

“那我们只好下次浇水时再见了。以后风啊、雨啊的，可要多加小心些。”

“谢谢柳儿哥，再见！”

彩霞映照着那豆蔻年华的桃桃和柳儿的身影，小柳儿一直看着桃桃离开。

自此后，每当小柳儿路过那片幼桃林园，总是要看一下小桃桃姑娘是否在。如是在，二人便亲近地交谈几句，然后各自干各自的活，有时小柳儿也帮桃桃干点重活。

光阴如箭，不觉已是次年春，小柳儿管的柳树已发出了新芽。不几天，万千的柳丝变成了黄绿色的马鞭状，随着春风欢快地飘扬着。小桃桃管的桃树的嫩枝上也吐出了红、绿相间的花蕾，正含苞欲放。

眼看着自己的辛勤劳动就要出成果，二人都十分高兴。

小柳儿看着小桃桃浇育的那片桃林，再看看桃桃姑娘的脸，高兴地从近旁的桃树上选折下有两朵大而鲜艳的桃花，微笑着插在桃桃姑娘的头上并说："看，你也成了一株小春桃了，多好看啊！"桃桃姑娘羞涩地摸着头上的桃花，娇扭地说："哎哟，哥啊！"

小柳儿又对桃桃说："看，你育种的桃林长得多好！一定会结出又大又甜的大肥桃。"桃桃听后说："还没嫁接呢，即使结了果也不太甜。只有嫁接过的桃果才又大又甜呢！"

听桃桃如上说，小柳儿又问："你会嫁接吗？"

"现在还不会。"

"……"小柳儿无话。

转眼已是夏天，黄翠柳变成了绿柳，桃花枝变成了绿叶枝，二人仍终日忙碌着浇水、修枝，希望那柳、桃长得更好一些。

一日，阳光炙热，小柳儿想，今天桃桃姑娘一定来浇水，这么大的太阳，她的小脸蛋儿会晒坏的。于是他从柳树上折下一些软细枝叶茂的柳丝扎成两只柳枝圈儿，一只大的戴在自己头上，另一只小的拿在手里径直往桃桃姑娘那里走去。

小柳儿兴冲冲地还没走到桃桃姑娘的身边，就听到她的哭声，哭得很伤心。急忙快步走到桃桃的身边问：

“为啥这么伤心？”桃桃只管哭。小柳儿又问：“怎么，谁欺负你啦？”桃桃摇摇头，仍是伤心地哭。

“到底怎么啦？”小柳儿有些急了。

“你看看桃树嘛！”桃桃哭着说。

小柳儿将视线转向桃树林一看，天哪！那大片的桃林的枝叶全成了黑麻麻的一片，全遭虫灾了！本来绿莹莹的挂着小桃果的桃枝叶都变成了黑麻麻的刷子。

几年的辛劳全白费了，桃桃姑娘能不伤心么？

小柳儿对着那大片受灾的桃林愣了好久，然后说：“桃树受了虫灾，有啥办法！哭也没用。你知道怎么治虫灾吗？”

小桃桃又摇摇头。

太阳在头顶上直晒，桃桃直哭得全身是汗。这时小柳儿才想起手中的柳枝圈儿，忙说：“看，太阳这么大，天这么热，快别哭了，天灾啊！没有办法。”说着，将手中的柳枝圈儿戴在桃桃的头上，然后又折了一支未受虫灾的，长有桃果的桃枝插在桃桃头上的柳枝圈上，双手扶着桃桃的双肩，有意逗笑地说：“这不是活脱脱、水灵灵的一株很是可爱的鲜桃嘛！”

桃桃被柳儿逗得立时含着眼泪笑了。

柳儿说：“天这么热，咱们暂且到那草棚里乘一会儿阴凉再说。”于是二人走进草棚乘凉。

二人在草棚内歇了一会，又各自去忙活。

桃树遭了灾，别无办法，只能将所有的受灾桃枝全部剪除，待来年再发新芽了。只要不断水，桃根不死，总会再生的。

一晃又是次年冬，柳树又变成了干枝刷，修剪除虫后又发出的桃枝，也变成了直愣愣的粗杆断枝，给人一种凄凉感。

忽一日，园林的头头找小柳儿说："因为需要，你要到东园林基地去干活。"小柳儿听后有些惊疑，便问："何日走？"

"隔日后即动身。"

虽然小柳儿不想离开，他更舍不得小桃桃，但是园林的决定也只好去，好在小柳儿已适应了东奔西走的生活。

当小柳儿即将离开这已经干了四五年的南园林基地，他最舍不得的是桃桃姑娘。二人相处已两年了，就要分别，心里还真不是滋味。

次日下午，小柳儿去找桃桃，想和她说说告别话儿。

寒风嗖嗖，小柳儿根据桃桃以前告诉 的住处去找。他还是第一次去桃桃的住处。

几经询问，找到桃桃的住处。其实，二人相距并不远。

二人心情都有些沉重，交谈了一会儿。桃桃流着眼泪说："柳儿哥，咱们以后还能见面吗？"

"这说不定"柳儿说。但他又说："不过，机会是有的……"

未等柳儿话说完，桃桃急问：

"什么机会？"

"创造条件。"柳儿又说。

"什么条件？怎样创造？"

"考学。"

"考学？"桃桃仍有些不解。

"是啊，考园林大学。你想想，园林国就只有一所园林大学，要是我们都考取了园林大学，不就可以见面了嘛！"

桃桃听了柳儿以上一番话，兴奋地说："是啊，这可真是个好办法、好机会。"

"是啊，不仅咱们可以在一起了，那些诸如除灾灭虫啊，果树嫁接啊，等等技术都可以学会，成为一名高级园林师。你说多好！"柳儿说。

"是的，是的！"桃桃连连点头。

桃桃又说："可这要用多少时间啊？"

"少则五年，多则八年，只要努力就一定会实现。"

"是的！是的！"桃桃很有自信地说。

就这样，二人下定了决心，一定考上园林大学。

二人交谈了好半会儿，柳儿拿出事先准备好的一支水笔和一条有桃花印花的扎发彩带说：“我也没什么好东西，这支钢笔送给你作个留念吧，让它帮助你学习功课，争取早日考上园林大学。还有这……”

“这是什么？”桃桃看着柳儿手里的桃花彩带问。

“这是一条扎发彩带。你看，上面的桃花多漂亮！把它扎在头上肯定很好看。来，我帮你扎起来。”

桃桃欣然高兴地坐在凳上，让柳儿将彩带扎在头发上。

柳儿先认真仔细地将桃桃本乱蓬蓬的头发扎成萝卜缨子状，高高地翘在后脑勺上，并将彩带打了一个花结，然后让桃桃站起来端详了一会儿说：“哟！这可真像一株常年开放的鲜桃花呢！多好看！”

桃桃美滋滋，高高兴兴，娇嗲地说：“啊唷！哥哟！”

片刻后，桃桃忽然从坐凳上走至自己的睡床前，从书包里拿出一个笔记本，先在扉页上写上赠言，然后说：“柳儿哥，这个笔记本送给你。也让它帮助你早日考取园林大学。”

柳儿接过那很漂亮的笔记本，知道那是桃桃未舍得用的心爱之物，本不想要，但见她已写了赠言，便说：

“谢谢了。”

从此，那笔记本成了柳儿终日学习相伴之物。

这就是前面说的那年轻人笔记本的来历。

漫长的七年过去了，小柳儿，柳君，没有辜负与桃桃的盟约。七年的勤奋努力，柳儿终于实现了读园林大学梦。

在即将告别这东园林基地之前，小柳儿最后一次来这柳林河畔游荡一回。所以他显得特别悠闲、轻松、自得。

但是，在悠闲自得之余，当他再次看着笔记本扉页上的赠言，不禁又想起了桃桃姑娘。

可是，开始还知道一点桃桃的情况，后来就音信皆无了。如今她有无考取大学呢？

柳儿收起写完的笔记本，他将再接上一本新笔记本，开始写新的一页。

兄妹情

5

园林大学

这是一个新异、广阔的天地。她位于园林国中部一片无垠的葱郁大园林之中。远望去，蓝天白云下有一条林荫大道，顺着大道向纵深，忽见一密林掩映下的绿色漆光大门，门的左侧挂一白亮的竖牌，上书“园林大学”。

进大门不远，见有用各种花卉拼集成的七个醒目大字——“热烈欢迎新同学”。

绕过七个大字向前，路两旁是排列整齐的各种树木花卉盆景，颇似一个植物花卉大展场！

再往大道纵深，是一条宽大的上坡大道。大道的中轴及两旁也摆放了万千的花卉盆景，一直延伸至上坡正面居高临下的教学大楼。大楼的西侧是林立的办公楼，特殊教室，实验室。再向远方是林荫掩映的教职员工宿舍和学生宿舍。教学大楼的东面是宣传画廊、活动室等。再向远方是体育场，各种实验田等。

这一切，都显示着园林大学的景貌、气派。

柳君，小柳儿，这个来自东园林基地的年轻园丁，就像他的姓氏——柳对春天的感受一样，极其敏锐地感受着这里的一切。

自入大学门以后，他显得更加朝气蓬勃。他对周围的一切都感到新鲜，他到处东张西望，贪婪地嚼食着一切，他庆幸自己得以来到这里深造。他为自己的聪明才智而自豪，他为自己多年来的抱负如愿以偿而自足、得意。他终日哼着调儿走啊、跳啊、唱啊，只觉得全身是劲，轻松、愉快。他真有点飘飘然。

今天，是这里大喜庆的日子。依照惯例，每年九月将有一批新的学生入校都要盛会迎庆一番，并向新同学讲述一些有关学校的情况、教学计划、校规、校纪等等。

此时，校园内到处呈现着一派开学的新气象。

“热烈欢迎新同学！”“为园林国培养出更多的高级园林师！”等标语到处张贴着，张灯结彩。宣传窗内张贴着学校的历史、特色、教师队伍的高手、业绩等等，整个学校内外整齐清洁、喧闹、花团锦簇、喜气洋洋。

开学典礼大会刚结束，学生们互相热烈地交谈着，到处看着新鲜，准备着学习生活的开始。

正式开课前的一个早上，新同学们相约去校园内外跑步锻炼身体，也看看校园内外的新鲜。

校园内的林荫大道宽阔而整洁，路旁的法国梧桐像训练有素的仪仗队接受着路人的检阅。四周的楼房夹杂在高矮的乔木植物林间，呈现着蓬蓬勃勃的气势。

柳君在同学中一边劲步跑着，一边喘着大气，一边又侧眼观赏着周围的一切。

当同学们跑出校大门，在一段宽阔的校外马路上跑了十来分钟，跑至一座木栏桥上，大家不约而同地停下来。此时柳君直感到头脑清新，全身血气蒸腾、爽快。他将上领扣解开，双臂舒展着，举目朝东方望去，大口大口地呼吸着清新的空气。

就在这时，忽听梅姓女同学用清脆的赞叹声说："喂！你们看，初升的太阳，多好看！"听她言，众人齐朝东方望去，只见远方茂密的树丛中散射出万道霞光，一轮红日被多彩的树丛冉冉托出，表面升腾着燃烧的火焰。观赏的人们在霞光的映照下似乎穿上了多彩的服装，从面颊到全身都散发着彩霞的光辉，在那"红树"丛的衬托下组成了一幅红红火火的画面。

可不是！他们这些年轻的男女们虽来自不同的园

林地，各有不同的经历，但都是经过勤奋、自强才得以来到这里。他们人人都怀揣着一颗学好本领、为园林国献身的决心。他们对生活执着地追求，对人生价值的卓见，对未来的自信和勇气都将从这里开始。他们生命之光最火红的时段也将从这里开始。向自然科学斗争触角的火焰，生命的火焰，爱情的火焰，都将从这里迸发、燃烧！

正式上课开始了！

同学们从同一个起始点开始了向科学知识进军的征程。

小柳儿，这个知识欲极强的柳君，没有忘记入学前园林基地的头们对他的殷切期望，他早已下定决心，一定要把书读好，学出好成绩、好水平。他如饿鸡般地啄食着一切，恨不得把一切知识一下子吞下肚里去。

为了迎接入学后第一次考试，他暗自下决心，一定要考出一个好成绩，给老师和同学们一个刮目相看的印象，他勤奋攻读，少休息，不游玩，不外出，天天把自己埋在书本字行里，甚至连课间休息也不让脑子轻松一下。临考试前一个晚上，他只睡了两个多小时，开了大半夜的“夜车”。次日起来吃过早饭，带着昏沉的头脑匆匆进了考场。

考试题发下后，他匆忙作答。

也不知道何时开始，何时结束，反正他把所有的题目都做完了，然后拖着疲惫的身子离开了考场。

考试第二天，在课堂上，柳君尚未清醒的头脑却被老师宣布他那“名落孙山”的考试成绩惊醒了，震呆了。他只觉得两耳嗡嗡作响，老师后面说了些什么他一句也没听进。

他懊丧，他羞愧，他自责，他不知到底是怎么一回事。

他本以为自己还是有点小聪明的，可是为什么第一次考试就在多数人之下，连错在哪里也弄不明白。他活泼的性格一下子变成了“病呆鸡”。

考试不及格的经历在进校之前他有过，但像这一次这样的打击他还是第一次。他那颇有几分优越感和好胜的心理一下子如从高空跌到十八丈深渊。

他难过得十多天饭吃不香，觉睡不好，时常一个人站着发呆。

经过一段的自我检讨，柳君认为自己所以第一次考试失败，其原因主要有二：一是学习态度不够端正，虚荣心作怪。本想使人“刮目相看”，却被“刮了鼻子”；二是没有劳逸结合，“开夜车”，反把脑子开糊涂了。由于脑子不清醒，物理、数学题目计算方法对头，但中间计算错了，答案当然全错了。

自这次考试失败，柳君的上进心受到了很大的打击，经过很长一段时间的调整才逐渐好起来。

在主动争取同学的分析、帮助下，端正了学习态度，改进了学习方法，他再也不“开夜车”了，并注意劳逸结合，把自己融入集体之中。学余时间也与同学们一起外出玩玩，参加一些业余活动，反而觉得精神轻松，在后来的几次小考试中再也没挂过“红灯笼”。

就这样，生活紧张而有规律地过着。

一晃已是数月过去，但是，柳君的脑子里却始终有一件事常常浮出，就是桃桃的下落。

自入学后柳君虽多次在学生中间打听，也在新见到的女生中找过多次，但均未见到桃桃的踪影。他断定桃桃肯定未进大学门。可是，如今她在哪里？

一个周日下午，柳君午休后如往常一样照例去课堂温习功课。他背着书包兴冲冲向课堂三楼走去。那课堂的楼房是老式建筑，十分厚实、坚固，楼梯虽不太宽大，却十分稳固，以至于人在上面走动几乎听不到脚步的振动声音。他只顾低着头边思考着什么，边匆匆地向楼上奔去，还没上完一层楼，却发现前面也有一个人正向楼上走。由于那人在前，他在后，看不清那人的脸，只看到是一位女生，那女生后脑勺上翘着一股子萝卜缨子黑发，发型的根部扎着一个花结。

柳君仔细看，那扎花结彩带上的花竟是红桃花！柳君不由得心一怔：“桃花彩带！难道……”

柳君本想奔至女生近旁看看她是何人，但又觉得太造次了不好，于是只跟随那女生身后轻慢地向楼梯上走。只待那女生姗姗地凳上三楼，又上了四楼，柳君也不好再继续跟随那女生上楼，走至三楼后即进入自己的课堂。

柳君走进课堂展开书本很快复习完了功课，本想再看点新课内容，可不知怎的，在楼梯上遇到的那个女生的“萝卜头”上的桃花结总在眼前晃动，使他静不下心来。他索性放下功课，两眼凝望着窗外的葱郁树丛，让脑子放空着出神。

柳君凝望着窗外的林荫校园，回忆着入校以来的桩桩件件，又忆起了入校前的点点滴滴。那风雨日晒下的辛勤劳作；那劳作之余的勤奋攻读……最后终于实现了大学梦。他又想起了在南园林基地初次见到那个蓬头垢面的“小聋哑儿”以及她后来又变成一个很好看的小姑娘，也想起了二人为入园林大学所订立的盟约。

可自入学以来，在所有学生中却未见到桃桃。今天，楼梯上见到的那“萝卜头”，那桃花结，多么像当年为桃桃扎上桃花结时的样子！难道？……柳君想到这里又摇摇头，独自语道：“不可能！不可能！桃桃是个蓬头垢面、孱弱、瘦小的小姑娘，而楼梯上这女生是一位身段健美的成年人。虽然没看清她的脸，但肯定不是桃桃。

不过，柳君屈指算了一下桃桃的年龄，如今也有二十出头了。可她为何没按约定进入这大学？那她如今在哪里？在哪里？

又过了一会儿，柳君收回凝望在窗外的视线，深深地叹了一口气，背起书包离开了课堂。

自此后，每当柳君走进那课堂的楼梯时，总要先看看前面楼梯上是否有那“萝卜头”，是否有那个扎桃花彩带的主人。

但是，柳君却再也没见到那扎桃花结主人的出现。

教学如同一列行驶的列车，有序、有节地向前推进。同学们无不争先恐后，争取最优的成绩。

为了提高学生的身体素质，校方对学生食堂的伙食要求尽量搞好一些。有时在周六晚餐还改善一次，给大家吃一次“杂炒饭”。所谓杂炒饭，就是米饭中再加上点猪肉、鸡蛋、豌豆、青菜、蒜苗等混炒，再加些调味剂，炒好后盛装入几只大木桶内，学生们用自己的碗盛着吃。每当吃这种杂炒饭时，整个大餐厅弥漫着浓浓的香气，几百人的餐厅里碗勺碰撞、叮当，气氛十分活跃。虽然学生们就餐时都是站立围在餐桌周围，也不能大声喧哗，但从那闷杂的低杂声中，就餐人员的好心情、好胃口，可见一斑。每个人吃起来一碗接一碗，总刹不住车。

每当改善伙食，餐厅的人最多，连学生队的专职管理人员也都进餐厅与学生共餐。

每当吃“杂炒饭”时，柳君知道到的人最齐，他总要满餐厅里寻找有无扎桃花彩带的女生，总要对一些女生的后脑勺看一下，可是他始终没再看到那扎桃花彩带的女生。估计那位女生可能在另外的餐厅就餐，也或许那女生不扎桃花彩带了，已经认不出了。

由于学生伙食的改善和读功课越来越顺畅，柳君不仅心情好，体重也由入校时的105斤升至112斤，各门功课考试成绩一次比一次提高，他还总结了一套学好功课的小门道，如学物理、化学、数学课，一定要熟背有关公式、定律;学国语要与词汇、语言相结合;学生物、植物学要与自然、生态、进化论相结合；学文学、写作要与历史、现实生活、业余阅读相结合等等，所以他学得从容，作业认真，成绩日上，常受到老师的表扬。

他信心倍增地将学业推向深入，他唯一的心事是没有找到当年的桃桃。他曾多次设想、想象着桃桃如今所长成的模样，或许也和楼梯上遇到的那女生一样那么青春健美？他也曾有多种猜测，或许……或许……

6

寒气匆匆，不觉已是天寒地冻，北国风光。

寒冬的周日，大街上的行人显然比春、夏、秋天少多了，街道两旁光秃秃的梧桐树枝梢迎着寒风发出催人的呼啸声，散落的行人跨着大步，口鼻里喷发着团团气雾，那气雾一刹那间便化作白烟随风消失。

柳君与几个同学上街只是为了买点日用必需品，也不像以前那样对街道周围事物那么贪婪地观赏了。他买好一条围巾和牙刷、牙膏后便大步流星地向回走。

当日吃过中饭，柳君把刚买来的那条围巾向同宿舍的人展示开说：“你们看，我才买来的围巾好吗？”

那是一条蓝底上嵌有红花格的男士羊毛围巾，花了四元二角钱，差不多用了他一个月的生活费。不过他还是很舍得、很满意的，这也是他有生以来买的最花钱的一件爱物。在寒冬，有了它，到外面去，那敞露的脖颈乃至全身好受多了，还可增加几分青春的气质、活力。

同室的绰号叫“大个子武士”的杨姓同学看着柳君的围巾说：“这围巾是不错，围上可增加帅气，又青春。”同室平常不爱说话的绰号叫“活字典”的竹姓同学也插嘴说：“哟，是的，是不错。这样小梅就更抓住不放了。”

“去你的！”柳君对竹姓同学啐道。

正在这时，住在隔壁女生宿舍的梅姑娘突然走进门喊道：“喂！小柳子，我们去滑冰去！”

“不会，”柳君不以为然地说，一面仍双手摆弄着那条围巾。

“嗬！新买的围巾？蛮好看的。”

“对！快围上这围巾，我们去滑冰场。有了这围巾，在滑冰场暖和多了。你看，我手套、帽子都戴好了，还加了一条毛裤，你有厚手套吗？最好戴上大口罩……”

对于梅姑娘的快言快语，柳君早已领教过了，所以，尽管她说了一连串的话，柳君只是淡淡地应付几句，从不认真。这在别人看来，梅姑娘对柳君是有点意思的，而柳君却显得有点欠热情、礼貌。大个子杨君对小柳君说：“小柳子，梅姑娘邀请，就快去吧。”

“不会”，柳君又淡淡地说，仍双手抚弄着那条围巾，连头也不抬，好像无人催他一样。

此时大个子倒急着性子说："喂！不会？学嘛！走，我们一起去。不会我教你们。"说着，他不容柳君是否愿意，拖着他就向外走。梅姑娘也顺势跟在后面一起出了宿舍大院，直奔滑冰场，买好第一场票。

除了大个子，柳君和梅姑娘都是第一次到滑冰场。

别看梅姑娘那么积极，好像还了解一点滑冰场的规矩。其实，她连滑冰鞋也不会穿。

大个子手把手地帮助二人穿好滑冰鞋，又向他们讲述了一些滑冰方法及注意事项，三个人高高兴兴地进了滑冰场。

根据大个子的指教，进场后他们只能在冰场的外围扶着护栏杆试着滑动，但不能撒手站立，稍一动就要滑倒。大个子把大部分时间用来指导二人学滑。

经过约一个小时拖、拉、扶、拽的艰难帮教，柳君和梅姑娘有了一点长进。他们总算可以扶着栏杆扶手小心地滑动几步了，但仍不能脱离扶手栏杆。大个子一面鼓励他们放开扶手大胆地试着滑动，一面不时地讲述着要领。二人终于可以脱离扶栏独立滑动几下了，但每每要摔倒。

在冰场内，那梅姑娘时而尖叫着摔倒，时而清脆的笑声一大串，时而又喊大个子快帮她站起来，可真把大个子累得够呛。

梅姑娘和柳君的第一场，也是第一次的摔跤式的滑冰终于结束了，柳君只觉得全身发热，两腿酸胀痛。在回去的路上，虽气温在零下的严寒，可他一点也不觉得冷，连脖子上的围巾也成了摆设，只感到两小腿硬邦邦的，踝部酸胀痛，全身热血沸涌。那梅姑娘则不时地叫着、笑着，嘴巴没个停：“滑冰真好！多有意思！啊哟，我的两条腿痛死了！我的屁股摔得好痛噢！我的两只脚好酸噢……”

虽然滑冰劳累，但自这次以后柳君还真喜欢上滑冰了。再加上梅姑娘每每嚷着相邀，所以柳君的学余生活里又增加了一项新内容，就是常与梅姑娘和其他同学一起去滑冰，虽然他们仍不会滑，但对滑冰却很有兴趣。

对初学者来说，滑冰场内摔跤不足为怪，不过，像梅姑娘那样，也太会摔跤了！而且每次摔倒都要叫着要柳君拉她起来，有时拉不好两人还要一起摔倒或滑出一段距离，或摔堆在一起。幸而大家都穿着厚厚的衣服，戴着手套、帽子，加之摔倒后常常因惯性会滑出一段距离，起到了缓冲作用，所以是不会摔伤的。

在冰场上，对于初学者来说，男女之间滑倒，或者互相拖拉一下，帮着爬起来，可视为自然的常事，彼此无所介意。对于为人处世大方、性格豪爽的梅姑娘来说更是如此。她总是叽叽喳喳笑着、喊着。但对于她那太会摔跤的蹩脚的滑冰技巧，柳君嘴里不说，内心却着实有些困惑。他感到每次进场滑冰，老是去拉她、拖她，有时二人还要摔堆在一起，一来影响了自己的滑冰，二来觉得确实也有些太那个了，尤其是其他同学在场时，柳君感到有点无可奈何。所以，后来除非梅姑娘主动约他，他是不主动邀她去滑冰场的。有不少次，柳君是独自一个人去滑冰场的，因为他已经可以独自一个人在慢滑道上滑行了。

又是一个周日，柳君仍是独自一个人去滑冰场。他自到学校以来很少单独一个人外出，只有学会了滑冰后而且不愿再与梅姑娘一起或约不到其他同学时才一个人去滑冰。这个周日，同宿舍内的同学都出去玩了，柳君又一个人去了滑冰场。

由于他自认为自己的滑冰技巧已可以了，所以这次他作了一次滑冰的升级，即除了在外围滑点小花样，例如转个弯子、前进、倒退等，他大胆地进入速滑道，做快速滑行。不过，他穿的不是快速滑行的冰刀，而是滑花样的滑冰鞋，所以，即使在快速滑行道上也滑不太快，何况他的滑冰技巧毕竟还不高明。他大着胆子进入快速滑道，小心地滑行了一圈之后，自觉得满意，出道休息了一会儿又冲入速滑道，而且加大了速度。

柳君正用双腿用力向后蹬着滑的得意，只快速滑行了三圈不到，不料突然有几个高大男士飞速而过，他稍有慌张，正想靠边缘滑行，以让开道，突然后面又冲过几个人，正欲躲闪，不料双脚一打滑摔了个仰面朝天，并随势拖出很长一段距离。就在他慌忙准备爬起之时，后面又一人飞速滑来，他几乎躲闪不及，幸好那人顺手拉了他一把。对方好像是帮他一把，又似为自己开路。

当柳君爬起来向拉他的滑行者望去，那人早已滑向远方。他甚至连那人是男是女也没看清楚，只看到那滑行者背部飘扬着两条桃花彩带尾巴。柳君忽然脑子一振，那桃花彩带好似见到过！他怔了片刻，好像是幻影，又好像是错觉。不过，一刹那，那滑行者的身影即消失在滑道的人流中。

不知怎的，他总想弄清那桃花彩带的主人。他索性站到滑道的外围张望着，企图认出那滑行者来。

可是，他找认了好半会儿，飞速的滑行人流过了几圈，他终究未能认出拉他一把的那滑行者来。

第一场结束的铃声响了，所有人都得出场。柳君想，或许下一场还可看到那滑行者。因为据他所知，不少人滑完一场感到不过瘾，出场后再买第二场的票进场继续滑，所以他急忙出场后又买了第二场的票再次进入冰场。

这是一个半人工的两用滑冰场，就是说，在夏天，滑行者借着水磨石地平，踏着滑轮滑行，到了冬天就在水磨石地平上泼上一层水，借着冰凛的气温将水面冻结成一层薄薄的冰面，滑行者穿着“冰刀鞋”在上面滑行。

冰场是在一个有小足球场大的大厅内，外围是木质护围栏杆和几只木质长条凳，供滑行者临时休息用。冰场的中间是滑花样的圆场，外围一圈是快速滑道，一些角落的地方是供初学者用的。柳君第二场入场后只是一个人在初学者的角落里不经心地原地滑着，并不时向快速滑道上的人流中张望，希望能认出那位拉他一把的，在背后甩动着桃花彩带的滑行者。

可是，第二场结束的铃声又响了，他仍旧未能认出那滑行者来。

出场后，柳君竭力向退场的滑冰人流中再度搜寻了一会儿，仍无所获。

柳君感到一阵疲劳，带着几分失落，遗憾离开了滑冰场。

现在梅姑娘和大个子已很少再来约柳君去滑冰场了，但是，他独自一个人仍常去滑冰场玩滑冰。此时，就柳君的心里而言，与其说他是个滑冰迷，倒不如说那滑冰场里有一股莫明其妙的吸引力。那吸引力就是那位弓背滑行者，那背上飘动着桃花彩带的滑行者。

但是，尽管柳君独自一个人在冰场精力集中地多次找认，可始终没再见到那滑行者出现。

随着天暖解冻，滑冰场日渐冷落了，柳君也不再去滑冰场了。

日子过得真快，不觉已是次年春初，学生大院东侧那块绿化地带的地皮上的积雪早已融化，隐约可见有稀疏的绿茸草，在中午或晚饭后常有人去那里散步、逗留，留意着各种植物生长的动向。

柳君与许多人一样，也喜欢去那块尚未吐绿的绿化地去走走，浏览着那里的细微变化，好像唯恐错过那早春的初青一样。

可是，这里的春天似乎来得特别迟，那绿化地带却迟迟不露春。

柳君喜欢白雪皑皑的冬天，但更喜欢春天。春天给人一种不同于其他季节的感觉。春天给人带来憧憬、向往。

7

春天终于到了。阳光煦暖，大地复苏。大院子东面的绿化地带更加绿草茸茸。各种植物竞相吐青、吐绿。南墙根的那棵柳树，褐色的枝梢逐渐变成绿色，并绽出了绿苞。东墙根的那棵桃树，灰白色的桃枝变成了淡绿色。不久，在绿色的桃枝内悄悄地暴出了朵朵桃花蕾苞。

又过了一些时日，那柳树的绿丝，则欢跃地变成了千万条马鞭子，随风摇洒着，为春天的到来助兴，为树丛内百鸟的歌唱挥枝节拍。

又没几天，那桃树的苞蕾一下子变成了桃花满树，迎着阳光欢笑，惹得蜂蝶们飞来飞去，惹得四周的人总要走近观赏，流连忘返。

啊！春天真的来了！

春天多么美好！

柳君差不多每天中饭后都到绿化地带去观赏那棵

桃花树的变化，观赏那满树的桃花，欣闻那桃花的特有清香，笑看着那蜂蝶儿飞飞落落，上上下下嬉舞采蜜，倾听着它们在说些什么。

一个周日的中饭后，柳君正欲再去观赏那棵桃花和附近的景物，他正向桃树方向走去，只听得在桃树附近有女人的笑声，他朝笑声方向望去，只见有两位身穿校服的女生正在桃树前指指点点地说笑。她们中一位略偏矮胖，蓄短发，另一位略显修高，笔直的腰身，后脑勺翘着一股萝卜头黑发，那黑发根部扎着一条似有桃花的彩带，正随着头的扭动而飘动着。

柳君不禁心一怔：这不就是那扎桃花彩带的主人？

他有些肯定地自言道："是的，是她！她原来在这里！"

本要去观赏桃花的柳君此刻反而在柳树旁望而却步了，他不由得停下脚步在柳树近旁趁人不注意略细观察着那桃花彩带的主人。

那是一位身段秀美略显修高的姑娘，年约二十春上下，穿一套校服十分切身，显现出青春女性特有的气质。那轻盈的举止、动作，呈现出颇有教养的风采，洁白而透着桃红光泽的脸庞与那初开的桃花相辉映。

柳君看着看着倒有点心慌起来，不过这仅是一短暂时间，无人察觉。

柳君没敢向前，他只远望着那姑娘萝卜头上扎的桃花彩带出神。“那彩带花结多么像在楼梯上初次见到的，以及在滑冰场见到的一样啊！难道这就是那姗姗上楼梯者？那弓背的滑冰者？”

柳君又想起了桃桃姑娘头上的桃花彩带，与这位姑娘的彩带多么像！……可是，除了那彩带，眼前这位靓丽的姑娘却一点不像桃桃。“也许是桃桃长大了，女大十八变呀！”

柳君想着，回忆着，对比着，总觉得不远处的这位曾见过几次的桃花彩带的主人与桃桃姑娘联系不起来。但又放不开她，真想走上前去看个究竟，问个明白。他刚欲迈步，又犹豫了，心想，要是弄错了被人笑话可不好。何况旁边还有另外一位女生，还有别的人。接着，他又自笑自己太痴想了，根本不可能，桃桃一定因种种原因未如愿入校。光凭一条桃花彩带怎么能定人呢！何况当年送给桃桃的彩带已过去七八年了，也许桃桃早已用旧了，丢弃了。

柳君正一个人远观暗忖着，忽见那位矮胖一点的女生从桃树上折下一小支桃花插在那扎桃花彩带姑娘的萝卜头上，然后二人齐笑声一串串，离开了桃花树，走向大院西边的女生宿舍。

柳君断定那两位女生就住在那西边的宿舍里。

虽然柳君断定那扎桃花彩带的女生不是桃桃，但是自此后，他每每饭后路过那绿化带，总要向那棵桃树望一下，希望能再见到那扎桃花彩带的主人。可是，一天一天过去了，柳君再也没见到那扎着桃花彩带的观桃者。

按说，住在一个大院子内，在同一个餐厅就餐，总会再遇到那两位女生的，或单独见到那扎桃花彩带的主人的。也许因就餐人多，错时进餐关系，或许她们根本就未住在大院内，不在本餐厅就餐。更，更或许，根本就是因自己思念桃桃姑娘所产生的一种幻影。

“幻影？”幻影会在不同时间、不同地点连续出现三次三个相同的人？为什么有三次就没有第四次了？柳君真希望，即使幻影也能再出现一次。

紧张的学习生活与憧憬、期盼、向往同在，与生活的变迁同在，与大自然共存。

柳君的学业一直保持在较好水平线上，他越来越感到生活的充实、扎实。唯独内心世界里那个幻影常常浮现在眼前，他总希望有朝一日那幻影成为真实出现在他的眼前。

然而，桃花变绿叶，柳絮飞漫天，柳树变成浓密的青葱茂林乃至枯叶飘零，柳君还是没能再见到那幻影现身。

天气逐渐热起来，午休时间也长了，同学们开始执行午睡制度，因此，中饭后去绿化地带逛的人也基本没有了。柳君知道，那扎桃花彩带的赏桃姑娘肯定也不会再出现了。所以他也与同学们一样开始睡午觉，很少再去那绿化地带。

8

光阴如箭，已是入学后次年秋天，整个校园散发着浓浓的秋色。进入园林大学第一年的各门基础课教学业已进入总复习阶段。同学们面临的将是智力的角逐，脑力的比赛，毅力的抗衡。没有一个人甘居人下，人人都把读书的劲鼓得足足地。不过，柳君再也不会像初入学那样愚蠢了。他早已学会了怎样读书，怎样休息，怎样复习，怎样科学记忆，更学会了怎样应对考试。所以，他并不感到有很大的压力，而是胸有成竹，沉着应战。对年度的考试，他信心十足。

各项课目考试开始了。

经过十几天的紧张考试，柳君连续考完了七八门课。对考试结果虽尚不知，但他自我感觉良好。最后，就剩一门作文了，他暗自想：一定要将最后一门考好。

严肃的作文考试开始了。

作文题目有三个，任选一题。三个题目如下：

一、人生；二、风雨；三、一幅图画。画面是：春光之下，一条河的东、西两边各有一棵桃树和柳树，桃、柳倒映于河面水漪澜之中。

柳君看看三个题目，冥思苦想后，准备写“人生”。他想到人生的喜、怒、悲、欢和苦乐，又想到人生的坦途、风雨、坎坷……但是终究不知如何下笔。他索性改换题目，准备写“风雨”。他快速地构思着，那和煦的春风，那酷热炽灼的夏风，那严冬的寒风，还有那顺风、那逆风和无情的狂风；那雨，有毛毛细雨，有狂风骤雨……但是，他仍然感到难以下笔。

墙上的时钟已过去二十分了，他手握水笔，托着腮，仍在冥思苦想着，可还是下不了笔。时钟一秒一秒地敲打着，催促着。其他同学都埋着头，手上的水笔尖频频地抖动着，可是他还未下笔。旁边的大个子举眼瞟了他一下，好像在为他着急，可他仍旧未下笔。他长长地嘘了一口气，举眼瞟了一下周围的同学，心想，看来他们已经写了快一半了。但是，他没有紧张。根据他的经验，写文章的质量和速度关键在于构思，一旦构思好了，写起来是快的。于是他把眼光又移向了第三题那张图画上。此时时钟已过去了四十分钟。他对着那张图画看着、看着，脑子快速地构思着。忽然，他灵感顿生，很快构思完毕。他长吸一口气，立即俯下身子，紧握水笔写将起来。此时，他连自己的呼吸也感觉不到，也听不到时钟的摆动声响，只有水笔尖击打着桌面密集地击打声。一时间，笔传心声，字如流水，一鼓作气往下写。此时他脑子里的构思和水笔尖紧紧地系在一起，心声变成了笔尖的“沙沙”声，变成了纸上的文章……

当柳君长嘘一口气，抬起头来，时钟已离交卷时间只有十五分钟了。考场的同学们已蠢蠢欲动。他很快把写好的文章又看了一遍，把标点符号标记清楚、正确，最后审视了一下学号和署名，准时与后面的同学交了卷。

后来，得知，那文章得了满分加“优”。

大个子有些认真地说：“当时我真有些替你着急，唯恐你交不了卷呢！”接着，他追问柳君说：“你写的啥内容啊？怎么说来那么快？”其他在场的同学也说：“是啊，写的啥？可以透露一点么？”

“无可奉告。”柳君笑笑说。

在大个子再三追问下，柳君有些嬉皮笑脸地说：“大多数已忘记了。不过后面有几句诗句还记得。”大个子及在旁的几位同学齐声问：“那诗句如何？”

柳君有些调皮地笑着，拉长着嗓门吟出了一段诗句：

桃花柳丝水影连，
碧波荡漾纵漪澜。
既植桃柳焉置河？
柳挽桃花恨枝短。
要说有缘也无缘，
要说无缘也有缘。

大个子听后连声说：“好！好诗！”但是他又说：“你这小柳儿，满脑子桃啊、柳啊的，可当心点噢！”

柳君不以为然地说：“可惜哟！”

“可惜什么？”大个子问。

“可惜柳挽桃花……恨枝短噢！”柳君笑着回答，并嘘了一口气。

“我看你不要脸噢！”大个子笑着啐道。接着，他又加了一句：“我看你要成风流男儿了！”

“喂！你没听说过——男不风流空少年嘛！哈……哈……”柳君笑着仰着头跑开了。

这时，一直站在旁边听大个子和柳君对话的一个人瞥着柳君的背影从鼻子里挤出一句话说：“哼！什么好诗？净一脑子黄水！”

说这话的人与柳君住同一宿舍，来自西园林基地。他姓樗，即臭椿树的樗。此人长相也和那臭椿树一样，远看之，笔直的身材没有一点曲线，近看之，僵直的脖颈，长长地挑着一个蒜头。两只耳朵直直地竖在面黄肌瘦的大蒜头两旁，恰似那秋末时一杆臭椿树上的两片枯叶。别看他这副德行，他可是自感不凡。别人谈话他很少插嘴，只是伸长脖子听着。一旦别人交谈完了，他每每加几句评论，总能找出毛病来，以显示他的“高明”和特殊见解，说出来的话又多是很臭的。此人说话臭，为人也臭。他的身上也常散发着一股浓浓的臭气。因为他患有一种叫瘙痒症的皮肤病，因日夜奇痒，他常在身上涂一些不知名的药水、药膏，那药水、药膏的怪臭味，再加上他自身独特的人臭味混杂在一起，恰似那臭椿树散发的臭气，且有过之而无不及。

经过一段时间的紧张、严肃的复习，考试之后，校园里又变得活跃起来。同学们都在计划着一旦开始放暑假的安排。

柳君早已计划好暑假期间他要完成两件大事：一件是回老家探望多年未见面的老母和家人；第二件是去南园林基地寻找桃桃姑娘。多想知道桃桃姑娘的情况呀！为何她没来校就读?

一天晚饭后，已很久未来玩的梅姑娘来了。她本来戴的深度近视镜的右眼上还包一块方块纱布。同学们见之惊异地问：

“你的眼睛？……”

“没什么，前段时间考试太紧张了，把一双老近视累得够呛！我去校医院检查了一下，医生给滴了散瞳药，说包几天再去检查。”

梅姑娘虽然眼睛不太好，但她的学习成绩一向很好。她对周围的事物也很敏感，就像春梅对春天的感知一样。她还有一个爱好，喜欢东走走、西看看，搜集信息，传播信息。好多事她每每先知道。

梅姑娘一进门，同学们除了先看到她的眼睛与以往不同，马上想到她一定又带来什么信息了。于是大个子杨君问：“今天有什么消息带来？”

“今天可是有大消息带来。你们有没听说过？”梅姑娘说。

“什么大消息？快说说看。”大个子及柳君等异口同声地说。

梅姑娘立刻压住嗓门说：“今天的消息不是好消息，是坏……”

“什么坏消息？”众人急问。

“听说不放暑假了……”

“不可能！你这消息不可靠。”柳君说。

“你们不相信？听说校头们已连续开了几天会

了。”梅姑娘很诡秘地说完，没搭讪一会儿就走了。

梅姑娘走后，大家对她传来的坏消息并不为然。绰号叫“活字典”的同学摇摇头，用手托了一下近视镜说：“别听她乱说。每年放暑假，千百年来，天经地义。她那疯疯癫癫的话，没几句是准的。”

次日下午，同学们正按原计划部署，各自写第一学年的小结，忽听外面院子熙熙攘攘，柳君索性收起纸笔走到外院子去探听。见有许多同学正在议论纷纷，便对一同学问：“大家在议论何事？”

“你到宣传窗那里去看就知道了。”

柳君急匆匆地走到校宣传廊的位置去看，见许多人正在看一张贴在玻璃橱窗外面的一张大字通告。

柳君急忙看那大字通告。

通　告

全校师生们，朋友们：

现在郑重通告！郑重通告！

师生们，朋友们，我们的园林国西北边境发生了战事，外部势力正在向我边境侵犯，杀我同胞，掠我财富，毁我园林……

为了保卫园林国边疆，现在号召全体师生、

员工积极报名去前线参战，支援边疆保卫战……

师生们，朋友们，考验我们的时候到了！让我们踊跃报名……

七月二十日

当柳君回到宿舍准备向大家讲述通告的内容时，宿舍所有人也已得知，正在议论纷纷。

这回大家不怀疑梅姑娘的坏消息了，真的暑假放不成了。

千百年来放暑假是天经地义的，但是，如国家受到外部侵略，需要上前线，奋起保卫战时，停止一切假期更是天经地义的。此刻，谁还能再去想放暑假的事！

一时间，整个校园开了锅。

次日下午，大家遵照通知去大会堂开会。

柳君刚进会场坐定，便见会堂主席台正上方挂着大红横幅——“踊跃报名支援前线动员大会”。

主席台上学校头们，个个肃穆正坐。一位校头讲话了，他先介绍了西北边境发生的战况，又讲述了支援和参战的重大意义。然后又说：“不过，同学们不要担心学业问题，这次去前线参战有一定期限，短则一年，长则一年半，不超过两年。参战结束后还可以回来继续读书深造……”他号召说：“园林国的前途是我们的前途，园林国的需要是我们的需要，没有园林国的安宁就没有我们的安定环境。学校号召全体师生员工积极踊跃报名去前线参战，支援前线边境保卫战。”

大会后，学生们更加沸腾了，有的人回来就递上了申请书。有的人在申请署名上按上了血手印。

柳君从内心里感到遗憾，来之不易的深造机会，现在泡汤了。但是，他深知，在这种情况下是不能犹豫的。学习深造是为了园林国，赴前线参战、支援前线更是为了园林国，作为一名育林园丁，义不容辞，大势所趋。所以，他也与所有同学一样踊跃递交了报名申请。

只用了两天，几乎所有的人都报名去前线。

根据赴前线的任务和上面分定的名额，学校审定后决定，批准了一百二十名学生、员工赴前线。柳君及所在的班十五名学生中，除了两名因年龄较大身体不好之外，其余十三名均被批准。

最先来传消息的梅姑娘所在的班十三人，被批准了十一名。出乎意料的，梅姑娘却因眼疾未被批准。为此，她还哭了鼻子。

对批准的同学，学校张了红榜，未被批准的人并入其他班级继续读书。

至此，读了一年书的柳君，又将成为一名保卫大西北边境的战士。不日即起程赴前线。

在即将离开前，柳君和所有要离开的人一样，心情都十分兴奋。

不过，柳君还有另外一种心情。

吃过晚饭，他独自一个人走到常去的大院子东侧那片绿化带去闲荡。心想，就要离开这里了，这绿化带给人的印象太深了。记得一年前刚住进这大院来时，这脚下的草坪刚刚种上，黄泥土上散散落落的细毛草就如同患秃疮者的头皮状，到了冬天，又变成了白雪平地，春夏之后，则一天一个样。如今，却是一片浓密的绿洲。那绿里透红的百树丛，还有那棵桃树，虽然如今无花开，却是绿叶繁茂。那棵柳树更是叶绿飘飘迎风而摇。

柳君不由得又回忆起了春天时在柳树旁窥视那两位观桃花姑娘……可是，后来再也没见到她们出现。他曾多次将那扎桃花彩带的姑娘和桃桃姑娘联系在一起，但又未能证实。也曾多次将那楼梯上的女生和那弓背滑冰者与桃桃联系在一起，但又不能完全联系起来，也不能完全割分开来。好容易到了暑期了，他决心要亲自去南园林基地寻找、弄清桃桃的下落，弄清在楼梯上那扎桃花彩带的女生，那弓背滑冰者，那观桃者是不是一个人。可是如今……不可能了！不可能了！

如今，就要离开这片绿化带，这片绿洲。心灵深处那片感情的绿洲是把它留在这里，还是把它带走？想到这里，他又环顾了一下周围的一切，双眼深深地惜望着那棵桃树和大院子西侧的女生宿舍，好像希望要从那里找到答案，可是，他什么也没找到。

此时，夜幕已临近。柳君深深地叹了一口气，感情深处仍深藏着那片绿洲，默默地说："再见了！"然后憾憾离开。

9

烈阳当头，热浪滚滚。

全校一百二十多名师生分乘五辆大卡车，轰鸣绝尘，浩浩荡荡，直向大西北前线开拔了。

风雨无阻，烈日不顾，日行夜宿，历经十几天的艰难跋涉，在一个大村镇里驻下。

休息一天后，全体人员开会，总结了前十几天的行程情况，部署了赴前线的任务。

原来，所谓的赴前线，并非直接去拿枪对敌作战，而是去支援前线和当地人民，具体任务是修桥、铺路、疏通河道、运送物资，乃至伐木、造林，等等。

又经步行一天的山坡坎坷路，到达一片叫灰龙沟的乱滩野岭，隐约可听到远方的隆隆炮声，边境前线到了。

首先第一项任务是修桥铺路。领受任务后，全校赴前线一百二十多师生立即以临战姿态投入修桥铺路大军的行列。

按照具体划分的地段、区域，紧张的战斗任务开始了。

师生们有的挖土，有的采石，有的挑土、抬石、运石沙，还有的筑桥、挖沟，疏通沟渠河道……

爱说俏皮话的杨大个子说：“我们这哪里是上前线，分明是修桥铺路工嘛！”班长李君却说：“确切地说，是修桥铺路的小工。我们这些人种几棵小树还可挖个坑，埋点土什么的，真正当修桥铺路工人也还不够格呢！充其量是充当一个挑土运石的小工而已。”

虽如此说，但任务却是艰巨而迫切的。因为前、后方正急着用桥、用路呢！所以全体人员必须发扬勇猛顽强、争分夺秒的精神，按要求，保质保量按期完成任务。大家有一个共同的信念、目标，就是一切为了前线的胜利，一切为了大西北人民！

为了加速工程进度，人们不惧烈日，风雨无阻，干在工地，吃在工地，夜晚住在帐篷内或者用树枝、野草搭筑的简易草棚内，吃着干粮，喝着生水，或简易野炊做饭。就这样，一干就是两个多月。同学们的皮肤晒黑了，手肩磨破、磨肿了，终日汗流浃背，连衣服也顾不得洗，全身湿汗酸臭了，但是意志更坚强了，筋骨更硬了。虽然不是亲手拿枪对敌厮杀，却是一场恶战！

有一天，人们正在一泥水滩上修筑一座石桥，筑桥师傅们将一块块长方石块精心地筑垒着，同学们则将远处山下采集镌修好的石块不断向桥旁边运送。本有些阴霾的天气忽然下起大雨来，但大家仍干劲十足。同学们抬着石块，喊着号子，将一块一块大长方石向筑桥师傅身边运送。有两位同学抬着一块大长方石在通过一段泥泞斜坡路时，后面的同学因路滑不慎摔倒，与此同时，前面的同学也跌倒。顷刻间，大石块压住了后面同学的左脚。当同学们在他的痛苦叫声中将大石块搬开，将他的脚拉出时，他的左脚早已血流满鞋，溢血于地。同学们慌忙将他抬至救护站，经医生救治检查，幸好没压断骨头，但却压开一大片皮肉。经过医生缝合包扎后，就在工地简易房休息。没多久，他又加入了奋战的行列。

在激烈的劳动中，小伤小破几乎人人都有，手磨出血泡，肩磨破皮，磨肿了，更是人人都有。但是，大家和前方的战士一样，轻伤不下火线。

战争的胜利离不开路，离不开桥，更离不开千千万万人对战争的支援、供应。

当一队队人马，一辆辆载重车马通过人们用汗水，乃至鲜血修筑的路和桥，人们由衷的欣慰和自豪。

疏通河道，虽然不同于修桥铺路，也是一场恶战。

在漫长几十里的乱水滩的工地上，布满了数千人的疏通水道大军。他们要在上面规定的时间尽快将乱水滩、沟渠扩大、疏通，尽早地作为运输通道和供前线用水，死命令规定必须在冬季来临结冻前完工。于是各承包一段，夜以继日地奋战。

由于长期在污水烂泥中干活，许多人的腿脚都泡肿了，皮肤起了水泡甚至溃烂，但大家都轻伤不下火线，只用纱布绷带捆包一下继续干活。还是那句话：为了按期完成任务，一切为了前线。

修桥、铺路、疏通水道任务完成后，师生们又加入运送物资的大军中，日夜奔波在自己亲手修筑的路桥上。

不论什么物资，只要前线需要的都运。只要能将物资尽快运上前线，什么运送手段都用。汽车、马车、人力车、肩挑、肩扛，乃至手搬……人们只有一个信念，尽快将物资运上前线。

大西北的冬天到了，人们迎着寒风，冒着霜雪，踏着冰地积雪，日夜奋战、往返，川流不息。

在寒冬干活，最怕困倦。奋力干活最多是身外冰霜身内汗，但困倦极了，一旦停下打瞌睡，时间长了就永远起不来了。

有一个夜晚，大家正冒着寒风向前线一个临时物资储备库运送军需物资，有的挑，有的抬，有的推拉人力车，虽然气温在零下十多度（摄氏），人们的身上仍汗湿湿的，并不感到冷，唯使人难熬的是困倦，想睡觉。但谁也不敢睡，谁也不能睡。因天气太冷，一旦睡着就可能被冻僵。

绰号叫“活字典”的同学本是个酷爱读书，不太爱体力活动的书生，干起重力活来他就觉得特别吃力。他正挑着一担物资吃力地爬上一段斜坡路，累得上气不接下气，于是放下挑担，想休息一会儿再走。路过他的同学对他说：“天气太冷，不要休息，以免冻坏身子。”他说：“我知道，我休息片刻就走。”

劝说他两句后，同学们又各自挑着东西走了。可那“活字典”同学实在太累了、太困倦了。他想稍坐一会儿喘喘气再走。可他没坐一会儿就打起瞌睡来，接着就半歪着身子睡着了。

因夜黑，大家各自干活，谁也没再去注意他。当快天亮了，同学们发现那同学缩躺在斜坡路旁，赶忙去拖拉他，他的身子已冻得僵硬拖拉不动。同学们赶忙将他抬到救护站，医生说早已冻死了。可怜那人人都喜欢的“活字典”同学就这样将自己只有二十一岁年轻的生命献给了那片大西北土地。

春天到了，大地复苏，山清水秀。前方传来了喜讯：

边防戡乱之战，胜利了。边防线保住了，边防军民胜利了，边疆人民生活安定了。

边防保卫战的胜利，有广大支援前线大军的功劳，也有一百二十几位支援前线的园林师生的一份功劳。

为了庆祝边防保卫战的大胜利，也为了庆祝师生们大半年支援边防保卫战中做出的贡献，师生们就地召开了一次“庆祝边防保卫战大胜利大会”。庆祝大会上，师生们首先为在支援前线中牺牲的“活字典”同学致哀，宣读了校追认他为烈士的决定。

大会上，也以学校的名义为在支前中受伤和积劳成疾的同学表示深切的慰问。

大会上，还宣读了学校对在支前中表现突出的二十几位同学的嘉奖令和表扬了一批同学。在表扬名单中有柳君的名字。

大会结束后，师生们演出了自编自演的文艺节目。

演出的节目有：

大型舞蹈

由四十名学生和当地土著人合作的大型舞蹈，很有气势和美感。虽没有音乐伴奏，但有欢快节律的伴唱。那唱词曰：

风啸树摇人起舞，
天欢地歌同庆祝，
保卫边疆大胜利，
人民安乐共欢呼！
欢呼！欢呼！欢呼！
欢呼！欢呼！欢呼！

集体大合唱

全体师生集体参加。
那唱词曰：

风云突变，园林的边疆遭侵犯！人民生灵遭涂炭。我们是园林师生，也是保卫边疆的钢铁英雄汉。我们不怕劳苦，不惧风雨雪寒，流血流汗，奋战在支前第一线……

男女十人混合小组唱

歌名叫《我是一棵小树》。
那唱词曰：

我是一棵小树，
大地育我出土，
雨露润我长大，
阳光照我吐绿，
霜雪提我精神，
风雨炼我筋骨。
我与伙伴成林，
我家葱葱郁郁。

三句半敲打唱

由李、桑、林、橘四同学表演。

只见四人各扮甲、乙、丙、丁四个角色，各拿碗、筷、茶杯、洗脸盆等家伙上场了。

那唱词曰：

甲：家伙一敲响叮当，
乙：支前大军上战场，
丙：修桥、铺路运物资，
丁：棒！

功夫表演——搬举巨石表演赛

由杨、李、椰三人表演。

四块巨石，分别约40公斤、60公斤、80公斤、100公斤。

三人轮流搬举，看谁搬举得最重，举过头、双臂挺直为准。

结果：

椰姓同学：举起40公斤、60公斤。

李姓同学：举起40公斤、60公斤。

杨姓同学：举起40公斤、60公斤、80公斤。

杨姓（大个子）同学得胜。

魔术——由樗姓同学表演

真不简单！他居然可以把吞下嘴里的一块小石头瞬间再从屁股上拿出来，还可以把一张脸顷刻变成另一张脸，他的变脸术颇令观众诧异、惊奇。

仿声表演

由棘姓同学表演。

只见他猫着腰，两只小眼睛四周转动着，先学树上的鸟儿叫声，非常像。接着又学鸭子叫，他左右摇摆着身子，嘴里叫着“呀！呀！呀！”可像极了。然后又学哈巴狗叫，更像极了。他真是一个仿声的天才！

后面还有二人相声，小哑剧——《修桥》《铺路》等节目。

文艺晚会热烈、愉快，至晚十时才结束。

休息一天后又开会了，带队的老师说：“同学们，边境保卫战已取得了完全胜利。但是，我们支前、支援大西北人民的任务还远没结束。我们还要为这里的人民改造山林、河流，以改善这里的生态环境，提高前线和当地人的生活水平……”

于是，前后只休息了三天，师生们又加入了改造山林、河流的大军。

一天早晨，天还没放亮，大家遵照起床信号快速起床，带上干粮和水，冒着晨雾赶赴十多里路以外的一片山麓前，因雾气太重看不清山有多高，人有多少，只听到四周上下阵阵忽高忽低的闷杂的嘈杂人声，所能看到的只是眼前二三公尺距离的人和山脚、野草、乱灌木丛。

大雾中，忽听到一人大声说：“大家听好了！今天的活是在这一大片山脉上先割除乱灌木杂草，再种上松树苗，将这荒山野岭变成葱郁的山林！”

于是，大家按照班组分工，有的在前割除乱树杂草，有的在后挖坑种松树苗，有的挑水浇树苗，热火朝天地干起来。中饭吃喝自带的干粮和水，晚饭返回驻地吃。

就这样，来回于驻地和那片荒山之间，早出晚归，一干就是两个多月，硬是把那一大片荒山野岭改造成了青葱山林。

种树任务完成后，师生们又加入了开掘河道任务的大军。开掘新河道是一项巨大工程，参加施工的达数千人，那总河道有多长谁也不去管它，只按照分包的一段按要求保质保量完成就行。

艰苦的施工开始了。

师生们仍早出晚归，终日奋战在工地上。

按照要求，要将承包的一段工程挖成宽九米、深三米半的河道，必须在两个半月内完工。

酷热天到了，烈日当头，没有一点林荫之地，同学们赤膊光背暴露在强烈的阳光下干活。泥土和汗水沾满了全身，本是读书人的小书生早已变成了“泥黑子”劳工，全身的皮肤是黑色的，皮一层一层地脱落，黑的变白的，白的又变黑的，变花的。谁还顾得了这些！同学们的口唇先是裂纹，后也脱皮乃至出血丝，每个人的手掌早已老茧厚厚。

就这样，一干又是两个月。当同学们包干的工程保质保量的互相连通时，大家齐声欢呼，将锄头、锹铲抛向空中，泪水、汗水、泥水混合在一起……

挖河道的工程胜利结束了。师生们又被派往新开河道下游的一片丘陵荒野地带，任务是开荒造田，准备种树、种果、种谷物打粮。只要荒地开垦好了，将新挖的河道引入水源，这一带就成了葱郁园林，果实累累，谷物粮田。

不过，那是多年后的情景了。眼下先是把荒野山岭开垦成沃土良田。

这又是一项远大工程。

于是，按照统一规划布置，师生们又投入开荒造田的大工程。

首先，按班组各分一片，披荆斩棘，然后是松土挖石，建立灌溉水沟，再建成良田沃土。

但是，毕竟是原始荒坡野岭，乱石、坎坷，土质坚硬，几十个人一天下来只开垦出很小一块地。有的同学说："这永远望不到边际的广袤荒野，即使千千万万人开垦几百年也开垦不完。看来我们这'支前大军'要完全变成开垦荒地的原始农民了！"

"那，我们就在这里开垦一辈子吧！书也别念了。一直开垦到老死，把尸骨埋在这荒地之下当肥料，岂不更好！"有同学说俏皮话。

“如果园林国需要，那也未尝不可！”这是爱说大话的樗君说的。

同学们正在七嘴八舌地说着怪话，一位老师正走过来。听到同学们的话便说：“同学们，发牢骚、说怪话也没用，开垦不出荒地，还是实实地卖力干吧！力气花下去才会出成绩。不过，大家可以放心，书还是让大家读的。我们应当尽量多为西北人民做些好事，西北人是不会忘记我们的……”

听了老师的话，同学们不吭声了。

这时爱说大话的樗姓同学又说：“是嘛，前人栽树，后人乘凉嘛！”

对于言行不一的樗姓同学的大话，同学们总是嗤之以鼻。

确实，成绩不是靠大话吹出来的。那樗姓同学每每大话连篇，但他干起活来却总是落在别人后面。

为了多开垦一些荒地，同学们每天起早摸黑，风雨无阻，发扬吃苦耐劳，轻伤不下火线的支前精神。手上的老茧一层一层地加厚，肩上先脱皮后肿胀，出血乃至也形成老茧，背上的皮肤晒黑了，脱皮了，变黑、变花斑了。这些何所惧！

老天爷总是不作美，一点浮云也没有，直射猛晒。有同学用手遮着太阳说：“看，这老天爷，真够呛，多热！”“哇，要是这会咱们开垦的地里已长出了大桃梨、大西瓜，摘下几个吃，咳！那该多痛快！”

“喂！你别急啊，总有一天会林荫满地，果实累累，瓜果满目的。”

“可惜现在新开垦的河道连水也没有哟！”

正当同学们在七嘴八舌地说着笑话，只听带队的老师大声说道：“同学们，大家注意了！同学们，大家注意了！今天收工时请大家将工具全放入工具棚内，将自己东西全带上，将工地料理好。明天可能不来出工了，另有任务。”

第二天，正当大家在猜测着又有什么新任务，忽然通知集体开会。

会一开始，带队的老师就说：“同学们，报告大家一个好消息，学校来通知，我们支前、支援边疆人民的任务已完成，要求我们返校！”

听了老师的宣布，立即沸腾了。几个月，不！一年的疲劳、苦和累立刻消失了，全变成了欢跃。

会上，老师还说：“同学们，返校前大家要把衣服洗得干干净净的，人放精神些，学校还要为我们开欢迎大会呢！”

接着，又是一阵欢跃。

五天后，又来五辆大卡车，并有两位校干部专门来迎接。大家乘上汽车，浩浩荡荡凯旋。

学校召开的“热烈欢迎支援大西北前线的师生光荣凯旋”大会之隆重、热烈不必细说。

因学校在校生已放暑假，学校规定，回来的同学尚可再放假休息半个月，半月后返校正式开学上课。

柳君和同学们一样，仍处在凯旋兴奋之中。如今要放假了，还真有点转不过弯子呢！

是啊，整整一年啊，脑子里全是雾、雨、霜、雪、冷风热浪，劳累、汗水，乃至流血牺牲，同学们几乎都成了野人，脑子里早已没有了读书、放假的概念了。如今竟然又要放假了，柳君的脑子好像还在风吹日晒的工地上。

还有十几天的假期怎么过？柳君经过思考，已经几年没有回家了，甚至这一年中连信也没写，老母亲及家人好吗？

于是柳君又走上了返里探亲的旅途。

出征

10

阔别一年的校园，天——更高、更蓝啦，空气——更清新啦，园林——更绿了。

胜利归来的同学们经过一段休息，又将进入到另一个空间，度过另一种生活——大学校园的生活。

开学前的一个晚上，重新建立的班组，因为学生有新有老，来自各方，所以班级负责人通知要开会。柳君想，这没什么新鲜的，新开学，新班级，总是要开个会的，所以，他并不以为然。

当晚七时许，同学们按时集结在柳君所住的大男宿舍里。大家正在叽叽喳喳低语中，召集会议的人开口说话了，他说："同学们，今天我们是新开学前的第一次集会。"此时会场的人慢慢静下来。宣布开会的人继续说："今天会议的内容，第一是大家互相认识一下，各自作一下自我介绍；第二是向大家传达一下本学年的学习计划；第三，宣布一下班、组序列人名单……"

听到这里，柳君心想，老一套，别啰唆了，快进行吧！至此，他才由原来只顾坐在自己的床头上看小说的头略抬一下，向着讲话的人和与会者扫视了一眼，此时他才发现开会的人有那么多，还有几位女同学，但接着他又埋下头去看他的书去了。

自我介绍开始了。宣布开会的人首先自我介绍，他说："我姓林，就是双木林，名森，就是三木森。"说到这里，他诙谐地说："总之是木头做的。光秃秃的木头！"他的话使陌生、拘谨的会场稍微松动了些。接着，在他旁边的李姓同学自我介绍说："我姓李，就是木之子。"说到这里，他笑着对前面介绍过的林姓同学说："喂！你可别占我的便宜哟！"众人听后跃然一笑，但当即又静下来。李姓同学继续说："李者，唐王之大姓也，李者甜中带微酸的李子果也，Plum！"他既谦称是木头的儿子，又说自己是唐王之大姓，还显示才华地加了一个外文单词。

"我姓杨，木字旁加个容易的易字，就是杨树的杨，遇风哗哗响，怕水祸，不怕干旱与烈阳。"这是一直和柳君在一起的大个子杨姓同学的自我介绍。他这个人总是性格开朗、诙谐、直爽。他的自我介绍更加使会场变得活跃。会场拘谨的空气荡然无存，代之以活跃热烈。连埋头看书的柳君也抬头一笑。

“我姓椰，木字旁加个耶稣教的耶字，也就是椰果的椰，Coconut Palm。”他自我显示地说着，伸了一下本就很长的脖子，又说：“你们可听说过椰子吗？那是热带的植物。它的果实高高地架在树高头……”

椰姓同学伸着长脖子摇头晃脑地既介绍了他的姓，也介绍了椰子树。坐在柳君身旁的桑姓同学对柳君悄声说：“他怎么不介绍一下木头会不会信奉耶稣？”柳君听后耸耸肩膀，挤挤双眼笑笑。

“我姓棘，荆棘的棘。”这位同学说着用右手捏了一下发着鼻音的鼻子。他旁边的一位同学刚要接着他的话也作自我介绍，他猛力抽动了一下鼻子又说：“荆者，荆轲的荆，棘乃荆棘的棘。”在场的人听了他的介绍，似懂非懂，表情疑惑。大个子急忙插话说：“就是酸枣树，乱生灌木丛，全身长刺，果小性酸。”有两位女同学听了大个子的解释后“嗤嗤”地笑出声来，但又马上止住。

因为大个子与棘姓同学很熟，又看不惯他那酸溜溜的味儿，故而开了他一个玩笑。在场的人也都捂着嘴笑了。

“我姓樗，木字旁加个雨字……不，加个雨字头，下面加个亏字，就是当椿字讲……也就是香椿树的椿字。”樗姓同学的介绍，似乎也听不大懂。有位女同学轻声说：“什么雨字，椿字的？”大个子又插话说：“就是木字旁加个雨字头，亏字身的樗字，就是臭椿树，不是香椿树。不过，表面上看去倒不太好分辨。”

大个子戏弄性地注解，弄得樗姓同学本也准备用个外文单词表示一下学问，结果也没说出来，只好闷声停止，用手抓了几下膝盖。

“我姓桑，三又一木的桑。这种植物的果子叫桑葚，Mulberry。你们吃过吗？可是一味补药呢！养蚕产丝可离不开我哟！”桑姓同学的自我介绍，也惹得大家跃然一笑。

原本在看书的柳君这时也接着桑姓同学的话说：“我姓柳，就是杨柳的柳，学名 Willow。”他说着用手腕做了一个风吹杨柳的动作，惹得一位女同学也忍不住地笑了。

“我姓桔，木字旁加个吉祥的吉字，就是蜜桔的桔。”听声音是一位女生。为了在男生面前不示弱，她在桔字后面也加了一个外文单词 tangerine。说完，她诡秘地一笑，然后用手抿了一下绯红面颊上部的刘海儿。

“我姓桃，桃果的桃，Peach。就是木字旁加个好兆头的兆字。”说完，她嫣然一笑，脸上泛着红、嫩、艳、美的光泽，并用熟练而优美的动作扭动了一下头颈，甩动了一下头发。桃姓女生的美姿及那清脆的声音，立即吸引了与会的男生。一直在看着书，听别人介绍的柳君也不由得抬起头来向桃姓女生望去。忽然间，他怔住了，他觉得那位女生似乎有些面熟，再看那女生的头部，黑油亮光的萝卜头式的发型上别着一只乳白、光亮、嵌有两朵红桃花的发卡子。柳君直直地望着那女生，脑子里在急速地打鼓：那熟悉的发型，那桃花……莫不是那多次见到的幻影？不！已经过去两年多了，那幻影绝不会在这里出现。何况那幻影是扎的桃花彩带，而这位女生是别的漂亮的发卡。那么……那有些熟悉的面容……会不会是桃桃？……柳君只顾心里打鼓，猜测着那位桃姓女生，后面别人的介绍他一句也没听进去。直到主持会议的林姓同学说："现在已介绍完毕。看来我们的姓氏旁都有一个木字，双木成林，三木成森，我们这么多的木汇集在一起，将是一个郁郁葱葱的大园林，就是 gardens，让我们团结一致，互相照应，为完成学业，搞好群体成绩而共同努力！"

林君说完，会场十分活跃。大家议论着，熟悉着，彼此记忆着实名、称呼。

为了今后便于记忆称呼，经过议论，大家决定今后彼此称呼可在姓氏后面加个"君"字。如林君、柳君、桃君。也可以在姓氏的外文单词第一个字母后加个“君”字，如柳君也可称W君，桃君也可称P君……

彼此称呼定下来后，大家很兴奋。会场更显得热烈、温馨。这时椰姓同学，即椰君站起来对大家说：“同学们，我们的专职段长到了，现在我们鼓掌请段长讲话。”

原来，在这园林大学里有几千名学生，半年前学校重新规定，按照学生的专业、学龄段，又分成若干个学生段，每一个段作为一个教学单位（相当于以前的年级），每一个段里设立一名专职段长，是负责管理学生的主管头目。由他在学生中再聘请几个兼职班长，负责一些具体教学事务，以及生活管理等。

当椰君站起身来向大家宣布请专职段长讲话时，只见一个身材瘦小、面色青灰，年近五十岁男子昂着头走进房间。他把手一挥说：“请坐！请坐！”他说要大家请坐，实际上站着的只有椰、林二人。接着，他说：“对不起，因有重要会议来迟了。”他话稍顿了一下，两只小眼睛扫视了一下与会者，然后说：“现在我宣布一个决定，本园林生段，即四〇段，由椰姓同学、林姓同学、樗姓同学、李姓同学兼任本段一、二、三、四大班班长，希望大家服从他们的管理，严格遵守校规校纪及学校各项规定，切勿违犯，齐心协力，把书读好，争取群体好成绩……”

接着，由椰君宣布各小班组长名单。他的话没说几句，那位专职段长打断他的话说：“一些具体学习、生活问题，你们自己安排吧，我很忙。”说着摆一下手离去。

椰、林二人送他离开，继续宣布各小班组的人员名单。宣布完之后，他又说：“为了搞好群体成绩，各小班还要划分为若干个互帮组，具体划分法，请各小班长定。现在散会。”

万万出乎柳君意料的是他竟与那桃姓姑娘，即桃君或P君（Peach）编为一个二人互帮组，而且还是她编排的，因为她是小班的班长。

至此，开学前的事宜已完成。柳君是园林大学四〇段第二大班第三小班第一小组的园林生，并与桃姓姑娘编为一个二人“互帮组”。

对于这意外的安排，从今以后将要与桃桃有点相像的桃姓姑娘，即桃君在一个班，一个互帮组。柳君也不知是喜是惊，他只觉得好似炎热天喝了一杯冷饮，又似严寒中饮了一杯热酒。

开学那天，一队队学生劲步经过一段石子拼花路，汇集在一处高坡上的一座大建筑内，举行了隆重的开学典礼。

柳君脑子里仍回荡着学校头那浑厚、坚毅的演讲：“同学们，欢迎你们！你们是来自园林国边境前线和不同的园林基地的优秀者。你们来到这里是为了完成更高的学业，把自己培养成为一名高级园林师。希望你们从今天起，勤奋努力，向园林科学知识的高峰攀登、奋进！经过几年的学习深造，将自己培养成我们伟大园林国的最优秀园林师，把一生贡献给我们园林国的园林建设事业。把我们的园林国建设得更加美好！……”他又说：“知识的山峦本不平坦，只有不惧怕艰难，勇于攀登的人才能达到知识的巅峰！最后，让我向你们致以最优良、最美好的成功的祝愿！……”

柳君每当回味着这些慷慨激昂、鼓舞人心的话，全身就充满了无穷的力量。

大凡人开心、快乐，莫过于美好的愿望和追求得以实现，感情得以满足。

柳君，这个对生活、对知识、对未来充满着向往、憧憬、追求的热血青年如今好像一切美梦都将成真，他怎么不开心、不高兴呢！所以，他感到热血沸腾，全身每一个细胞都充满了活力。

是的，他，当年的小柳儿，如今的柳君，这个自幼就离开家，以他那弱小的、单薄孤身，冲着茫茫原野，走上既求生又为民之路，以他那弱小的身躯滚爬在酷暑烈阳和风雪严寒之中……如今，终于成为一名正式大学生，展望未来风光无限，他怎么不开心、不高兴呢！

更使柳君开心、高兴的是那感情的“绿洲”将要萌发新芽。多年来，心目中一直惦记的桃桃，还有那个楼梯上的女生，那个弓背滑冰者，那个赏桃者。不管是惦记、思念还是幻影，而如今都在自己一个二人互帮组，桃君同学的身上有很多体现。虽然她不是桃桃，但感觉极好。如今，她正和自己上课、实验、研讨都在一起，生活在一起，啊！太奇妙、太美好了！

然而，这一切却是实实在在的生活。

于是，他们便开始了那难忘的、友好、和谐的同窗生活。

但是，不知为什么，柳君以前几乎天天盼望的影子，如今与自己每天都生活在一起的同学身上有所体现时，柳君反而不敢正眼相观于她。好像她身上的光彩太过于照人，以至于他的视能有些收纳不了。所以，他虽然与她在一起读书、上课、讨论问题，但他却始终未敢直观她的脸庞。

有不少同学也愿意与她攀谈和搭讪，可柳君除了读书上的话之外，却不敢与她谈一句题外之言。不仅如此，那位长脖子的椰君每找她攀谈时，柳君见之反主动走开，待他们交谈好了他才再回来。

所谓互帮组是按照段里的规定，两个人为一互帮单位，对每日所学的课程进行经常地互帮活动，如互相提问、回答、讨论，等等，以共同提高全班的整体成绩。这是学校大力提倡的一种互帮互学方法。

于是，柳君（W 君）和桃君（P 君）每天或课间，或课后，或作业，时常互相讨论、互相启发、记忆，同进共勉。

W 君逐渐发现，她头脑清晰，思维聪敏，领会问题快，勤奋努力，因此 W 君常从她那里得到不少启发和帮助。当然她也常向他提问题，但总是他向她提问题多些。她学习力求深解，为了弄清一个问题，她非一口气把它吃透才肯罢休。她的作业从不马虎潦草，她的笔记本、作业本总是整洁、清楚，所完成的作业题目，老师的审阅标记差不多都是打“√”。而 W 君，则有很大的不同，他做事、作业常有些粗疏、粗心，作业本上常常见到“×”，他免不了又去与她讨论一番才恍然大悟。

二人在一起时间长了，彼此说话也随便了些，自然了些，W 君的心理终于“解冻”了。一次，W 君主动向 P 君发问了一个非读书性的问题，他对 P 君说：“为什么那么巧，你也偏偏姓桃？”P 君稍愣了一下神，然后微笑着说：“你问得蹊跷，这有什么奇怪的？老子姓桃我就姓桃呗！那你为什么偏偏姓柳呢？”

“这……”W 君无以回答。但接着又问：“你是从西北边境前线来的吗？”

“不是。”

“你是新入学的？”W 君又问 P 君。

“是的。我知道你，还有椰、林、杨大个子等是从西北前线回来的。喂！你们可是老学员了，以后还请多多帮助呢！”

W 君的问话倒引出了 P 君一大席话。赶忙说：“我没有别的意思，只是随便问问而已。”

P 君刚要将话题转向学习上，W 君又向她提出一个非学业上的问题：“你喜欢滑冰吗？”

“不太喜欢，相比之下，我喜欢看电影，看小说。”

“噢，是这样。”W 君接着又问：“你的老家是哪里？”

“喂！别扯远了，下面还要作业呢！”P 君未对 W 君作回答，催着他快做作业。

二人这第一次非学业性的交谈到此为止。

W 君与 P 君的互帮组活动更广泛多样了，不仅讨论问题或互相提示，作业时互相帮助、纠错，还延伸到实验中互相协作，书写实验报告；不仅在课堂、实验室，也在学余时间，散步、走路中互相提问、背诵……

总之，他们的互帮活动诚心默契，轻松愉快，效果好。他们学习成绩一直保持在良好的水平线上，成为一对好的互帮组，还常受到其他互帮组同学的好评。

作为小班组长的P君，也觉得自己作为一个搞好互帮活动的表率，她带领的小班群体成绩一直在段里名列前茅，这让她感到自慰、满意。

但是，对W君来说，他的内心世界里却还有一个题目未解开，就是与他几乎朝夕相处、互帮共学的这位漂亮的优等女生，她究竟是谁？曾企图问她个明白，但她也不知是未听明白自己的意思还是有意回避，几次开口都未得到她的正面回答，因此对她仍是个未解的题。说她不是桃桃吧，在她的脸上或身上总觉得有一些桃桃的片影，就连她的年龄，算起来也和桃桃同龄；说她是桃桃吧，为何她从不谈过去的事？难道以前的事她全忘了？她对自己却又从来不问一句，完全是两个陌生人的偶然邂逅，难道说自己的身上一点过去的踪迹没有了？

W君总想解答出这个难题，而且由衷地希望得到的答案是自己预想的。

随着时间的推移和彼此的交往，至少在W君的心目中几乎就把P君当成了长大了的桃桃，变聪明了、变老练了的桃桃，如今是他的小班长的大桃桃。

于是，那纯是同窗互帮组的活动很自然地扩大到生活领域，并建立了一定的友谊，尽管友谊依然是同窗同学式的。

一次，同学们相约去参加一个中秋游园晚会，有大个子杨君、班长林君和桑君、柳君、桃君等十几个人一同前往。

晚饭后，大家乘公交车去游园晚会所在地，大家开开心心说笑着进入游园晚会场地。

游园晚会上，灯光辉煌，彩旗招展，人们的喧闹声，高音喇叭传出悠扬的歌乐声，十分热闹。

因是去游玩，大部分同学没穿校服，而是各自穿自己喜爱的便服，每个人都很放松。

十几个人一起边走边看，边看边游，指指点点，说说笑笑。

随着向晚会场地纵深进入，人越来越拥挤、热闹。游玩了半个多小时，大家已首尾不能相顾，不久便被挤散了。与 W 君走在一起的只剩下桑君、林君、P 君几个人了。

又过了十几分钟，W 君发现林君、桑君等同学也不见了，只剩 P 君和他两人了，因为他们二人一直走靠的比较近，所以没走散。企图寻找其他人已经是不可能，于是 W 君与 P 君二人自然地走在了一起游玩。

在W君的记忆中，从入学开学到二人的互帮组，虽然曾有几次组织过类似游园或逛公园，或看电影，但那都是集体活动。单独与P君在游乐场所游玩，这还是第一次。一次被人流冲挤到一起的游玩，不管彼此是否愿意。

二人边游玩边指指点点，甚至还讨论、议论着、赞叹着。

因为人流拥挤、闷热，P君索性将上衣外套脱下来挂挽在手臂上，W君见之主动帮她拿着继续逛玩。

W君与P君一起读书，互帮互学在一起已很久，但彼此都是穿着校服，甚至穿着实验工作服，戴着大口罩，精力全集中在学习、实验或讨论问题上，W君压根儿就没敢正面仔细端详、注视过她那张耀眼的脸。而今晚，拥挤的人群又容不得他们相距过远，彼此也担心，如两人再走散，那就连伴也没有了。即使一个人无奈地游玩，一个人返回校，还要乘一大段的公交车，在夜晚是不安全的。所以二人都尽量保持近距离，甚至被人流挤成零距离。然而，对W君来说，这却是天赋予他的良美机缘。这时，只有这时，他才着着实实地端详、注视了她的全部芳容、笑貌。

她上身脱去外套后只穿一件浅蓝色织花细毛绒线衫，贴身穿一件白底桃红碎花小翻领衬衫，过短的袖口裸露出一双洁白细腻的前臂，下身穿一件肥瘦相宜的浅灰色短脚裤，姑娘特具有的上胸那两座小山与下身略丰腴的双臀部更加显现出她的细腰身段。脚上两只中跟皮鞋随着双脚的移动不时被彩灯映照得闪烁着片片星光。她的全身始终散发着那固有的，而不是化妆品的芳香。往常见到的萝卜头发型因天气太热，她将那股粗黑油光的萝卜缨子翻转上去，再用那常用的桃花发卡子别卡住，显得更加青春、利落、风采。红润的上下唇间，随着笑口常开显露出一副洁白、整齐的釉牙。因人多天热，涨红的面颊在甜笑中一对樱桃压迹般的酒靥儿更加诱人……

看到这里，W 君不由得想起了那春天飞蝶翩跹间的桃花，他脑子里默念着：这不就是那春暖花开下的春桃嘛！这不就是那传说中的桃仙嘛！

想到这里，W 君感到十分幸运，自足，自慰，暗自庆幸今晚自然之神赐给他这个难得的机缘，使他能与她在一起，并把她的容貌全面展现给他。

不管此时对方如何，对 W 君来说，确实是一种幸福的感受。

然而，W 君这种感受不长，他继之不禁打了一个寒战。他忽然悟起，在一个姑娘未察觉的情况下去过细地审视，甚或是欣视一个姑娘是不道德的。于是，不由得将彼此的距离用自身的后缩拉远了一些，就如珍惜那初春的桃蕾嫩枝一样，不要因过于靠拢而损害她。

就这样，大多是P君在前，W君在后，他们游玩于人流之中，人圈之内，观赏着各种灯光夜景，民间文艺、杂耍、歌乐、舞蹈等节目，整整玩了两个多小时，直到游园晚会的尾声。

W君感到今晚是平生最美好的一宵。

在以往，他曾有过不止一次地与女性一起逛街或游玩，但从没今晚的感受。此刻，他心胸内满盈的是人生的美好，血管里流淌的是青春幸福的暖流。

也可以看出，P君今晚的情绪也是非常之好的。

然而，W君并看不出她的内心世界。从她那里只能看出和觉察到，由于生活的磨炼，她是个处事矜持、性格深沉、外柔内刚和十分讲究待人接物的人。不论别人用什么方式对待她和在她面前表现自己，而她却是永远以礼相待，并有办法应付任何尴尬局面而使之转为自然局面的。对此，W君对她简直有点恼火。

所以，他们不论是读书、讨论问题，甚或是外出游玩，总还是那平平的、同学式的，从不涉及感情上。

现在，柳君对每日与自己同窗共读的P君，尽管在她身上仍有不少桃桃的片影，他已经无法再和桃桃——那个瘦小的“聋哑儿”联系起来了，他想象不出桃桃会是这样的，所以，他对她也不再探源究底了。

但是，他对思念桃桃小妹的感情却潜移默化地移转到每日都与自己在一起的这位靓丽而老练成熟的同学——P 君的身上，不管对方是如何看待自己的。

一个晚上，他们如往常一样一起去教室自习，这天的课程是关于生命个体从单细胞到多细胞，从无性到有性增殖进化的过程。二人一面手扶显微镜在镜下观看，一面看着讲义，不时对话讨论着，二人越讨论越感到有趣。

已经是夜阑人静了，别的同学都回宿舍去休息了，他们二人仍留在教室里，在日光灯下静静地钻研、讨论，绘制着生命细胞进化过程图谱，研讨着生命进化过程每一个细节。

日光灯发出轻微的“嘶嘶”声，似在为他们向神经内补给能量。W 君一面绘制着图谱、图形，一面看着显微镜，对照着，时不时地与 P 君悄声议论着，彼此互相提出一个一个有趣的问题。当讨论到很有趣的时候，二人都会心地笑了。他们讨论的是何等有趣，当有的问题用语言难以表达时，彼此就在白纸上写着字、绘着图表达，有时索性在对方的手心上点点写写。每当他向她提出的问题，她耐心地在他的手板心上点点写写时，那小小的笔尖传达的信息便敏感地传入W君的手掌神经，继之迅速沿着上肢传入他的大脑中，并贮藏在大脑乃至全身每一个细胞中。

当P君一面看着显微镜，一面微笑感叹着：“大自然真奇妙！生命真奇妙！”时，W君也笑答道：“是啊！”继而，他不由得联想到人的情感。是啊，大自然确是很奇妙，可人的情感更奇妙。就说自己那情感的“绿洲”，起初，纯是一小片白地，随着人的长大，春风的吹动，那小片白地变成了绿洲，再后来那绿洲上竟长出了四棵小桃树。第一棵，是刚出土的，有点蓬头垢面的孱弱瘦小，不会说话的“小聋哑”桃桃；第二棵是在楼梯上蹒跚上楼的、扎桃花彩带的女生；第三棵是在滑冰场里扎桃花彩带的滑行者；第四棵是在校园春光之下的那观桃者。”

这四棵桃，一直在自己感情的绿洲上滋长着，直到数年后，因为边境战事将她们暂植放在校园内。当经过一年的前线风雨洗礼，战事结束回来之后，没想到，那四棵小桃一下子扭结为一体，长成了一棵完全不同于前四棵的春桃！

啊！实在是太奇妙了！人的情感太奇妙了。

如今，随着日月的推移，阳光雨露的滋润，那感情的绿洲还将逐日扩大、繁茂，也将经受更大的风雨洗礼。

柳君只顾在愣神，忽听P君说：“喂！不早了，别发愣了，已熄灯啦，该回去了。”这时W君才回过神来，二人背起书包回宿舍。

11

这四〇段的学生来自园林国的不同地域，有的是新入学的，有的是因边境战事读过一年去支援前线一年后又回来就读的。虽说都是从第一年级读起，但基础有所不同。尤其是他（她）们来自园林国的不同地域，因而也不免带有一些地域性观念。这种观念反映在同学之间的关系上，也便有亲、疏之分，比如，林君、杨君、柳君等来自东园林基地；桃君、椰君、桔君等来自南园林基地；樗君、棘君、梧君等来自西园林基地，等等。

由于西园林基地地处偏僻、封闭等原因，人们的社会交往少，因而，有些人的思想也比较狭隘、局限，眼光也比较短浅、固陋。

所以，虽然大家学习、生活在一起已很久，彼此的关系表面上也还是融洽的，但实际上在部分人中各自的感情深处的距离仍远近不一。

樗君、棘君、梧君，他们来自同一地域，彼此就比较无间，在一起时无话不谈，但与其他同学在一起时就隔着一层膜，甚至是扁竹筒里看人——看得又扁又小。促使樗、棘、梧等人关系密切的还有一条纽带，那就是他们不仅是来自同一地域，还有两位校方的头目与他们有着某种特殊的关系。

于是，樗、棘、梧三人便感到有些超然于人上，他们又常到那位小头目那里去拍马、溜须，向小头目报告一些学生中间的情况。而那小头目也靠他们作为伸向学生中的触角来“探知”一些“民情”，以实现自己的管理和统治。

那小头目不是别人，就是四〇段的专职段长。他的尊容怪貌在开学前的一次学生会议上已经有所领略，而他的较详细情况还是开学后逐渐被人认识的。

说那小头目有点怪，不但他的长相，连他的名号也有点怪。他的大名姓吝名嚣。吝嚣，这名字怪不怪？连字都难认。长相青面鼠眼，黑唇虾背者，只听说阴间有之，人间却未曾见过。而这里，这怪名、怪相的人确实有一个，就是四〇段的这位专职段长。

不过，因为他的名号太怪，人们记不住，所以几乎无人称呼他的名号，当面都尊称他段长，而背后里则叫他“三丁头”。这三丁头的绰号是同学们为他起的，因为他人长得如三寸钉,又是学校第三层头目,故名之。

别看那三丁头怪模怪样，有时也会为学生做点好事，比如给会抽烟的人递上一支香烟啦，给某同学一点小恩小惠啦等等。据说学生棘君的老婆还是他拉的皮条呢！所以棘君对他简直是五体投地。

一日，棘、樗二人又去三丁头那里溜须去了。二人进门入座后，三丁头递给会抽烟的樗君一支烟，将两只水杯推向二人面前。因为棘君不吸烟，所以只赐他一杯白水。

三丁头为自己和樗君点燃香烟并深吸一口烟后开口说话了：“怎么样，最近学生中有什么情况？”

棘君刚要开口，樗君借着抽烟干咳一声，棘君张口又止。

三丁头看得出，便说：“怎么，对我还要留一手吗？有什么不好说的？”

樗君笑了一下说：“没有什么。”

“没有什么为何吞吞吐吐的？”三丁头逼得紧。

樗君说：“有些事我们也吃不准，只是一点感觉，也没什么证据。”樗君先打了一个马虎眼。

“感觉就感觉吧，我也不会当真，随便聊聊、说说听听。”三丁头先给二人打消顾虑，来一颗定心丸。

此时，那头脑简单和对三丁头十分忠心的棘君早已按捺不住了，便直言说道：“校规、校纪明确规定，学生在校期间，男女不能有暧昧关系，可是……”

“谁人有暧昧关系？”三丁头追问。

“W君和P君”棘君直言说出。

“什么大不留，什么屁军？”三丁头没听懂棘君说的谁人。

“噢！是这样的，我们同学之间为了方便易记，互相称呼都在姓氏后面加一个君字或姓氏的外文单词第一个字母后加个君字，W君就是姓柳的同学，P君就是姓桃的女同学。”樗君干净利落地加明了注解。

“柳就是柳，桃就是桃呗，什么屁君不屁君的！”三丁头先胡乱批了几句，然后又问：“他们？……”樗君马上接上说：“W君，不，柳姓同学，来自东园林基地，桃姓同学来自南园林基地，他们在同一个班组，还是二人互帮组……”

“我问的是他们暧昧的啥？”三丁头打断樗君自作聪明的话。

“就是两人很要好，关系暧昧。”棘君又直言插话说明。

话说到这份上，三丁头觉得没什么稀奇的，也不再向下追问，脑子里却冒出了另外一个主意。

棘、樗二人觉得三丁头对他们的小状子不太感兴趣，便止住嘴。

忽然，那三丁头面挂微笑地对二人说："你们班组的姑娘哪个顶好？"

"这……这……"二人有些不解。

"我是说，比如长相、人品……"三丁头提了个头。

"要说在我们班组乃至四〇段里顶好的当属P……不，当属桃姓同学了。"樗君迅速领会了三丁头的用意，并作了肯定的回答。

"长得漂亮？多大了？"三丁头感兴趣地连声问。

"可以说是才貌双全。"樗君说。

"你们了解清楚一些，比如哪里人，家庭情况，喜欢、爱好……"

"好的，好的。"二人满口答应。

接着，三丁头说："今天就谈到这里吧！我还有事，以后常来。下次来，我一定好好招待你们。"三丁头把二人送出门，并叮嘱了几句。

二人出了三丁头的家门，并行向宿舍走着，棘君对樗君说："三丁头向我们打听P君的情况，为什么？"

"哎！这还不明白？大概是为人物色对象呗！"

"不是学校明确规定在校期间不好……"

"哼！那是规定，是对新来的学生说的，至于三丁头要为谁人物色对象，我们也不知道。"樗君回答说。

过了三天，棘、樗二人又到三丁头家。这次三丁头显然比上次客气多了。见二人进门，忙说："快坐！快坐！"一面倒茶，并端上一只小盘子，里面盛了几块小糖，还有两只有点皱皮的苹果。

二人受宠若惊地坐着，反觉得有些不自然，只是规规矩矩地坐着。

三丁头先开口说："怎么，这几天学习紧张吗？"

"是比较紧张……不，还好。"

"那位什么P……什么桃姓姑娘的情况怎样？"三丁头直截了当地问。

二人正不知先从哪里说起，正犹豫间，三丁头又说："她的学习好吗？"

"她读书历来成绩好，我们都赶不上她。"二人回答说。

"其他的呢？"三丁头继续问。

"人长得很好看。"棘君土里土气地回答说。

"大方，文静，气质高雅，待人礼貌。"樗君故意文绉绉地说。

"年龄，二十又三。"棘君也学着樗君来一句"文气"的。

"有什么爱好？"三丁头颇感兴致地从座位上向二人的方向欠了下屁股又问。

“爱看书，爱看电影，爱逛风景名胜，爱体育，爱……”

“哟，爱好还不少呢！”三丁头将未吸完的烟蒂丢在地上，用右脚的布鞋底胡乱踩搓了几下，然后有些言归正传地说：

“是这样的，你们班上不是有个小梧子吗，按照你们的称呼叫梧君吧！他与我有点亲戚关系，他的家长托我帮他物色个对象，他又正好与你们同一个班组，所以……”

此时二人才明白三丁头的真实用意，一时间没说话。

二人暗自心想：“原来是为梧君物色对象。”

那位梧君，未去过前线，是新入学的插班生。因为他的老子是校里的一位中层头目，是三丁头的顶头上司，他本人自以为身居要职不便，就托三丁头帮他办这件事。那三丁头考虑到学校有规定，在校学生不准互找对象，自己直接去拉这种事对自己的管理不利，但又不好不办，于是就交给棘、樗二人完成这件事。

此刻，棘君听了三丁头说明了意图，有点为难地说：“这……不过……学校的规定……”

“我看梧哥儿与P君很般配的。”

毕竟还是樗君头脑灵活，他打断了棘君有些畏难的话，并说了自己的观点。

不过，樗君这人常常嘴里是一回事，心里却是另一回事。此刻他嘴里说“二人很般配”，可心里在嘀咕：那梧哥儿在班级里虽年龄不小，可人却是最笨的一个了。长相又差，说起话来瓮声瓮气的，三棍子打不出一个屁来。但是，他可不管这些，只要三丁头称心就行。

这时三丁头继续说：“那小梧子，也就是你们说的梧哥儿，是我费了很大的劲才把他弄进学校的。他虽然笨一些，基础又差，但人还老实。你们俩一定帮他拉一下，做做工作。如若成了，我一定重重的谢谢你们……”

二人最后满口答应。就连有些笨头笨脑的棘君这时也明白过来，觉得这不仅是对三丁头的一次报答，也是一次溜须的好机会，对将来自己的发展一定有利。

于是，二人便开始计划着。

二人先找梧君，即梧哥儿商量。因梧哥儿早已受了三丁头的示意，又向老爹那里领受了旨意，也算长了一些心眼。一听棘、樗二人说及此事，便高兴地不知双手该向哪里放。

三人经过一番细谈，便制订出了一个如此这般的行动计划。

那梧哥儿自然高兴。

但是，使棘、樗二人感到实施所制订的计划最大的难处、障碍有二：一是那梧哥儿条件太差，人又笨，怕他自己把计划搞砸了；二是他们觉得有W君在里面，这是最大的障碍。

二人经过几番密谋，总算制订出了一个万无一失之策的计划步骤。然后又去向三丁头报告后，经三丁头批准。三丁头说："好！你们就大胆去办好了。"

不一日，四〇段里传出了新闻："W君和P君好上了。P君本校外有男朋友了，现在W君插上去了……""W君这人缺德""第三者插足""……"

各种传闻一日而起，同学间大为哗然。

原来这是樗君出的坏主意，他认为要实现自己的计划，必须先把实施计划的最大障碍——W君先搞臭搞掉，把他与P君分开，然后才可以再去拉P君，使她与梧哥儿好。而这传闻人们最相信，因为W君与P君本就有些密切友好。

这计划虽然不高明，但却立即生效了。一时间，几乎半个学校都传开了。传闻如此迅速而广的原因有三。一是学校规定在校同学不准有男女暧昧之情，所以一旦有了传闻非常之快，好像一条敏感的神经受了迅猛地刺激一样，反应特别快。二是P君在段内乃至在全校内很出众，人们一谈便知是那萝卜头发型上别着桃花发卡的漂亮姑娘。三是棘、楞二人有意到处传播、煽动。

于是人们对W君开始说骂、唾弃、嫉恨了。本来色彩淡淡的W君倒因此也有点“显眼”了、“知名”了。

传闻终于传到了W君的耳朵里，但那传闻是真是假连W君本人也不太清楚。长期以来，虽然在他的心目中P君早已占据了许久，但P君对他究竟如何，他也弄不清楚，他只是有点自作多情而已，而如今竟传闻得那么凶猛，所以，他听了反而内心美滋滋的，或许P君对自己真有意？就他自心而言，要是这传闻是真的倒好呢！可他又不便去直问P君，又想，或许这传闻P君本人也已知道，她听后的感觉、态度如何呢？心里总想找机会打听个明白。

一日晚，W君与棘君同路去大课堂上自习，W君对棘君不无殷勤地说：“你也去课堂自习？”

“是的。”棘君有气无力地回答，仍旧以他那习惯性地弓着身子、低着头向前冲冲地走着，连眼皮也没向W君抬一下，只抽动了一下鼻子。

“我也去课堂，咱们一起走。”W君热情地说，并抢步与棘君并肩而行。

W君的热情使棘君感到有些意外。他们虽生活在一个班组里，但彼此很少直腹交谈。W君看不上他那形体如虾和酸溜溜的味儿，棘君也看不惯W君那终日疯癫癫的样子。所以，他们确实有些同路不同心的相处着。此时棘君暗自想：这小子不知又有什么鬼心眼儿？

二人并行没几步，棘君忽然热眼看一下W君说："时间还早呢，咱们慢慢荡着去。"他嘴里这样说，心里却在打嘀咕。

棘君为啥内心打嘀咕？原来他心中忽然想起了他和樗君的计划，心想，此时正是一次推动计划的好机会。

那W君为何也这样热情？原来他也想抓住这个机会从棘君那里探知一点有关传闻的实情。二人各有各的打算和目的。

于是，在初升的月光下，一对同路不同心的倒影跟随着二人身后，在地平线上移动着。

二人各按照自己的打算谈话开始了。

还是W君先开口："棘君，近来你有没有听到什么传闻？"

"什么传闻？"棘君故作糊涂地反问。

"咱们四〇段的一些传言。"

"什么传言？"棘君已猜出W君问的什么，但仍装糊涂。

“你肯定听说过，你是咱段里的灵通人物嘛！”W君半奉承半讽刺地说。

“我什么灵通人物！……不过，要看什么事啰！有的确实灵通一点。”棘君做出了一个进攻的姿态。

“你有没听说过传言我的闲话？”

“什么闲话？”

“说我和P君要好的事。”

“噢，你说的这个。这谁不知道？人家对你反映可大呢！”棘君借机发挥地说。

“他们都说啥？”

“说得多着呢！说你违反校规校纪，说你与P君好是第三者插足，说你道德品质问题，说你……”

“你也这么认为？”W君打断棘君的话反问他。

“人家都这样说……反正对你的反映很大的，既然你主动问我，我也如实相告。这里我奉劝你，应当注意了，别再和P君接近了。人家P君已在校外有男友了，何况学校有明确规定，在校学生不能男女暧昧相恋。你如不赶快悬崖勒马，后果是不好的，弄不好还要吃生活……”

“吃什么生活？”

“这还不明白？违反校规校纪，第三者插足，不吃生活才怪呢！你也知道，这方面学校抓得是非常严的。”棘君借机添油加醋，大谈大论地把W君教训了一通。

“你说的传言P君知道吗？她有啥反应？”W君也借机道出了热情找棘君的真实用意。

“这……”本来棘君要说些什么，但这回这家伙却脑子拐了个弯，他不想让W君得到什么，于是转口说：“这……不知道。但以我想，她肯定对你不感兴趣。因为一来她不会置校规校纪于不顾，二来她校外已有了男友……”棘君又强化了一番自己的观点。

W君听了棘君上述一番话没言语。

棘君以自己比W君大几岁，又是已有老婆的身份、优势，继续用教训的口气说：“我这里给你说，做人应当正直，尤其是男女之间，要讲究客观条件，要讲道德品质，不能违反做人规范，尤其是我们是学生……所以，我劝你还是快悬崖勒马，不要自食其果后悔莫及。”

棘君滔滔不绝地教训，使W君耐不住了，本想从他口里探听一点P君的情况，反被他教训了一通。于是打断他的话说：“喂！你的话有些言过其实了吧！”

“什么？言过其实？你去听听别人的反映！我只不过是讲几句忠言，你爱听不听，爱信不信！”

此时二人已走至课堂门口，随着二人不欢而散进入课堂，跟随他们身后的月光身影也随之消失。

W 君坐在课堂课桌前，心情十分不平静，根本看不进书。他脑子里一直在翻腾着与棘君的交谈，虽没完全达到目的，但似乎也摸到了一点底。这个底，很是使他有些惘然、失落。至于被姓棘的教训了一通，他自冷笑一下想，你姓棘的是什么货色，我还不知道！你的老婆是怎么找的，谁人不知？还不是那三丁头哄骗你老婆才成的！为了找老婆，你把三丁头的马屁股都拍肿了，你还配得上谈什么做人规范？你身上连做人规范的一点渣渣也没有了。想到这里，他用脚尖狠狠地踢了一下课桌脚骂道："去你的吧！"转而他又想，姓棘的说的话十句不一定有一句是靠得住的，想到这里，心情又平静了些。心想，有机会还得找姓棘的谈谈，以弄得更明白些。

过了三天，W 君又寻机耐着性子与棘君交谈，企图再从他那里套出一些关于 P 君的真实情况。可是这次棘君表现得十分冷淡，并不愿多与他交谈，只说："反正违反校规校纪的不会有好果子吃，即使 P 君愿意和你好也一样。"说罢拂袖而去。

棘君离开后，W 君站在原地好久没动。他觉得棘君这次虽然只说了一句话，但与前次说的有很大不同。他反复咀嚼着"即使 P 君愿意和你好也是一样"这句话的真实含义，他不相信P君在校外已有了男朋友，认为这完全是棘、樗等人造出来的。至于那些什么第三者插足、违规、缺德等等说辞更是棘、樗二人妄加胡说、造谣煽动的。

想到这里，他不但对棘君的冷淡没生气，反而觉得他说出了真实情况，不由得心一阵爽快。顿然间，几天来的郁闷、失落一扫而光。

W君集中精力听完了三节课又跑到体育场的单杠、双杠上猛力地拉起来……

晚上，宿舍窗内射出淡淡的光束。棘、樗二人在窗外灯光下的暗处正嘁嘁喳喳地说着悄悄话。

“我都给他捅出来了。”这是棘君的话音。

“怎么捅出的？”这是樗君的话。

“我说P君校外已有男朋友了，说他是第三者插足，说他不道德，叫他快悬崖勒马……”

“你怎么找到机会的？”

“是他主动找上来的，他想从我这里打听人家的反应，还想打听P君对他的态度，我就乘机实行了我们的计划……嘿嘿！”

“这样效果会怎样？”

“肯定有用，特别是说P君已有男朋友了，这句话肯定起作用了。第一次和他交谈后当天晚上，我在课堂里偷偷观察了一下他的表情，他的情绪非常失落，连书都看不进，说明起作用了……”

樗君听后，两眼在暗处转动了几下，发出两股欣喜的微光说：“好！这样他就得考虑一番了。等他那里冷下来一些之后，我们再进行第二步。”樗君高兴地说罢，双手又抓搔着身子。

二人十分投机地交谈之后，最后商定：待W君对P君冷下来，P君肯定也会冷下来的，那时再由樗君出面找P君谈，希望她接受梧君的好感。只要P君稍有顺意，叫梧哥儿马上上，保管能成。

至此，不论是棘、樗二人还是W君都觉得有些高兴。前者认为他们的计划已开了一个好头，后者认为又摸到了一点P君的底细，这底细自然使他高兴。

于是，棘、樗二君又要开始实施他们计划的第二步。

一日晚上，梧哥儿正在闷坐着，樗君走到他面前说：“梧哥儿，你的好事来了。”

“什么好事？”梧哥儿瓮声瓮气地说。

“怎么，你忘记了？上次说过的。”

“噢，没忘记。”

此时，樗君将嘴贴近梧哥儿的耳旁嘀咕了一会儿，然后笑着说：“你一定照我说的去做。要沉着、勇敢，听到没有？”

梧哥儿“嗡”了一声。

周末的傍晚，梧哥儿将圈腮胡剃得净光溜滑，遵照楞君的示意出场了。他不无胆怯地按照楞君指点的地点走去，脑子里嘀嘀咕咕，对即将面临的场面和结果有些七上八下的。

与此同时，楞君也按照事先与三丁头商定的计划方案走向P君的女生宿舍。

当他走近P君住的宿舍门前，故意装得若无其事的样子，点上一支香烟，边抽边上楼梯。

P君住在二楼，此刻正坐在床前看小说。

楞君走进P君宿舍，第一句话就说：“P君，没去看电影吗？”

“时间还早呢！”P君抬起头来，并示意请楞君在方凳上坐。

“差不多了，已有不少人拿着凳子去占位置去了。”楞君说着却在方凳上坐下。

“没关系，最多是站在后面看呗！反正是露天电影院，那么大一个广场，哪里也可以站着看，不慌。”P君停止看书说。

“看什么书呀？”楞君有意找话说。

“随便翻翻。”

“你平常除正课，喜欢看些什么书？”

“没什么，身边有的随便翻翻，反正空时也不多。”

“小说与电影，相对而言，你喜欢看哪种？”

“一般有电影我都要去看，有空时翻翻书，看看小说，说不上喜欢哪种。”P君随便搪塞他几句。

P君这人，除了她的形貌好，多引人注意，她的待人接物也颇讲究礼仪。就她内心而言，对樗君的印象并不太好，尤其是他那动辄讲大话，打官腔的口气，听起来很不顺耳。他还很爱从别人的话语中找毛病，甚至给人扣大帽子，常使人听了有些窒息感，加之他每说话时总是常全身搔抓的动作，使人有些恶心。但P君表面上仍对他尊重、热情、客气。

可是，今晚他主动上门来，肯定有什么事，P君暗忖着。

沉默刹那，樗君只抽烟，无话。

还是P君主动打破沉寂说：“樗君，你喜欢看些什么书？”

“我喜欢看政治经济学，看世界观察，看各种评论，看……”

“哎呀，你喜欢看的都是大书呢！我们班级里喜欢看大书的人还不多……”P君说。

“不过，也有人，比如梧君，梧哥儿也喜欢看所谓的大书……”

“真的？梧哥儿平时成绩可不怎么样，还喜欢看大书？”

“可能是受他老子的影响吧！”樗君总规是脑子灵活的人，他借机讲起了梧哥儿。

“他老子是谁？”P君问。

“这你不知道？他老爹就是学校里的二层头目呀，权力可大呢！”樗君又替梧哥儿吹了一通。

P君听了樗君的一席废话，觉得他好像没什么正经事要讲，懒得听他吹大牛。于是故意看看手表说：“哎呀，时间到了，电影要开始了，你也去看吗？”

“我也去看。走，一起走！”

二人下楼出女生宿舍，P君在前，樗君在后，向放电影场地走去。

“不要着急，我已托梧君他们占好了位置，在中间。”樗君说。

原来这是樗君与三丁头特意安排的。因为通常凡在广场看电影，公务人员总在中间位置事先摆放上部分椅凳，以备给校头头们坐。这次三丁头、梧哥儿的老爹等头们，都将坐在中间。与其说他们是来看电影，还不如说是来看看P君的。除P君本人之外，大家心中都有数。

樗君与P君走进影场，樗君说：“走，到中间去。

梧哥儿他们已在那里摆好凳子。”

P君也不好推辞，便与樗君穿过众人进入中间。这时P君才发现是段长三丁头等头头们坐的地方，三丁头等人还向她望着点头致意。此刻，就是P君想退出已来不及。

樗君让P君与自己坐在一条长凳上，P君有点拘谨地坐下，电影已开始放映。

电影是一部情恋片，P君本就是个电影迷，一开始放映，她就被引入胜境，人们都看得聚精会神。

放了近半个小时，忽然放映停止了，放映机前的电灯也亮了。原来在露天放电影是用小机器，一卷影带放完了要暂停，再换影带。随着机器的“嗒嗒”声，第二卷又开始放映，人们又聚精会神地观看。

当换第三卷影带时，P君感到有些腰酸脖颈硬，她站起身来踏踏脚，伸一下懒腰，无意中向四周张望一下。这时她才发现三丁头等头头们已离座退场，连身边的樗君也不见了，倒是梧哥儿坐在她不远处正对着她微笑。

P君见梧哥儿说：“梧君，你也来啦！”

“我来得比你还早呢！”梧君说。

“咦！怎么他们好多人不看了？我没注意，连樗君也走了。”

“他们都年纪大了，对这种电影不感兴趣了。”本笨嘴笨舌的梧哥儿这回回答得还很切题。

电影又开始放映，大家只管看电影，那梧哥儿虽然也在看，但没看进去，脑子里总盘算着如何与P君说几句有意的话，P君则只顾自看电影。

电影结束了，年轻的男生和小孩一哄而散，只有老年人和女生们在后面慢慢离开。P君和梧哥儿因坐在中间只好等四周的人走散一些再走。约过了两分钟，P君刚要走，梧哥儿殷切地靠近她身边说：“P君，我想和你说几句话……”

“好啊！说呗！”P君大大方方地笑着说。

“等人走完了之后再……”梧哥儿吞吞吐吐地说。

按照樗君、三丁头给梧哥儿的安排程序是：他们中间提前退场、回避，让梧哥儿与P君一起看电影，并主动与她交谈，待电影结束后找一个僻静之处，梧哥儿主动向P君表明初衷，并约她下次再一起去公园什么地方玩。如果P君同意二次赴约，事情就基本成了。

当广场的人将要走散，梧哥儿对P君说：“咱们到广场旁边去坐着说吧！”

“哎呀，不早了，有啥话快说吧！”P君爽朗地说。

“这……我想……”

梧哥儿刚鼓足勇气欲开口，又尚无合适的话先出口，忽然灯光暗处一人喊道："喂！P君，怎么，还没看够？还不走，站在那里做甚？"

P君虽然尚没看清说话人的脸，但从那熟悉的声音便知是W君，马上解释道："你没看到前面的人还没走完么？"P君说这话间，W君已抢步走近她，并说："别待了，快走！回去还要听广播呢！今晚的文艺栏目中有诗歌朗诵，内容肯定很好。"他只管与P君说话，并催促她走，并没注意到梧哥儿也在场，更不知道梧哥儿他们的美好安排，就连P君也不知梧哥儿要说什么话和用意。

可是，使梧哥儿晦气的是话还没出口却突然杀出了个W君来，把一次美好的机会给搅了。而此时的P君，只顾与W君说话，早把他梧哥儿丢在一边，那倒霉的W君也无视他梧哥儿的存在。所以，当梧哥儿看到二人嘻嘻笑笑地离开广场时，他简直要气疯了，可又不好发作，只好跟在他们后面鼓着闷气走。一旦离开广场，他便三步并作两步走，歪歪撞撞地回到宿舍，倒头钻进被窝里。

第二天晚上，在三丁头的家中，灯光有点灰暗，空气有些沉闷，三丁头、棘君、樗君，还有梧哥儿，他们正处在一种懊丧、恼怒之中。那三丁头直埋怨梧哥儿没有用，那梧哥儿只管低着头，双手捂着前额不出声。那一向自感聪明能干的樗君只管大口大口地抽闷烟，那早已一筹莫展的棘君只管佝偻着身子不时地抽动着鼻子。

他们怎么也没想到，所用的精心安排全被个倒霉的 W 君给搅了，又气恼梧哥儿如此没用。幸而那梧哥儿一向不吭声，如果他要是发作几句，四个人大吵起来也不一定。

要说恼火，四人都恼火，但最恼火的还是三丁头。因为他还清楚地记得，看电影那天晚上，他的顶头上司——梧哥儿的老爹见到 P 君非常满意，示三丁头他们一定要促成此美事。他三丁头差不多是下了保证的——一定要办成此事，可……可结果却是使人这么丧气，他三丁头真是恼怒得七孔冒烟。

四人沉默了好一会儿，还是三丁头有胸襟大略，他终于打破沉闷说话了，他说："没关系，慢慢来，这次只不过是被可恶的什么'大不了'（W）君搅了，并不说明事情不会成功。那女的，什么 P 君的态度并不差，我看还是大有希望的。"他自信他们，尤其是他三丁头自己的能量，他硬撑着架子安慰、鼓励大家说："再来过！下一步做得周密、稳当一些。"

"那下一步怎样做呢？"既有点黔驴技穷，又为自己留后路的樗君向三丁头讨锦囊妙计了。

“我们商量一下吧！”三丁头说。

“叫梧哥儿……不，我们草拟一封信，是向P君表露衷肠的求爱信，签上梧哥儿的名字，这样不需梧哥儿再直接找她，又说不出话来。”棘君绞尽脑汁地想出了这个主意。

“不行！不行！”三丁头摇摇头并说：“那样，那女的将信退回来就全空忙活了。”三丁头断然否定棘君的主意。

“是的，那样不行。只有慢慢创造条件，找机会。还是叫梧哥儿主动与P君接近，不断培养，有了好感，再深入……”樗君毕竟既有心机又是情场过来的，他的主张三丁头听后重重地点点头，表示赞成。然后也说出了自己的“雄才大略”之策。他说：“就按樗君说的，慢慢来，培养、深化……不过……应当给梧哥儿创造一些条件……”下面的，他没细说明白，然后三人带着对三丁头的“大略”各有各的理解散去。

且说那梧哥儿美事无成反被三丁头他们欺辱了一阵，着实不悦。虽然三丁头仍颇有信心，可他却一点信心也没有，因此见了P君非但没去主动接近，反而总低着头不与P君说话。而此时的P君除了当时因W君的出现未能听到梧哥儿要对她说些什么话，压根儿就没放在心上，更没觉察出发生了什么事。所以，她仍如平常一样对待梧哥儿，也未觉察出梧哥儿与以往有何不同，因为他本来就是终日低头红脸不爱说话的。然而，她那敏锐的神经倒感到棘君和樗君有点与往常不同，总觉得他们有点诡秘。不过P君这人对周围的事物历来是又关心、又不关心，任其有、也任其无，她总是竭力把精力用在学业上。对于人际关系，她的哲学是友好者处之，不友好者亦处之。对她来说只有友谊的深浅，思想的疏密，无绝对的敌友。她几乎和一切人都是相敬如宾，相处友好，相间均为学友。

但近日使她有些困惑的是，最近一次中考中，她的小班的整体成绩不理想，虽然她本人和一部分同学一直成绩保持在较好水平，但有几位同学如棘君、梧君、W君等人的成绩却不理想，甚至比以前还有下滑。

事实也确实如此，就说棘、梧二人，本就天资不太强，可一段时间以来，他们在P君的身上分散了不少精力。那W君更是很长时间以来精力不够集中，有时连上课、自习时也走神，成绩不稳定。

不过，P君知道这几位同学成绩不理想，但为何原因却不太清楚。

要说这完全是因她的关系，确实是冤枉了她，但却都与她有一定关系。尤其是W君，他这人除了思想过于活跃之外，主要原因是感情上的“绿洲”太浓、太厚。

可又不能见之于大自然，再加上周围人逐日愈烈地传言，使得他读书精力不集中，作业不细心，有时还要走神，他的成绩不下滑才怪呢！

正当P君为本班的成绩有些心事重重，尚未悟出原因和提高的办法，而心情有些困惑间，一天上午，樗君突然走至P君面前说：“段长通知下午开会。”P君应着。

当日下午二时，在三丁头办公室。

三丁头坐在写字台前中央，眼皮也不抬，慢悠悠地点上一支烟，用力抽了几大口后说：“下午开个会，什么内容呢？就是研究一下为何有的班组的成绩下降了，采取什么措施把成绩搞上去？请大家畅所欲言。”说罢，他又大吸一口烟才抬起眼皮扫视了一下与会者。

“有的同学学习精力不集中，上课时还走神……”这是棘君的话。他显然是影射的W君，却不说自己。

“有的人领会问题慢，天生脑子就迟钝，这没办法……”这话只说了上一句还没来得及说下一句，三丁头即插话说：“不能那样说，天生迟钝？才出生的娃娃哪个都不会自己撒尿！”他这莫明其妙的话，惹得大家“扑哧”一笑，但马上又憋回去了。三丁头接着又说：“关键是要分析出原因，采取有力措施，把成绩搞上去。”他这话，使不少人折服地点点头。

“我看应当把成绩好的、不好的分开班组，对成绩差的班组进行重点辅导、帮助……”有人提出这办法，但未说完，就有人插话：“那样也许成绩好的更骄傲，甚至成了集体骄傲，日子久了还是要滑下来的。而成绩差的更加自卑，成绩更差了。”

上述主张有人持反对意见。

“那叫天上的凤，地下的鸡——金凤齐舞，群鸡乱跳”三丁头又插了一句，他想故意卖弄一下口才，可大家听了不知所云何意，犹如喉咙里卡了一块三角刺，想咽，咽不下，想吐，吐不出，只张着嘴发傻。

“我看开个大会，段长上去训话，要把那种学习精力不集中的、上课走神的、不好好读书的人狠狠训一下，并说明利害关系，要成绩再上不去不仅要留级，还要……”

“啪！啪！啪！”三丁头一只手抓起桌子上那只尚有烟蒂在冒烟的旧陶瓷缸子敲了三下桌子，之后说：“你们的办法都不可取，要想出一个确实能使成绩好的更好，成绩差的也好起来……”不少人对三丁头这话又点点头，但具体的好办法是什么？三丁头没说出，大家也没主意。

此时一直在抽烟、听着大家嚷嚷的樗君把烟蒂丢在地上，用脚踩搓一下说话了，他说：“我看应把班、组重新编排过，把成绩好的和成绩差的重新搭配，并制定出班、组的成绩指标，来一个班组学习成绩大竞赛，那样定能把成绩搞上去。”

樗君的话正中三丁头下怀，那三丁头虽未马上表态，却精力非常集中地听樗君的发言。当樗君发言结束后，他轻轻点点头，然后对大家说：“还有什么好的办法？”

与会者无人发话。

“就这样吧！至于新的班组如何编排法，再研究吧！”

稍顿，他又说：“请林、椰、樗、李……留下，其他人——散会。”

三丁头宣布散会后，留下的班组长及骨干分子们具体商量了新的班组编排方案。最后三丁头又说：“具体名单请樗君先草拟出一个初步方案，然后交到我这里来。请林、椰二人先提出一个“班组整体成绩竞赛指标”，最后以段的名义公布。下一学期正式实施。”

就这样，一个名曰“提高整体成绩的改编班组和竞赛方案”出笼了。

方案公布后，大家议论纷纷。

不管大家如何议论，已经公布，就得实行。

对于W君来说，无论怎么编，怎么赛，只要读好书都无所谓。但是，使他深为遗憾的是他和P君的班和二人互帮组将从此结束。当日晚饭后，他就去和P

君交谈。

二人遗憾唏嘘了一会儿，还是P君老练些，她对W君说："不在一个小班和互帮组，还是在一个段嘛！咱们就按照竞赛方案来个互相比赛，看谁的成绩最好，你看好吗？"

W君听后勉强点点头。

然此时善良的P君和W君怎么会想到，那"葫芦方案"里塞进了什么药？

自此后，他们二人再也不像以前那样朝夕在一起了。不过，总还是一个学生段，同一大餐厅就餐，或同一大教室上大课，所以还是可以常见面的。

第三学年暑期放假了，假期情况此不多述。

假期后，同学们陆续返校。

与往年一样，W君返校后，先去看P君是否回来。

刚进入女生宿舍，见桔君正在整理东西。桔君见W君进门，知道他是来看P君的，便说："P君还没回来呢！"

W君听说P君还没回来，略站一下便退出门。

回到自己的宿舍，W君忙将自己的床铺整理一下，将捆着的铺盖席子打开，拿到外面通风晾晒一下，以备晚上用。

吃罢晚饭，W君又去看P君是否回来。正碰上P

君也在整理东西，P君见W君来，忙说：“小W，你何时回来的？”

“下午到的。我已来看过你一次，你什么时候回来的？”

“晚饭前才到。”P君回答。

二人寒暄几句后，W君看着P君整了一会儿东西说：“我走了！”

“那好！我送你！”P君说。

W君也不客气，二人双双走出了女生宿舍。

与往常一样，二人并肩漫步向W君的男生宿舍走去。

P君说：“怎么，假期过得不好？”

“有啥好与不好，还不是老路、老套、老话！”W君漫不经心地说。

“什么老路、老套、老话？”P君似懂非懂地问W君。

“老路回老家，老路返回校。”W君说。

“那老套呢？”

“到家先睡三天觉，妈妈生着法子给弄些好吃的。返校前妈妈给胡乱塞一些吃的，叮嘱再三。”

“嘀！你这小W，瞧你说的，这正是你的福气呀！我还没这分福气呢！”P君又开玩笑，又认真地说。

"我是说没什么新鲜内容，每年总是这样。"

"那么，老话呢？什么老话呀？"P君近一步问。

"这老话嘛……就是……催着快找媳妇呗！"W君直言相告，并举眼盯了一下P君的脸。

"那你就快找呗。"P君笑着说。

"我……"W君本要说什么，但又止住，把话锋一转说："P君，这次你暑期回去玩得好吗？你的家人都好吗？"

"家人都算好。不过我可没你那福分，有老母照料，操办好吃的，我还得照顾二老呢！说实在的，我可真累得够呛呢！虽然我父母都在，但他们双双重病在床。所以一个暑期我主要的活动内容是照顾在病床的二老。"

说着说着，二人已走出女生宿舍很远，再走就要到男生宿舍了。W君为了多与P君交谈一些时间，提议再向回走，于是二人又并肩返回向女生宿舍方向走。

"你二老重病缠身很久了？"W君又重启话头。

"很久了，但究竟有多久，我也搞不清楚。我们已多年未见面了，这次暑假前不久二老才从老家搬到J城来，我这次是与二老久别重逢。"

"你的老家原不是J城？"W君问。

"不是。是在几百里路以外的乡下。"

“你和父母分开多少年了？”

“我与母亲已分开近二十年，与父亲也分开十几年了。”

“这？”W君有些听不明白。

“我自四岁就离开母亲，跟随父亲到千里以外的S城求生，母亲在乡下老家照顾仅六岁的姐姐。后来我长到十二岁时，我又离开了父亲。”

话说到这里，二人不觉又走近女生宿舍。P君赶忙止住话头说：“哎呀，看，你又把我送回来了！”

W君说：“那就算我送你吧！”

P君也不客气，便说：“那好，天不早了，我上楼了，你也快回去吧！回去把东西整理一下，明天就要开课了。”

二人分手后，W君慢慢向自己宿舍走着，心想：难怪她对人对事那么老练，原来她是个自幼就脱离父母，独立求生的人，不由得对她又增加了几分敬重。

新一学期开课后，P君仍担任新编的小班长，并在樗君的建议下与梧哥儿编为一个二人互帮组。

就这样在执行“葫芦方案”中，梧君代替了W君。

P君与梧哥儿编为一个互帮组后，为了提高班组的整体成绩，P君确实对梧哥儿帮助很大，用了不少精力。那梧哥儿的学习成绩也上进不少。

梧哥儿每天非常高兴的样子，棘、樗二人自然也高兴，不免常去三丁头那里上奏一番。三丁头从内心里感到自己的小权谋、大才干，常常抽着烟，嘴里还哼着小调儿。

近期的几次小考试，梧哥儿都取得了较好的成绩，P君带领的小班整体成绩也不错。那三丁头在大、小会议上常常表扬P君的班组，并大吹他实施的方案效果好。

眼看梧哥儿成绩上去了，人也活络多了，话也比前多了，包括P君在内，所有人都高兴。

根据三丁头的催促，樗君找梧哥儿谈过几次，说："梧哥儿，勇敢点，是时候了，可以再次向P君表衷肠了。"可那梧哥儿总鼓不起勇气，他在P君面前总是小学生般地恭恭敬敬听辅导，别的话就是不会启齿。至于诉衷肠之类的话，他的舌头就像一块绝缘体，无论如何也传不出信息来。他的怯懦，确实使三丁头和棘、樗二人感到恼火、失望。

梧哥儿这人，实际上不差，性情好，心肠好，底子老实，没有坏心眼，只是读书，领会问题慢些，加之知识基础底子薄，因而，读书成绩差。可一旦有P君的用心辅导，成绩就上去了，再加上那异性效应的力量，连他那孤僻的性格也改了不少。不过，至于男女之间，他和P君完全是油水之间，就是不能融混在一起，就连三丁头、棘、梼三人也知道。但是，他们为了那位有些权势的头目，或者更确切地说为了自己，却硬去赶着鸭子上树。

可是，那梧哥儿就是不争气。

后来，由于棘、梼催促得太紧，他竟去找老爹要求要退学，说不想念书了。这样一来，他的老爹只好指示三丁头叫他们不要硬撮合了，以免孩子连书也读不成了，还很有些埋怨地把三丁头责怪了一番，说："你们应当帮他物色一个合适的嘛！别逼孩子所难了。"

无奈，三丁头只好没好气地对棘、梼二人说："算了！你二人也不是当红娘的料，那小梧子也是个赶不上树的笨鸭子。"

至此，三丁头、棘、梼三人煞费心机，苦心制订的计划一下子落空了。那"葫芦方案"只起了一点作用，就是将P君和W君分开了。费了好大的劲溜须拍马，不但没得到好处，还被埋怨了一通，他们甘心吗？三个人的三股气向哪里发泄呢？

12

初冬的校园，叶落凋零，风雨无常，时而又连绵细雨，终日不见阳光。这不，一连下了三天雨了，尚无晴天的兆头。

按照学校惯例，每年初冬连绵雨季，就要停止一切专业课程和野外作业实验，让学生们集中起来搞所谓“整顿校规校纪”。这时每个人都要接受教育，进行整改，于是，人人检查，个个过关，分析原因，总结教训，坚决改正。对重点违规者则要言批群帮群斗，甚至是加重处罚，以致开除出校。

所以一到冬季连绵雨季到来，就人人恐慌，个个自危，唯恐有什么“尾巴”被抓住。

可怕的日子终于来了，整顿校规、校纪开始了。

按照惯例，先是在学生中间找两种人，一种是基本无过，一种是有重大违规者。前一种人轻装上阵后充当动力、打手；后一种人是被惩治的对象，接受教育者。

于是，恐怖、阴湿、泥泞、云雾漫天，窒息的气氛笼罩着整个校园。

因为W君早已是人们议论的对象，因此，这“重大违规者”自然就首先找到他的头上，这连W君本人也是预感到的。所以，他也有一点思想准备。不过，他内心处之泰然，因为他自己了解自己，他以为，大不了雨过天晴了事。

然而，事情不是W君想的那样简单。

按照以往做法，整顿校规校纪，一般是先由三丁头召集学生段内事先选定的无违规者充当积极骨干分子，开动员发动会议，布置行动计划，确定惩治对象，以及行动方法、步骤，然后召开全体动员大会。会后人人作自我检查文字准备，再然后是先以大班为单位依次人人作自我反省，轻装上阵轮转一遍之后，再按照事先部署的步骤进行。

于是与会中先由一个已轻装或清白无违规者作为打手向重点违规对象发难，然后大家接连而上，群起而攻之……

这一次大体也跟以往一样进行，不过有所不同的是，W君所在的大班要男女分开进行。因为按照三丁头的部署，这次要惩治的违规重点是男女暧昧关系问题，男女分开进行比较有利些。

在分开的大男生会议上，依次逐个检查开始了。

刚轮转完一遍，就有人举手发言。“我认为W君的自我反省不行，他全是避重就轻。”说完他看看三丁头的脸。第一个发言的不是别人，正是棘君。看过三丁头之后，棘君又转向W君说：“W君，你应当老老实实地反省你和P君的不正当暧昧关系……”他又瞟了一下三丁头的脸。

“你W君有严重的违规行为，你别以为别人不知道……”这是樗君的话。他用手搔抓了几下膝盖又说：“校规校纪明确规定在校学生之间不能谈情说爱，更不能……可是你进校不久就与P君打得火热，置校规于不顾。”他说完也举眼看了一下三丁头，觉得自己的话既有分量又有发动性。

“我以前早已提醒过你，叫你一定要注意，不要做出违规的事，可你听而不闻，闻而不止……”棘君也想和樗君一样，想用词高雅一些，便自己造了这两句，惹得李君扭着嘴，又不敢笑，只挪动了一下屁股。

“我看他是知错犯错，屡教不改……”

“更严重的是他已经与P君分班不在一起了，可仍常去找P君幽会……”

“有一个晚上，我亲眼看见他与P君在黑暗的校园马路上亲亲热热地游逛，这明明是严重的违规行为……”

“有一个周日，同学们集体到公园里玩，他对P君特别亲近……”

“有没有拉手或……”有人笑着插话。

“咚！咚！咚！”三丁头用指头敲打三下桌子说：“严肃点！”

“W君的行为已构成严重违规，应受到严惩。”棘君又加了一句。

当大家重炮般地轰过几轮子之后，有经验的三丁头用锐利的眼光向大家扫视了一圈，然后面对W君说：“喂！大家对你的自我反省极不满意，你应当考虑考虑，来一个深刻地反省，老老实实地作一次深刻检查，不要辜负了大家的帮助……”三丁头说到这里，他又调转话头说：“学校对这次整顿校规校纪决心很大，谁要是想蒙混过关是不行的。我们一定要把校规校纪整顿好，不达目的决不罢休！”他的话高亢有力，斩钉截铁，咄咄逼人。话说完，他自满自足地连连抽了几口烟，把烟雾吹得袅袅绕绕。

此刻会场里空气窒息、紧张，鸦雀无声。只有三丁头吹出的烟雾缭绕于与会者的脸部和房间内。

突然间，一声撕裂的口号声划破了烟雾云空："不老实没有好下场！""我们一定要把校规校纪整顿好！"

听到口号声，本手拿反省稿和记录纸笔的W君下意识地停下记录的手。双唇紧闭，全身肌肉似乎缩成了团块，一动不动。他的身躯好像是一座冰冻的人塑，他一言不发。

又是一片阴气森森的沉默。

还是樗君打破了僵死般的沉默气氛，说："W君，你的问题不是一般性的违规，是思想道德问题，你应当深刻挖挖根源。恕我直言，你远在第一次入校后年终考试时就写黄色诗词，你的脑子里装满了黄水……你应当好好挖挖根源，来一次深刻检查，用实际行动挽救自己……"他又说："W君，你可知道，你不仅是本人严重地违反校规校纪，还玷污了我们的群体……所以你必须深刻反省……"

樗君恶狠狠的话，使会场更严肃，他简直是戳骨挖肉。

"是的，他是思想道德品质问题，是破坏我们集体形象的问题。"这又是棘君的恶言相加。

"我看你才是道德品质问题！"W君听着樗、棘二人的恶言相加，实在受不住了，便怒不可遏地回敬了棘君一句。

“什么？你们听，他这是什么态度！”棘君说着扫视了一下与会者，又盯了一下三丁头的脸，并连续抽动了几下鼻子。

“W君，你应知道，不老实，态度又恶劣，是要从重处罚的。”樗君的声音虽不大，却是沉沉的。

“我没什么错，没有罪，没什么好处罚的。”W君话音也不重，但也是沉沉的回应樗君。

“到现在你还没认识到有什么错？”樗君反问W君。

“我没偷鸡摸狗，也没睡不着觉偷糖吃，何罪之有？”W君对着樗君再度强辩，他话中含刺。

樗君听到W君强辩，尤其是听到W君后面的偷糖吃立即脸色变得红一块、白一块，又习惯地双手搔抓着面部和全身，连屁股也紧贴在小凳上用力摩擦着。

那樗君何以至此态？原来他全身的瘙痒症受到W君的冲撞刺激因情绪激动又大发作了，尤其是听到W君说偷糖吃，来影射出他的丑就更激动。

原来这其中有一段笑话，那是在一个月前的一个夜晚，樗君因半夜全身奇痒睡不着觉，便起来抓身子。因他与梧哥儿睡一张高低床，从上铺爬下来，正坐在床边抓痒痒，忽然发现梧哥儿床头上有一小瓶小糖，便打开瓶盖取一块吃了，觉着味道好，又吃第二块、第三块……

次晨，梧哥儿起来，习惯地去拿糖吃，发现小糖少了不少，便瓮声瓮气地说："真不是劲，小糖少了不少！"

听梧哥儿此言，樗君按说应笑言承认是自己夜晚吃了，也没什么大不了的。可他这人历来"臭椿充香椿"，却闷声不响。其实夜晚睡在对面的桑君已看到他在抓着痒痒吃小糖，见他不承认，故意对梧哥儿说："可能是被耗子偷吃了！"

梧哥儿听了桑君的话还信以为真，便没好气地骂："这死耗子，真不是玩意儿！"于是，塞进一块嘴里去之后，把糖瓶子放进书包里。同室的人见之都"嗤嗤"地笑了，那笑声包含了两层意思。一是笑梧哥儿，那糖瓶子明明有盖，那"死耗子"会打开瓶盖偷糖吃？二是笑偷糖的樗君赚了个"死耗子"。

一般说，会议进行到这种近乎顶牛的局面，有经验的三丁头便说话扭转局面。他果然说话了："我看这样吧，现在暂时休会，让他（指W君）会后好好思考一下，会议下次再开。"他停顿了一下又厉声说："不过，我奉劝你（还是对W君）几句，可不要辜负了大家的帮助，会后好好思考准备准备，下次会议拿出一个像样的检讨来。"

于是暂时休会，一部分骨干分子留下来，三丁头如此这般地又部署一番。

两天后，第二次会议又安排在晚上。这次会议安排在一间小课堂里，但没有了课桌，除了三丁头独自坐一张写字台前，其他人全坐小矮方凳。全体与会者坐着小矮凳，摆成一个圈圈，围拢坐好，中间一只小矮方凳是给 W 君坐的。

按照惯例，凡是这样的开会形式，让坐在圈子内的人一定是被批判惩治者，与周围人的关系已是泾渭分明。一圈的人集中地针对中间那个人，中间的那个人也心中有数，他的任务就是自我反省，接受批判惩治，没有别的权利，只有老老实实接受大家的帮助教育。

这次会议是三丁头先发言——他赤膊上阵了。

他说："今天继续上次的会议，还是请他本人（他仍故意不说 W 君这几个字）根据自己的准备先作深刻地检查，然后大家对他作评议、帮助。希望大家集中精力把会开好，也希望你（他重重地指了一下 W 君的脸）有个好的态度，做出一个使大家满意的检查。"

W 君坐在人们围拢的小凳上，他面容沉沉，两眼发直，他没有任何表情地发言道："我上次顶撞了棘、樗二君，态度不好，请原谅。"他停顿一下继续说："我与 P 君的关系是比较好，比较密切，因曾经是一个互帮组，她给了我不少帮助，我对她印象也比较好。她学习努力，成绩好，也曾一起或和其他同学一起上街，去公园玩逛过，也曾与她和同学们一起去影院看过电影。我很愿意与她接近是真的，但除了这些之外，没有任何超出同学关系的言行……”W君刚说到这里，棘君猛地跳起来冲着W君说：“你还是不老实！我曾经劝说你多次，叫你早点悬崖勒马，不要和她接近，可你总是听而不进……”他说到这里，又习惯地看一下三丁头低着头看地板的脸。然后又说：“有一天晚上，你们俩在一起谈到很晚才回到宿舍，这是什么行为？”

“有一次，同学们集体去逛游园晚会，本来大家一起游玩，可玩着玩着，W君就和P君走到一起，二人有意脱离大家，双双亲亲热热地玩去了，晚上很晚才回来……这是什么行为？”

“我看P君也有责任，她为什么不和别人那么亲密？”

“是的，P君也有责任，不然她为何不和……”

“咚！咚！咚！”三丁头使劲拍了三下桌子，然后说：“大家集中精力，先别打横炮，涉及女同学的事，这里不提，那要另外一种形式，今天主要是帮助他。”说着他又指了一下W君的脸。

稍作平静后，棘君又说：“他W君态度还是不端正，我看……”

“咚！咚！咚！”三丁头又拍了三下桌子，接着说：“还是让他讲完大家再作帮助吧！”

会议房间里的空气窒息般地逼人，头顶上的日光灯发出“嗡嗡”的响声，好像在向人们的神经里注入能量，以使每个人的心胸更加饱满，气势更加磅礴，情绪更加炽热。三丁头坐在人圈一旁的桌前，吹出的烟雾团弥散在每位与会者的脸上。虽然是近冬，但因房门紧紧地关闭着，人们感到有些燥热。此时，W君对周围似乎有些麻木了。如果说在会议开始他的态度和精神还比较正常理智，而现在他已经处于头脑发胀，双眼冒火，全身的血管近乎崩裂的程度，他的情绪里充满了对周围这群人的憎恨和敌意。他一直紧绷着双唇，脑子里僵持着，恼怒着，怒滔着。他暗自想，这伙人完全没一点善意，他们是受三丁头之恶意成心要惩治自己的。他们把自己当作惩治对象倒也罢了，更可恨的是他们竟同时把矛头指向P君，平白无故地玷污P君的清白，这使他无法忍受。在他的眼里，P君始终是一棵纯洁的桃仙，是一块无瑕的白玉。多年来，即使自己在内心里一直爱慕着她，但从未给她丝毫的不敬。可是，如今这伙人嘴上说着是维护校规校纪，捍卫集体荣誉，实际上干的却是损人毁誉的勾当！所以，当他被三丁头拍打桌子的响声惊醒后，他把一切仇恨化作两股怒火，通过两只眼睛射向三丁头，射向周围人。他的情绪到了弩弓欲发的程度。当听到三丁头说“让他作些回答”时，他的脑子由僵持、怒涛、骤然转向如何回应上，但他一时不知如何回答，脑子正在激烈地、飞速地思索着。此时棘君又急不可耐地说：“我认为W君的行为是破坏、对抗校规、校纪。他的所作所为是道德问题，是品质问题，是……”

“你才是道德问题、品质问题，你才是破坏校规校纪。你们这样无中生有，任意亵渎清白，难道是校规校纪允许的？”W君终于怒不可遏地作了几句反击式的回应。

“你们看，他这是什么态度！”棘君对着众人大声吼道。

“什么态度？你什么态度！你们这是维护校规校纪吗？我看纯是借机惩人，公报私仇，不怀好意！”

W君言如利箭齐发地射向棘君，射向众人，他根本没作任何“回答问题”，他横下一条心把自己摆在这伙人的对立面。他已顾不了什么态度不态度，他简直是本能地失去理智地以愤怒之火来保护自己。

当W君直冲着棘君一连串地回应期间，三丁头铁板着面孔，两眼盯着地板目露凶光，右手食、中指间的烟蒂已烧灼到他发褐、发黄的手指头。他突然把烟蒂向地板一甩，用脚底胡乱一搓，故意停顿了一刹，然后说："这样吧！看来他（指W君）有些讳疾忌医，他根本就不认为自己有什么错。既然如此，今天会议就开到这里。"说到这里，他用两只老鼠眼斜射了一下W君那激愤而有些颤动的脸，扫视了一下与会者，又对W君说道："现在向你讲三条：一、会后仍应深刻思考，认识问题，做好准备，我们将在另外一种形式听取你的反省；二、在下次会议之前，无特殊情况不能外出，有事必须请假；三、你的问题怎么处理，仍然依据你的态度和认识改正程度而定。希望你好自为之。"然后，他又对着大家说："何时再开会，在什么地方开，大家听候通知。"说完，他忽然站起身来欲走，但又站着补充一句："明天晚上×××、×××……到我办公室开会。"然后拔脚而去。

W君仍坐在小板凳上一动不动，直到与会者将走散，只剩下杨、桑君。他们用温和的语气说："走吧，天很晚了，回去休息吧！"

W君又僵坐了片刻才起身离开。

13

初冬的夜，宿舍内一片漆黑，唯有西窗外远处那盏小小的路灯微光淡淡，透过湿漉漉的玻璃窗射向房内樗、梧二人的高低床头上。紧闭着的西窗内玻璃上泪滴般地淌流着宿舍内人们呼出的水蒸气滴，混浊的空气混杂着室内同学们的呼吸声、鼾声、呓语声。

这仅有十平方米的学生宿舍内安置着四张高低床，睡了七个人，显得特别拥挤、郁闷。同学们的各种狼藉的睡觉姿态，盖在身上的外衣，有的掉落在地上……

W君直挺挺地躺在高低床的上铺位上，却没有一点睡意，企图看一下手表上的时针，但看不清楚，估摸着已是后夜凌晨一时许。他深叹一口气，翻动一下身子，但仍不能入睡。前一天晚上开会的情景在脑海里持续地浮现着，那逼人的空气，那诬蔑、侮辱性的言辞，那莫须有的罪名，那三丁头的三条训示……他想竭力排斥掉这些烦恼和干扰，让自己尽快入睡，可是总排除不掉。他想，前天晚上开会的情况，P君是否知道？她的情况如何？是否也和自己一样正在受难？那她怎么受得了！她是无辜的，她决不可以受到如此的伤害。W君又想到三丁头那三条训示的第一条那“另外一种形式”是什么样的形式？W君又盘算着如何应对未来更大的灾难。他自忖着问道：“他们究竟要达到什么目的？他们要如何处置自己？难道他们真的要取消我的学业？如果那样，我就完了。接着，W君又抱怨的想，我有什么错？我有何罪？我什么都没有！她——P君更什么都没有！我们二人只不过为了学业接近多一些，表现友好一些。如果说这算是违规违纪的话，你们没有？你们违犯的更多、更严重、更缺德呢！不错，从感情深处我承认对她早有好感，但那只是封闭在我自己脑子里的感情蓓蕾，并没开放。难道这样也算是道德问题？也算是严重违规违纪！W君愈想愈不通，愈想愈气恼，他只觉得全身发抖，牙关紧闭，全身的知觉都快没有了。直到肚子里的尿发胀，他摸着黑爬下床，拖着沉重的身子走出房间，先去卫生间内方便过，又在水龙头上撩了一把水向脸额上抹了两下，然后走到宿舍门外，在雨棚下的水泥阶梯上坐下，让冷风吹拂着头颈部。过了一会儿，又双手托额蜷曲着身子任凭冷风湿气浸拂，直至全身感到有些寒冷。

他又抬起头来向远处的小路灯张望，向他曾经十分热爱的校园夜空漫视。可是，此刻眼前却是一片漆黑。他连续叹了几口气，不由得又将视线移向右侧远方P君住的女生宿舍楼，但那楼房门前的路灯微弱得无法看到P君所住房间的窗户。尽管如此，他仍然直直地向那楼房望去，脑子里想着，此刻她睡得好吗？已经好几天没看到她了，如果能见到她一面，向她倾诉所发生的一切苦情，让她出一些主意，应该如何应对未来的灾难该多好！她一定有好的主意。但转而又想，也许她什么也不知道，也许此刻她正在甜蜜的梦乡呢！不！不！不能向她讲，不能给她增加苦恼，她是无辜的。可是，谁能帮助自己呢？大个子？林君？桑君？互帮组？不！如今的互帮组早已名存实亡了，何况互帮组只能在读书上互帮，是不宜谈别的。至于大个子、桑君、林君等虽然对自己比较了解，但这些日子他们与自己说知心话也少有机会，何况有直言也不便多说，他们仅是在心里对自己有不平和同情而已。至于那些与自己关系一般的人，他们即使在会上默无攻击言辞，但大多是躲而远之。

夜，静得死气一般，云雾弥漫压顶，滴流接地。W君坐在门前，两眼惺忪，垂着头，托着额，眼泪从面颊顺流而下，滴在冰凉的水泥台阶上……如是不知过了多少时间，他忽然打了一个寒战，只觉得全身透凉，双腿麻木，肩背上的衣服被气雾、水滴几乎浸湿透。他吃力地站起身来，再次望了一眼P君住的楼房的模糊轮廓，又走回宿舍，爬上双层床，重新直挺着身子躺着。

不知过了多少时间，他迷迷糊糊地感到身子好似沉入了无底深渊……

几天来，W君每夜都睡不好，人们对他不公正的攻击、诬蔑，他始终想不通。三丁头的三条训示始终在他脑子里萦绕着。下一步将如何处置他，对未来的灾难如何应对，他仍没有肯定的主意，P君的情况他仍不知道。这段时间以来别人的攻击，不仅未使他忘记P君，反而加深了P君在他心底的嵌印。他想见到她，又怕见到她；他要向她吐露一切，又不能吐露。他对周围人十分憎恨，又不能发泄愤怒之火。他终日昏昏沉沉地不知如何度过的，他夜晚睡不好，白天吃不香，他觉得已经支撑不下去了，他的精神快要崩溃了。他原本不胖的身子体重只有九十几斤了。他有时神志恍惚，无目的地到处乱走，时而又躺在床上一动不动。别人不与他说话，他也不与别人理睬。他恨周围一切，他恨人间为何这么丑恶。他曾想到要反击，要报复，但他又没有这个能耐。他也曾想过，还不如脱离这是非不分之地。但又想，那样奋斗多年而实现的深造机会将毁于一旦，他实在不舍得，更舍不得P君。他有时连自己也恨，恨自己没有能耐，恨自己没出息，恨自己经不起狂风骤雨，连自己的模样、自己的头发也恨。

一天下午，他突然去校理发室让理发师将他的头发剪得短而少，只剩下头顶上一小片片。他对着镜子照照面黄肌瘦的自己哭笑起来。理发师见状说："你的身体不大好吧？"他没作任何回答，傻笑一会儿便离开理发室。

出了理发室，W君精神恍惚，无目的地到处乱走，他竟忘记了这天有课。到晚上，天还没黑，他便躺上床一动不动。其他同学都在闲聊，他却直挺挺地躺着一言不发。大个子深知他精神受了刺激，嘴里不说，内心深表同情，只说："天还早呢，下床来活动活动。"W君对大个子的话似没听到，未理睬，仍在床上躺着不动。过了一会儿，他突然从床上下来，在房间转着小圈子走。别人看了他的样子，故意逗他开心地说："怎么，学猴子走路？"他则答非所问地傻笑。大个子倒一杯水递给他喝，他则端着玻璃水杯傻笑，继之竟将水杯当皮球玩，把水杯抛向空中，结果将水杯摔得粉碎，水和碎玻璃在地上溅了一大片。他的举动使大家惊异，他则自顾自己地傻哭笑，然后又躺上床去。

过了两天，W 君沉重的头颅在肩颈上晃动着，但精神略好些。班长林君乘机对 W 君说：“W 君，段长指示，要你准备一下，再开一次小型的会议，你重作一次反省检查。”

W 君听后愣了一下，但没说话。心想，什么“小型会议”？反正你们不会满意。

次日上午，由林君主持，就在宿舍内。参会的只是同宿舍的人，再加上住另一男生宿舍的班长林君等，共参会十一人，三丁头也没参会，甚至连什么话也没让林君传达，只有林君在会前说：“根据段长的指示，再开个小会，请 W 君作一次反省检查。”

这次会议的空气很一般，很温和，与前两次显然不一样。与会者都坐在高低床的下铺上，参会的人也没以前那么大的劲头。

W 君的脑子已经麻木了，他几乎没什么准备，他知道，即使准备的再好，他们，特别是樗、棘等人也是不会满意的，何况他的脑子已无法思考错与对、肤浅与深刻了。所以，他只将原第二次会议上所用的，已经搓弄得乱糟糟的稿子勉强再念讲了一遍，只待大家炮轰了。

出乎意料的，这次棘、樗等人竟一言未发，其他人也没作什么分析评论，只有林君以主持会议的身份说："会就开到这里，请W君把检查稿子交给我，我交到段长那里去。"

就这样，第三次会议的"关"走过场式地过去了。

会后，W君的反应是无喜、无忧、无恨、无欲，只垂着双眼皮听天由命了。

两天后的早晨，正是周日，连续十几天的整顿校规校纪总算要放松休息一天。同学们吃罢早饭都纷纷到校园或校外去轻松、散心，W君却仍一个人昏昏沉沉地躺在床上，连早饭也没吃，他终于病倒了。

当日中午，林君从外面回来，发现W君病得不轻，量一下体温，高达39摄氏度。

同学们急忙将W群送至校医务室治疗。

W君躺在医务室的病床上昏昏沉沉地。一躺就是三天三夜。在医护人员的精心照料、治疗下，第四天热度才开始下降，脑子也逐渐清醒，胃口也有了些。又经过一周的治疗休养，W君感到精神和体力都好了许多。

P君终于出现了。她经过几天打听才得知W君住院，赶忙赶来看望。

W君见到P君来看望，有些激动，看到P君那亲切而熟悉的脸庞又是悲喜，又是感激，又是懊恼。他几乎要流出眼泪，但强忍回去了。男儿有泪不轻弹，在女人面前更不能流泪。他抑制着激动，强打精神地说："谢谢你来看我！"P君听后如往常一样乐呵呵地说："别谢！别谢！"

接着她又盯着W君的脸说："哦！瘦了不少！吃饭胃口好吗？"

"还可以。"W君淡淡地回答

此刻，W君真想把所有的苦情全部向P君倾倒出来，但他见P君乐呵呵的样子欲言又止。

过去在W君身上发生的一切，此时的P君并不知其详。虽然耳朵里也传进几句，她并没太在意，更不知W君所蒙受的攻击、侮辱和冤屈。

二人没说几句话，班长林君、大个子杨君也来了。二人免不了又问候一遍，三人都劝慰W君好好养好身体好参加上课。W君听后既感激又诧异，林君早已看出W君的心思，于是说："你看，外面的天气已雨止云散了，天晴了！好了，一切不愉快都过去了，也别想它了，就要正式开课啦，好好养好病回去读书吧！"

W君听到这里，开始心情有些悲忧，但很快转忧为喜。

大家又说笑了一会儿，P、林、杨三人离去。

三人走后，W君的心情轻松，血液沸腾，好长时间以来，他还是第一次有这种感觉。顿然间，一切孤独、愤怨、恍惚，乃至麻木荡然无存，他感到自己的精神又复活了。

经过半月的治疗休养，W 君的身体乃至精神完全恢复了。出院后，回到班组，感觉果然不同了，一切又恢复到整顿校规校纪以前，同学之间又和谐、正常了。W 君心情舒畅，他下定决心，抛开一切不愉快，集中精力把书念好。

可是唯有一件事在他脑子里非但忘不了，抛不开，而且更强烈了，就是 P 君。他曾竭力抑制自己不去想，但那情感之闸门却难以控制，稍不加压扭紧，情感之水即喷出。他总感到有许多话要对她倾诉，可一直没有机会。

但是，无论如何他要把书念好，他深知这也是 P 君所希望的。

确实不错，W 君硬是把自己管牢了。他把精力完全用在读书上，一鼓作气地把缺了半个多月的课用学余时间补上，并取得了期中考试各门课程的较好成绩。

他的精神、体力又焕发了青春。

第三学年暑期将临，各门课程进入总复习阶段。W 君与所有同学一样，勤奋攻读，认真做实验，精心总结，决心考出好成绩。

果然，功夫不负努力人，W君各门功课考试都感觉良好，只待公布分数了。

暑假期又到了。今年的暑期怎么过？还是老路、老套或是寻兴闲游？或是访亲会友？W君经过一番思考，决定还是老路、老套，最后留些时间会会朋友。

考试成绩公布了，W君果然取得了较满意的结果，各门功课均为良或优。

放暑假了，紧收了几个月的心，如今又感到有些空荡荡的。

一日晚饭后，W君刚从餐厅走出不远，忽听后面一声熟悉而亲切的声音喊道："小W，看你匆匆忙忙地要到哪里去？"

W君还未回头就听出是P君，赶忙回头站住。只见P君笑容可掬地走过来，并说："你出院好久了吧？一直没见到你呢？"

"我也没见到你呀，你好啊？"

"好！好！我又没生病，当然好啰！"

接着，她又问："你要匆忙到哪里去？"

"不到哪里，餐后去校园，大操场散散步，走走而已。"

"去校园？唷，我也好长时间没去校园逛逛了，走，咱们一起去走走，好吗？"

W 君何尝不乐意与她一起去走走！很长一段时间以来，他硬是压制着自己不去找她，不去想她，好好攻读功课，可内心深处多么想与她畅谈，甚至倾吐腹中的郁水。

二人又如往常一样并肩在校园内漫步，边走边聊，东拉西扯没个边界。不过，W 君肚子里的郁水却是欲吐不能，他想说，又怕把苦情转移到她的身上，搅了她的好心情，所以只能她问什么回答她什么，无目标地扯谈。扯了一会儿，P 君又把话头拉到读书上，她说:

“你期末考试成绩不错嘛！”

“可是，还是你好呢！”

“你缺了那么多课，还考得那么好，确实不错了。前一段时间你一定非常勤奋。”

“勤奋谈不上，口含苦棒追赶呗！”W 君的嘴还是漏了一句出来。

P 君是聪明人，她早已听说了 W 君在病前所经受的苦情，但又怕再谈起重勾起他的不愉快，便用表示已知道和不愿彻谈的话说：“咳！已经过去了，算了。好在好人冤屈不了……”

“冤屈不了？那些诬蔑之词，什么不正当、缺德、违规者、道德品质问题……”W 君还是控制不住地倒出了一些，但被 P 君的话止住了，她急插话说：“那全是胡说八道！就当作是疯子说疯话吧！才别管他呢！”

“可人世间的事常常是无中生有反成有，真真假假当作真呢？”

“有就有，真就真，有什么了不起的！谈不上什么违规，更谈不上别的。男女交友完全是正当的权利，管他那么多！他们那些人多着呢！要说不正当，是他们！他们的鄙劣手段多着呢！”

听了P君铿锵有声的话，W君顿然精神开朗多了，好像满肚子里的郁水、苦水一下子消失了。

P君不愿多谈不愉快的事，于是转笑口问：“你暑假到哪里去度过？还是老路、老套？”

“对！还是老路老套。你呢？”

“我也是老路老套。二老仍病重在身，看一次少一次，也算是一点孝道吧。”

二人正谈得热烈，忽然铃声响了，因晚上要开会，二人赶忙去课堂开会。

14

暑假开始了。

火车不时鸣着汽笛向前飞驶。W 君坐在车厢内座位的窗前向窗外观赏着不断变换的大好河山，嘴里嗑着瓜子好生惬意！此时，他真的无烦一身轻了。什么绞尽脑汁的读书记忆背诵，什么苦情郁水，统统荡然无存，只盼着早点回到老家。

经过一次中转车，历时四天四夜，顺利抵达老家。

到家后，最高兴的自然是老母亲，看她老人家虽然身子骨不太硬朗，但精神不错，不用说“老一套”又来了，什么自擀面条、豆腐粉丝素火烧、冷拌青瓜片、白糖调番茄片……W 君自然是餐餐美口肚饱。

仍如往年一样，W 君先睡上三天懒觉，然后到邻居家拜访、做客，叙谈乡邻之情。也有好友、孩提时的朋友特来探访，大家亲热交谈，甚兴。

在家住了二十天，天天享受着老母辛勤的母爱。

所以，与其说回老家探母尽孝道，倒不如说给老母添加她老人家高兴愿意的辛苦。

但是，今年W君要在家少住几天。住到第二十一天，他对老母说："我要提前几天走。"老母听后愣了一下说："怎么只住那么几天？有事吗？"

"没什么大事。我要在回校途中去看几个朋友。"

听了儿子此言，老母说："总要在家多住几天，我还有好几样东西没烧给你吃呢！"

到第二十三天，W君执意要走，老母也不强留，便说："到朋友家，好好玩，也托朋友帮你找个对象……"

听老母又提起老话，W君忙说："好！好！一定找！你只把自己的身体管好就行了！"

W君应付、安慰老母两句，于次日起程离家。

离家前，免不了老母又大包小包地塞了许多吃的，W君带上大包小包吃的与老母和家人相拥而别。

其实，W君对老母说提前走，要去看朋友是搪塞老母的，他要提前走的真实目的是想早到校和P君玩玩。

经过七八个小时的火车行驶，没有熟悉的旅伴，确实有些孤独，连带的家乡美食一个人吃着也不香。到中转站下车后，W君一个人带着自己的行李，急忙去办理中转签证手续。

当W君一个人带着行李正排队向签证窗口移动，忽听一声清脆的呼叫："小W！小W！"

W君急侧身看："哎呀，这么巧！P君，怎么是你呀！"

"怎么不是我？你返校，我也是返校呀！"P君乐呵呵地笑着说。

"你也签证中转？"

"是啊，我正发愁签不上呢！"

"那好！快拿票来！喏，我这个，请帮我拿着。"W君将自己随身带的旅行包交给P君暂拎着，自己排队去签证。

P君在大厅等了二十多分钟，W君签好中转车票，又从P君手中接回自己的旅行包，然后说："离开车还有一个多小时，咱们找个休息处休息等候。"

P君一面审视，看着签好的车票，顺口问W君："你是哪趟车？"

"当然是同一趟车，同一节车厢了，还是同一张双人座位呢！巧不巧？"

P君听后当然高兴，未来的三天旅行有同伴了，而且是小W君，当然高兴。至于W君的心情就不言而喻了。

二人穿过车站广场、马路，找一家冷饮店，相对而坐。W君要了两个冰淇淋，二人边乘凉边慢酌。

头顶上的吊扇旋风制凉，徐徐清风吹动着两人的身心。啊！多么美好的时刻！他们虽然已是数年的同窗好友，但似今天这样悠闲、甜蜜地相对而坐，品尝着香甜、凉爽的冰淇淋聊天还是第一次。

此刻，悠悠清风吹动着P君那稍下垂的刘海儿，虽然她从不化妆和佩戴任何饰品，全身却散发着青春、健康之美。她身穿一件翠蓝底、艳红碎小花的连衣裙，双脚蹬一双白色皮风凉鞋，头发用一条白底红碎花手绢扎成萝卜缨状，因天热，白皙的脸庞充盈着桃红艳泽，一对酒靥儿随着说笑不断变换成倏大倏小、倏深倏浅、俊美的小旋涡。真是活脱脱的一株刚出水的芙蓉！

她具有一般美女之美，然美女却未必具有她那般文雅而又落落大方，口齿清晰，侃侃而谈之气质。她的形貌、举止，一眼看去便知是一位秀外慧中之女，故而惹得周围顾客或则向她瞟两眼，或则呆视。

至于此刻W君的感受心情就不必多说了。

“你的二老今年身体可好？”W君问。

“还算可以，但仍卧床不起，生活上一切都要人照顾。唉！说实在的，这大半个月来可把我累得够呛！光陪他们去医院就是四次。天天生着法子尽可能给他们烧点，或买点好吃的。你想，我一年就回去这么几天，总要尽量尽一点孝道吧！”

“是的，是的。”W君听着，并附和着。心想：“她尽孝道是这样的，而我……”但未说出口。接着，他将自己带的吃的从旅行包内取出，打开放于小桌上说：“喏，我老妈给我带上了许多吃的。”一边说一边将熟鸡蛋、鲜大红枣、小酸枣、自制糕点等摆开。P君见之说：“嗬！那么多好吃的！”

“来，快吃嘛！没好吃的，家乡货。”

“那不客气了！”P君说着垂手捏起两只小酸枣慢慢咬着，又说：“你可真有福气啊！”

“福气？其实我的家境也不好。这也是妈妈俭省下来的，不吃不是也不孝道嘛！”

“看你说的！”

二人慢叙小酌近一小时后，W君看看手表说：“噢！时间差不多了，我们准备上车去吧！”边说边收拾东西。

二人又穿回马路广场进站。不一会儿，就排队上车。

火车缓缓起动。车厢内涌动的乘客慢慢安静下来，各自干着自己的事。有的整理行李，有的品茶看报，有的对着窗外观景，有的谈笑风生，也有的与孩子取乐，还有几个顽童在中间通道上奔跑玩耍，一时间，车厢成了一个临时大家庭。

W 君与 P 君坐在车厢后部闲聊、笑谈。

约开车二十分钟后 W 君说："吃点东西吧。"一边从旅行包内取出两只熟鸡蛋和妈妈自制的米糕、鲜红枣等放在小桌上，又说："来，快吃吧！"

"又要吃你的东西了，我什么也没带，只准备上车后买车上的盒饭吃。"P 君歉意地说。

"别客气，带的东西不快吃要坏的。"W 君说。

二人边吃边聊，十分亲切、投机。

在过去，他们也曾天天在一起读书、上课、做实验、讨论问题，也天天在一个大餐厅就餐，但那都是大集体生活，吃的集体饭，说的功课话。而如今却是一句功课话也不说，全是笑语闲聊，无羁无绊。

如果说，以前他们是无瑕的同窗，如今则是无间的挚友。

啊！这天赋的良缘美机确实把个 W 君美得不得了。

火车在与时间赛跑，有旅伴的时间也过得特别快，不觉已是第二天中午。二人买了两个盒饭，W 君又拿出两只咸鸡蛋。P 君见之说："吃盒饭用不着和咸鸡蛋了，留着你自个吃吧！"W 君又说："喂！不吃要坏的，快吃吧！老母亲好辛苦操办的，坏了岂不可惜！也对不起她老人家，我们这也是尽孝道啊！"

“看，你又说笑了！”

不容分说，W君将两只咸鸡蛋在桌上连连磕破皮，递一只给P君。

P君不好意思地剥着蛋壳说：“你的妈妈一定很能干，今年的身体比去年好吧？”

“也不太好，硬撑着就是了。说实在的，我每年回去，她老人家总是千方百计、辛勤地操办着给我吃。不吃还不行，她会生气的。每次离家前总是要给我包里塞一些吃的。我也只好带上，不带她也不高兴。”

“哦！这就是母爱呀！”P君感慨地说。

“可我吃在嘴里香美，心里却难受。想到她老人家年高体弱，我们家境并不好，还操办着给我吃，她自己却一口也舍不得吃。唉！你说我这是尽的哪门子孝道？我这是什么心理？算不算是爱母？”

“可以这么说。”P君回答。

“那你回去那么辛苦，千方百计地操办着给二老吃，力尽孝道地爱父母，与我的‘爱母’有何不同？”

“思想本质是一样的，都是发自内心的爱。”P君又回答说。

“看来你对爱颇具深解呢！”

“谈不上深解，人之常情而已。”

“你说，世界上有多少种爱？”W君把话题扩大到一般性问P君。

“这——太多了，有长辈对晚辈的爱，有同辈之爱，有人间之爱，也有人与事物之爱……当然，还有男女之间的爱……”P君说了一大串爱，却不慎露出了最后一种爱，陡然间，她本红嫩的脸更泛红了。

W君见P君的脸有些羞红，又不愿将话题扯开，便装无察觉地把话题再拉大说：“那么，你对感情、友谊、爱情、婚姻这些既抽象又具体的概念怎么看呢？”

“哟，题目太大了。你提的问题不是你我这些园林生所研究的范畴，那是社会学或其他什么学研究的。”

“可以说一点你的见解吗？”W君执意要P君谈谈她的观点。

于是，P君谦虚地却又是胸有成竹地谈起来。她说：“不过，我认为友谊、感情、爱情、婚姻，这些不同的概念也有其相互联系，相互渗透的一面。”

“何以见得？”W君追问道。

“我不成熟的看法是：人的感情是人与人之间交往所建立起来的一种记忆，一种理解，一种刺激的心理反应。人与人之间有感情，人与物之间也有感情，动物之间也有感情……”

“人与人之间一定要在交往中才能发生建立感情吗？”W君若有所思地插话说。

“一般是这样的。”

“有无在交往之前就发生了感情？”

“一般没有，但在特殊情况，特定条件之下可能会有的。”

“噢！”W君若有所思地又问：“怎么，人与物之间也会有感情？”

“不是说物有感情，是因为人有感情。就是说在一定条件下，人对物也会产生感情。你看，人住的房子，住的越适宜，住的越久了，你对它就越有感情。再比如对你的老家、老庄、老屋、老乡土，也会有感情，即使你的父母亲及家人不在那个地方了，时间长了你也想再去看看，这就是感情。如果住的老房子太破旧，要拆除之前，你甚至感到有些伤心，这就是你对老房子有感情。”

“那么，人与动物之间呢？”W君继续问。

“这更能说得明白了。比如说喂养的小狗、小猫，日子久了你会觉得它们很可爱，这就是有了感情。我小的时候养了一只小花猫，一日，小猫突然不见了，我整整哭三天……”

“噢！那就是你对小花猫有了感情。”W君又表示理解的插话说。

“是的。”

“那么，你的大人为什么不哭？为什么大人对小猫没有感情？”W君打趣地说。

“大人对小猫也有感情，不过大人对小猫的接触、交往远不如我交往的深，而且大人对感情的控制力远比小孩强得多，即使有较深的感情，也不一定以哭来表示。”

“那猫，哭吗？”W君有些稚气地问。

“动物也有感情，它也会哭，不过它对哭的表达形式与人不大一样。何况动物的感情远比人低级得多，猫的感情就更低了，远不如狗，而人是高级感情动物。”

“那么，感情与爱情有什么不同？”W君兴致地进一步问。

“人对动物有感情，但不会有爱情。即使有的话，那是另一种性质的爱情。当然，动物之间是有爱情的。”P君继续说：“感情与爱情有区别，也有渗透、有联系，感情至深就是为爱。男女的至深感情，彼此喜欢至深就发展、升华为爱情。人的爱情是纯真的，没有任何掺杂物，完完全全是纯真的。”P君肯定地说。

话说到这个份上，P君已经忘记了开始的羞红，忘记了她面对的是早已深爱她的W君。她只当作和当年一样，二人一个互帮组时在一起研讨功课一样，滔滔不绝地述说着。W君也是一样，完全是探讨性的，一个问题接着一个问题地提问，他进一步问："那么，婚姻和爱情应该是一回事了？"

"不是，完全不是一回事。"P君又肯定地说。

"何以见得？"W君饶有兴趣地问。

"婚姻是爱情，又不完全是爱情。对大多数人来说，婚姻是以爱情为主加上一些其他因素的混杂物。但也有少数人的婚姻只混杂了一点点爱情，有的甚或一点爱情也没有。"

W君听到这里，稍移动了一下坐着的身子颇有兴致地说："这么说，婚姻是一块混合体了？"

"是的。至少对大多数婚姻来说是这样。当然，也有少数婚姻是百分之百的爱情'纯金'。"

"噢！婚姻原来是一块'合金'！"

"是的，是合金。"P君又肯定地说。

"那么这块合金中，除了有爱情成分外，还有些什么成分？"W君非常有趣地问。

"婚姻是由爱情、社会道德、经济以至于政治、地域、职业爱好等东西聚合而成，是个聚合体，就是你说的'合金'。"

"这块合金中的各种成分的比例是怎样的？"

"不是固定不变的。一般说，自由婚姻、爱情的成分占的比例大一些；包办婚姻占的小一些，那些把婚姻当作经济和政治交易的就没有一点爱情基础。”

“这么说来，纯爱情的婚姻是最高尚的了？”

“可以这么说，但最高尚不一定是永固的。”

“这为什么？”W君有些不理解地问。

“你想，设定一对男女完全是纯真的爱，即百分之百的‘纯金’，如果没有一点经济物质基础，可能相爱不久，或者即使爱情已成夫妻，也可能因必要的物质经济基础的过于匮乏而发生矛盾，而导致婚姻的变故。不过，我这里说的是必要的物质生活基础，与以经济为主的买卖婚姻是两码事。所以说，所谓婚姻这块合金不是不好的婚姻。”

“光以经济或政治建立的婚姻就一定不牢固吗？”W君又问。

“也有的以经济或政治为纽带建立的婚姻可以永固一生，但那是经济或政治关系，不是婚姻关系，婚姻只不过是一种表象纽带罢了。”

“看来婚姻这块合金不是一块稳定、永固的合金呢！”W君又插话说。

“我们说婚姻是一块合金只不过是一种比方，这块合金可远不如真正的合金稳固。因为它是由最能活动的人作为载体成分，而不是以金属分子为成分的，但不稳固也有好处，它的成分可以转化，无爱情的可以在生活交往中，在婚姻过程中产生爱情。当然，也有相反的转化，就不必多说了。”

“一般说，要铸造一块婚姻合金需要多少时间？”W 君进一步探讨性地问。

“这说不定，长者几年甚至几十年，短者几个月甚至几天。不过，一般说总是要一段过程的，就如同桃子一样，从春风吹动桃花开，到孕育桃果，再到桃子长大成熟，总要经过一定的时间，而且还会受到一定的自然环境气候的影响。所以，你要在桃园里摘桃子，这些因素不能不考虑到……”P 君滔滔不绝地说到这里，似乎感到又说走了嘴，便用大声憨笑以掩羞而过。

W 君听了 P 君深刻的阐述，对 P 君的渊博见解，从内心由衷地钦佩。于是说：“喂！P 君，想不到你这位园林优等生对婚姻、社会学也有如此深的造诣。”

“哪里！哪里！粗陋之见，不足挂齿。”

“你入大学前在读中学吗？”

“不是。只在入学前两年胡乱读过两年社会学。”

“噢！我说你的社会知识那么丰富呢！那，你为何又读园林专业呢？”

“我的理想就是当一名高级园林师。”

“那为何要读社会学呢？”

“当时没有机会读园林专业，总比不读书光当零工好呗！”

“你还当过零工？”W君问。

“当过好多年呢！”P君说。

“你当零工干些什么事？”

“啥都干。在园林基地居民区、婚办部门打零杂，当清洁工，洗碗、洗盘，端茶送饭，洗痰盂……再以前还浇水、育苗、种树……你看，我干的事不少吧！……嘿嘿！”

“你还干过浇水育苗种树？那是何时？在什么地方？”W君进一步问。

“唉！那已是十年前的事了，还是在南园林基地的时候。”

“你也在南园林基地种过树？”

“种了两三年呢！那还是在我十二三岁的时候。”

W君听到这里，又若有所思地问：“十多年前……对了！那时我也在那里养过苗、种过树。当时曾有一个专给桃苗浇水的小姑娘，你可曾认识？”

“她叫什么名字？”

“桃桃。”W君急忙回答。

“桃桃？当时她有几岁？”

“十二三岁。”W君又说：“对了！长得瘦瘦的，小小的，不过小脸蛋儿倒还蛮好看的。”

“这个——不认识。”P君眯起眼睛笑着回答，接着又说：“怎么，你很想念她吗？”

“是的，我们曾约定一起读园林大学，可是一直没见到她入校。”

“她的老家是哪里？”

“不知道，好像当时我问她，她说她没有家，所以我就没进一步问，后来就分开了。”

“嘿嘿！还有没家的人！”

“这你们生长在大城市的人是不可思议的，其实没家的人也不少。不过我说的‘无家’不是无父母噢！”

“生长在大城市？我也是生长在农村的呢。”

“你的家不是在J城吗？”

“那是后来。我的老家原本在J城以北几百里路以外的农村，我四岁时跟随父亲到北方边塞谋生，自十二岁后我就独身一人在外谋生了，十多年后父母才迁至J城的——好像以前我曾对你说过。”

“噢，是这样的。看来你的人生也是满坎坷的。”

“唉！一言难尽啊！”

二人只顾讨论问题、聊天，可车窗外的天早已黑下来，二人还没察觉，忽然一阵巨雷声才将二人震醒，W君急向窗外看后说：“哎呀！要下雷阵雨了。”

P君见外面天黑了，看看手上的表已经晚七点多了，此时二人才想到还没吃晚饭。买盒饭显然没有了，二人只好又将W君带的糕点之类的勉强对付着算是晚饭了。

窗外的丛林树木一阵剧烈晃动之后，接着是瓢泼大雨，车窗的外玻璃上的雨水淋淋沥沥，野外一片漆黑，阵阵电闪雷鸣，P君被惊得忽而掩耳，忽而捂眼或惊叫。W君说："来，我靠窗坐，你坐里面。"

二人换位后P君安静下来。

"这回好了，雷阵雨后天就凉快了！"车厢的人在议论着。

车厢内所有乘客被雷雨所惊，都很振奋，但雷阵雨只是雷声阵阵，雨却是持续不停。

已入夜，人们只知道外面下大雨，别的什么也看不清楚，人们在暗淡的车灯下或点头或耷拉着脑袋打瞌睡。

W君坐在座位上并无睡意，只伸着脖子，吃力地向玻璃窗外张望，好像要从那黑蒙蒙的夜空密雨中找寻什么。

P君说了大半天话有些疲劳了，她正静坐闭目养神。不一会儿也点头打盹。

为了克服困倦，她站起身来向窗外瞅一下，双手拢了一下头发。W君看到她的动作很有点熟悉，又想起了当年的桃桃，便有意与她搭讪，想再问她的身世，可她却故作睡意懒于回答。不一会儿，又真打起盹来。先是耷拉头，接着身子就向W君身子一边歪斜。W君说："现在雷电小了，你再坐窗前吧，好靠一靠。"

"不！不！没事。"P君逞强地说。

过了十多分钟，P君又耷拉着脑袋睡着了。几次抬头调整后，则不经意地将头颈靠在W君的怀中。W君顿感全身一阵血涌，他尽力撑着身子不动，心想，她太疲劳了，让她多睡一会儿吧。就这样，P君软软的上身在W君的怀中拉长了匀韵的呼吸声……

W君思绪缕缕，他想到白天P君纵论的爱情、婚姻，又想到她——正在他怀中甜睡的P君——当年的社会学校的学生——曾是东奔西走打零工的小姑娘……然后又将视线落在正瘫软在怀中的"出水芙蓉"。他一点也不敢动，唯恐惊醒她。不一会儿，W君发现P君一只手垂拉在座位旁，他轻轻地握住她的手臂将其放在她的身旁。但是，他并没将自己握她手臂的手立即放开，而是轻轻地抚摸着她那软绵绵、细腻的手……

一阵巨雷声将P君从梦中惊醒，她睁开双眼，发现正靠在W君的怀中，赶忙立直坐稳，只说："哎呀，雷阵雨还没停啊？"

W君说："看样子这雨一下子停不了。来，你还是坐在窗前靠着休息吧！好在雷声不大了。”

P君顿了一刹，表示同意。于是二人又换位。

P君靠在窗前，不一会儿又睡着了。

W君看着她的嗜睡态有点暗笑，又后悔不该与她换位。心想，她坐到里边再也不会向自己怀里靠了。

已是后半夜，如大多数人一样，W君也开始打瞌睡了，不知不觉地，他也睡着了。

至次日天大亮，外面的雨仍下个不停。W君与P君买好盒饭吃了又东扯西拉起来，车厢的人们也由开始的喜欢下雨变为抱怨下雨了。

可是，天老爷才不管人们愿望如何呢！只管下个不停。

到第四天早上，天还没大亮，冒雨中飞驶的火车突然停车。接着广播喇叭传出话：“各位旅客，现在是临时停车！临时停车！”

可是，临时停车近一个小时仍不开动。正当人们都醒来在议论、疑惑中，又听到喇叭传出话说：“旅客们，因前方路段塌方，路被堵，列车暂时无法开动，何时开动，请大家静候。”

人们全清醒了，一时间车厢内议论纷纷。

等了快两个小时了，外面的雨不停，火车仍不开动。广播又传出话来：“各位旅客，因前方路段严重堵塞，短时难以排除。经请示上头，决定列车须倒回 ×× 站，然后绕路前行，请大家理解、配合……”

人们议论更多了，但也没办法。

列车开始冒雨缓缓倒行，但只运行了几分钟又戛然停住。不一会儿，喇叭里又传出话：“各位旅客，因列车倒行的前方路段也因山体坍塌被堵，所以列车无法开动。经决定，暂将列车停靠在 ××× 站附近，等候清除路障再开车。希望大家理解、配合，并请尽量安静，看好自己的行李，照顾好孩子……”

列车冒雨静静地躺在原地，车厢内却开了锅，各种议论、埋怨、叹息、无奈……好端端的一个临时大家庭成了闹、热、繁杂的集市。

火车一停就是一天半。外面的大雨仍在下，车厢内闷、热、燥、闹、臭。不少年轻人，行动方便的带有雨具的索性走下车厢找地方透空气。负担重的，老、小、弱者仍闷在车厢内。甚至老弱和孩子们大、小便也溺在车厢内，车厢真正成了闷、热、燥、闹、臭的“糟坊”。

到列车停趟的第三天中午，车上一切供应都停止了。开水早已停止供应，只靠小站从山上引下的自来水。

到当日傍晚，车站上用自己储备的很少一点口粮煮了一些稀粥，大家排着长队每人分了一碗。喇叭内传出话说："各位旅客，列车陷入了困境，没有了食物供应，请大家以自己带的食物互相接济一下，等待路障清除马上就可供应食物……"

车厢内更乱了，真是孩子哭、老婆叫，简直快成地狱了。

W君与P君意识到未来时间将越来越困难，最大的困难是与饥饿做斗争。

W君从内心感谢老母给他塞进那么多吃的，但又后悔不该怕坏抓紧吃光，如今只剩下一点点破碎米糕渣渣了。

为了与饥饿做斗争，W君对P君说："我去车站找吃的去。"P君点点头同意。

W君将随手的旅行包交给P君让她在车厢内看着行李，一个人下了车厢。

幸而雨已不大，W君一个人顺着铁路向附近的小站房走去。

几分钟后即走到。他先到小站的小卖部看有无卖吃的，走到一问，小卖部早已空空，连小水果糖也抢购光了。W君又走出站房围绕着两间小站房转了一圈，没有任何收获，只在水龙头上灌了一瓶山水自来水。本想去看看远处塌方路障的情况，无奈肚子饥饿乏力，便又返回车厢。

P 君听 W 君说未找到任何食物，因已是在意料之中的，没说什么。

二人稍静坐了一会儿，但心却静不下来，因为车厢内太闷、热、乱、臭。W 君提议说："这种环境消耗更大，咱们下车找一处清静之地休息，反正一时也开不了车。" P 君表示同意。

二人带着行李下车走至小站房的东侧墙檐下，在一块水泥平地上坐下来休息。

过了一个多小时，风越来越大，二人都感到很冷，W 君说："我到小卖部去看有无衣服卖。"说着便走至小卖部，一问，所有衣服均卖完。W 君站在柜台前看了一会，见尚有一床线毯，便花四元钱买下来。打开看，是一床长方形、浅红色织花线毯。他先将线毯披在身上一试，觉得不错，自语道："很好！还可以铺盖。"于是脱去身上的外罩衣，只披上线毯返回。

P 君见 W 君披着红红的线毯，手拎着外罩衣"扑哧"一笑说："你这是唱的哪一出？"

W 君说："这不是很暖和了嘛！"说着将手上自己的罩衣给 P 君披在身上，并说："这样不冷了吧？"

P 君感激地说："不冷了！谢谢！"

已经傍晚，W 君下意识地到自己的旅行包内去找吃的，他高兴地发现包内包米糕的纸包内还有点破碎米糕，便拿出来对P君说：“还有米糕呢！来，吃一点吧！”

“我不饿，你自己吃吧！”P君说。

“一天多没吃东西了，怎么不饿！来，我们一起吃。”W君说着，从纸包里捏了一点米糕渣渣夸张式地做着吃的动作，并将米糕纸包交给P君说：“给，你吃着，我再到小站去看看何时供应食物。”说着走向小站去。

约四十分钟后W君才回来。P君说：“你怎么去了那么久？”

“我到那边后，见许多人都在吵嚷着快供应食物，可是连一个管事的人也没有，大家仍在吵闹等着。我怕你着急，就先回来了。”

P君听后说：“没开车前是不会供应食物的，天已黑了，咱们回车厢去吧！”

二人又返回车厢。

最好的解饿办法是强迫自己睡觉。W君说：“睡觉吧！睡着了一切都是幸福的，说不定梦中还能饱餐一顿大白馒头呢！”P君听后苦笑笑。

二人开始打瞌睡。车厢所有大人都在睡觉解饿，只有孩子们在哭叫、吵闹。

W君并没睡着，他看看P君那略显苍白的脸，着实有些心疼，但没有办法。他只恨自己带的吃的太少了，也恨自己去小卖部太迟了。如早一点去抢购到几块小糖也好啊！可是……唉！现在唯一的办法是让她睡觉。于是，他故意闭目拉长呼吸佯睡，企图诱使P君快点入睡。

P君终于睡着了。W君将线毯盖在她的身上，而自己却一会儿闭眼，一会儿睁眼，既打着瞌睡也照看着行李。因为他知道，在这种情况下，内贼是最猖獗的，已经有数人的食物和包裹被偷或翻过了。

艰难的一夜过去了，迎来的仍是一会儿阵雨，一会儿云飞雾漫，仍无开车的音信，更无食物供应。

但是车上的乘客显然安静多了，因为他（她）们已无力吵闹了。

几个年轻人又嚷着要去车站要求快开车或供应食物。W君向P君表示他也要去。

W君跟随一群年轻人下车厢后直涌向小站。但是，小站房内仍不见人。大家喧闹了二十多分钟，终于有位穿铁路制服的男子出来说："大家不要急，急也没用，只能肚子更饿，还是静下来等着。前方正在奋力清除路障，一旦清理好了，马上会运过吃的来……"

听得出，说话的人也是有气无力的，说明他也是饿着肚子的，因为小站存的口粮早已分给旅客吃光了。

W 君听到这里，唯恐 P 君着急，忙又返回车厢。当他急急忙忙地爬上车厢，刚走到 P 君身旁，突然感到全身乏软，出冷汗，接着是头晕目眩，昏迷不省人事……

P 君见之急忙呼："小 W！小 W！你怎么啦？"附近的旅客看了也站起来看。有的旅客说："这小伙子一定是饿昏过去了。"

听上言，P 君急忙从手提包中取出一个小纸包，将里面仅有的一点碎米糕渣渣再用手捏碎一些放入水杯内，再倒些冷水摇匀，立即一口一口地给 W 君喂到嘴里。幸而 W 君还会吞咽。P 君一面为 W 君擦拭面额上的虚汗，一面呼喊着："小 W！小 W！你醒醒啊！"

过了十几分钟，W 君渐渐醒转过来。P 君用手绢再擦拭一下自己脸上的汗水说："小 W，你醒啦？真把我吓坏了！现在觉得怎么样？"

"没事了！没事了！"人们也长嘘了一口气。

有两位妇女轻声说："这姑娘真行！这小伙子的性命被她救回来了！""这姑娘真好！"

人们羡慕小伙子有这么一位既漂亮又善良、能干的女朋友，也佩服姑娘临危不乱和有预见性地留有那点碎米糕，不然的话后果就……

当 W 君醒来知道 P 君留的那点碎米糕是昨天他分

给她吃的，被她悄悄保留下来预防万一时，他的双眼充满了泪水。

当日下午三时许，也是火车被迫停在小站附近的第五天，雨也止了，有时还会露出一片阳光。已很久没响的喇叭又响了："各位旅客，报告大家一个好消息，前面的路障已清除了！马上就要开车了！"

车厢内立时沸腾起来，人们欢呼，人们高兴，得救了！

列车在兴奋、欢呼声中缓缓启动。约行驶四五分钟后有些减速，人们不无担心地向窗外看，原来是坍塌路堵的位置，众多的清障者还没收工。塌方的一大片山体显示出险峭恶貌之势，人们纷纷感叹唏嘘不已。

列车又行驶十多分钟，到达一个大站。车刚停住，便有各种食物被抬上车厢，并一一分发给乘客。人们流着热泪，拿着食物狼吞虎咽……

一段不寻常的旅行结束了。

W 君和 P 君返校，但已比其他同学迟到两天。

根据教学计划，P 君所在的班组要到几十里路以外的一个教学点去，二人又要分开了。

公交车来了，W 君热情地握着 P 君的手，深情地说："再见！祝你一切顺利！一定要多保重身体。抽机会我会去看你的。"

两人的手紧拉着不舍。此刻，W 君多么想热烈拥抱她一下呀，可是……P 君似乎也看出了 W 君的心思。公交车上下众目睽睽之中，W 君一直紧拉握着她的手不放，P 君绯红的脸直感火烫，她用劲挣脱 W 君的手说："我上车了。"

W 君如梦初醒地赶忙帮她将行李拿上车，二人匆匆招手告别。

W 君站在原地痴痴地看着公交车远去。

15

园林业四年级的一次大型实验在校实验基地进行。

实验基地位于校东面方向一大片山林地带，三面青山环绕，一条林荫石子路直通实验基地中部的庞大暖房前，举目远望，苍葱起伏，蓬茂、繁盛。正面远处的山峦中蜿蜒一道明皓的水带泻流到下方的水潭中，然后分成数道细溪灌流于基地的幼苗林地和树木花草。

那林地，一望无际，葱葱郁郁，各种树木花草应有尽有。那树，有松树、柏树、槐树、杨树、枫树、柳树、樟树……那花，有桃花、梨花、栀子花、红花、黄花、白花、紫花……那草，有绒草、团草、毛草……

此间，正逢阳春三月，天空中，彩云朵朵，地面上阳气蒸腾；花丛中，蜂蝶飞舞；茂林间，百鸟竞歌……好一派生机勃勃，明媚春光！

各学生班组按照老师的划分到达各自的实验场地，按《实习指导讲义》进行实验操作。有的育苗植树，有的修剪除虫，有的异枝嫁接，有的护苗育果……

实验开始了，每个学员班又分成若干个实验小组，每一小组3—4人，有的负责操作，有的负责朗读《实验指导》，有的充当监视员或观众。W君是充当监视员角色，就是对操作者的操作程序、动作、质量进行监督，如有异议或差错或马虎不合要求，当即提出。

对W君来说，这次实验充当监视员较容易，因为他在入校前已经有数年的实践经验，如今只不过较正规，较理论化而已。但是，监视员在实验后有一项任务，就是写出实验报告，此任务比较难，写好稿子再读着让大家讨论通过，故而花了不少时间。

半天的实验结束了，同学们急着要走，W君却东张西望地迟疑着。好友桑君早看出他的心思，悄声对W君说："想见到她？也许因故她未来呢！快走吧！"

无奈，W君双腿向实验基地外移动着，两眼却向基地内四处张望，企图见到P君。

忽然W君望见远处的一班学生仍在集中精力地做实验，再细看，一位女同学正在实验操作中，凭直觉，他断定那就是P君。看来她们的实验尚未结束。

由于同学们的催促，W君只好恋恋不舍地离开实验基地。

这一次的盼望，就算是这样见到了P君。W君的心里是喜中有憾，憾中有喜。

如果说，很久以来，W君对P君是一种好感、敬慕，那么，自那次极不寻常的、难忘的火车旅行的生死劫难之后的如今，他对P君已成为一种感情深处的、刻骨铭心的想念和挂念。

但是，为了圆满地完成学业，他竭力克制着对P君的思念。为了冲淡强烈的思念之情，他争分夺秒，勤于功课。为了遵守校规、校纪，他强压制着自己不去看望P君。

如此足足坚持了半年多了，这一次远距离一瞥也算见面了。

为了提高后期学生的素质，除了做各种实验之外，学校还组织同学进行一些大型的课外活动。诸如智力竞赛、野外爬山竞赛、体运会等。这不，最近又要举行一次所谓的“攀跃高峰，放飞未来”的文体娱乐活动。

这项活动是学校提倡的一项大型活动。凡组织大型活动，全学生段都参加，所以这又是见到P君的一次好机会，W君自然高兴。

因为这项活动既可锻炼身体，又具有娱乐性，还能互相启发开动脑筋，开阔思路，所以同学们也都乐意参加。

不过，那位四〇段的专职段长——三丁头对此活动并不感兴趣，他感兴趣的只有一件，就是学生们要无条件地遵守校规、校纪。虽然自上次整顿校规、校纪，由于他在整顿中的“葫芦方案”里掺了私货，搞得太过分，受到了校上头的指责，但校规、校纪仍是他的一项，甚至是唯一的一项业绩。所以，他虽然不去参加同学们的“放飞未来”活动，但学生们活动前他总是这个必须、那个不准地大加嘱咐一番。

所谓“攀跃高峰，放飞未来”活动，就是各大、小学生班长带领学生徒步去野外爬越一座高山，然后在山顶上找一处开阔视野之地，大家都放眼远方，憧憬未来，各自表述自己对未来的理想、向往，互相启发，互相攀比。

于是，正值春末夏初，气候宜人之时的一个周日，按照段里的统一部署，全四〇段一百多名学生从不同的住处，早早地带上干粮和水，浩浩荡荡，快快乐乐地出发了。

约步行一个小时，W 君所在的两个大班的同学先到达校园东南方向的一座山前。只听带队的大声喊道：“同学们，准备爬山喽！”就在这时，四〇段另两个大班，即 P 君所在的班组的同学也到达山前。按照统一指挥，原两路纵队分别从山前的左侧、右侧两条陡坡山路上开始爬山，大家前后呼应，互相照应，一个劲地向上攀爬，没有一个人甘落后。没多久，就人人汗流浃背。

W君一面奋力攀爬，一面向左侧P君所在的攀爬队伍中找寻P君，企图见到她。但由于距离较远，加之树丛茂密却始终没见到P君的身影。

正当W君边爬越边张望P君之时，不慎脚下一滑，摔倒在地，当即滚下山坡三四公尺远，幸而被一棵小树挡住，才未彻底摔下山崖。在桑君、林君等同学的帮助、救护下，W君站起身来，双手及面部均划伤了几处，幸而是皮外伤，无大碍。

W君擦净身上的泥尘，继续向上攀爬，终于较后地爬上山顶。

所有的人都爬上了山顶。

但是，W君却一直没见到P君。

按照约定，所有人都汇集在一块灌木草丛绿地上，先休息了一会儿，带队的说："同学们，辛苦了！现在好吃饭了。"于是大家各自吃、喝自己带的干粮和水，边吃边谈笑。大个子见到W君脸上的划伤说："小W，你怎么成了小花脸啦？"W君哭笑一下未回话。桑君知道W君为什么滑下山坡，但未讲明，只"哼"了一声笑笑。

吃罢中饭，带队的又大声说："吃饱了肚子好开始放飞了！"

蓝天上，白云飘荡，身边的灌木、绿草、小花随风摇曳，所有同学以小班为群体坐在草地上居高临下，遥望远方，放开思维，憧憬未来。“放飞”开始了！

班长林君说：“人家都开始了，我们班谁先开始？”

“……”一阵议论，但尚无人开口。

“好！那我先开始，抛砖引玉吧！”班长林君说。只见他两眼放远，引颈高嗓门开口说：“我未来的理想是踏遍园林国的山山水水，奉献青春，把荒山变成绿色的森林……”

林君的话音刚落，一贯爱说大话的樗君接着说：“我的理想是把园林国的大地、大山种遍椿树，让椿香吹遍园林大地！”

他这话刚落音，大个子杨军插话打趣地说：“你可别尽种臭椿啊，那我们可受不了！”

杨君的话逗得大家一阵放笑，弄得樗君又习惯地在身上直乱抓痒痒。他本想再说什么，可另一个急于说大话的棘君急插上去说：“我的理想是在园林国的大地上种满酸枣树，让酸枣个长得比大枣还大！”说完，他又习惯地抽抽鼻子，他的话又引起了一阵骚动、哄笑、唏嘘。

“我要当一名种椰子的高级园林专家。我要让高大的椰子树不光生长在南方热带，还要让椰树长遍北方的广阔大地！让椰果的个头个个比西瓜还大！”这是椰君的话。

“哇！好厉害哪！”众人听了椰君的大话齐声唏嘘。

“我没什么奢望，只想将来做一名园林灭虫专家。我要发明一种万能杀虫剂，只要向园林一撒，一切害虫都将不复存生！”这话是大个子杨君说的。

听了杨君的话，大家齐口叫“好！好！”

“我的理想，是做一名园林美化师，将园林大地点缀得更绿更美，让园林国的人民享受最优美的园林生活。”这是柏君的话。

“我的理想是做一名园林规划设计师，我要踏遍园林国的山河大地，把园林国的荒山野岭规划、设计成一张张美丽的蓝图，把园林国建设得更加美好。”这是 W 君即柳君的话。

“我的理想是做一名园林专业教授，将最先进的园林专业知识讲授给学生，让我的学生如桃似李遍布天下。”这是李君的话。

“我的理想是……眼下先把书读好，争取好成绩。”这是女同学桔君的话。

“我也是。”

“我也是，争取毕业好成绩。”

听了上面几位同学的话，樗、棘二人扭着鼻子悄声微笑着说：“燕雀小志，没劲！”

“我的理想是园林国的需要。园林国需要我干啥就干啥，需要我去哪里就奔赴哪里。”

“我也是。”

“我也是。”

“我也是。”

全班人都展示了“放飞”的翅膀，只有梧君——梧哥儿低头闷坐着不吭声。班长林君催着梧君快说：“梧哥儿，就剩你了，快说！”梧君抬了一下头，闷声闷气地说：“我还没想好呢！再说我老爹也还没……”

众人听了欲笑又止。

“放飞”活动一直持续到下午四时，领队的大声宣布：“放飞活动结束，各自原路返回。”

但是，W君却有自己的心事。盼望已久的与P君见面却未能如愿，他明明知道P君她们都在大山的左面，而且还可以听到她们的喧哗声，但却不能与她相见。吃中饭时有点时间，但又想到自己脸上因上山时滑倒破了相，心想，脸上这个样子怎么去面对她！何况班长也不一定同意离开集体。所以一次很好的会面机会就这样失去了。

返回的路上，W君郁郁地走着，抬手摸摸自己的脸，叹一口气自语道：“唉！何时才再有机会呢？！”

16

又是浓浓夏令季，正逢荷花盛开时。

四年期的学业已进入最后冲刺阶段。

一般说，学业后期，校规校纪对学生男女之间的交往抓得已不那么严格了。加之那三丁头因上次没把梧哥儿的事办好反受到了责备，所以在管理上他也是睁一只眼闭一只眼。何况后期学生分散教学，他想管也鞭长莫及。

就在这种情势下，W 君在强烈思念 P 姑娘的驱使下，他决定和 P 姑娘见一次面，于是给 P 姑娘写一短信。

P：您好！已半年多未见面，思念之苦难于言表。诚望与你见一次面，建议地点在南郊公园大门口，大柳树下。时间：下周日下午 2 时 30 分。同意否？请复为盼。

谨祝学习顺利！

身体健康！

W 君之所以提议在南郊公园约会，是因为南郊公园位于 W 君与 P 姑娘所在位置的中间略近于 P 姑娘所在的教学点，既交通方便，又节省时间。至于约定在周日下午，是考虑到此时公园内游人较稀少，熟悉人更少，便于约见交谈。

可是，不料，信刚发出第二天，校方通知要全四〇段提前拍毕业集体照，说最后三个月同学们各自分散实践，可能没机会集中，故而提前拍照。

W 君得到上述通知，匆忙另写一信给 P 君说：

> 因下周日拍集体照，如能见面最好，如不能见面顺延至下下周日，时间、地点不变。

到了周日下午，分散在各教学点的同学都集中在校园里拍集体照。同学们按照规定统一穿校制学生服前往。

所有的同学都到了，全四〇段一百多号人站列成五排，背景是校雄伟的教学大楼，就等校领导们到场了。

W 君找了好一会儿，才远远地见到 P 姑娘匆忙站在较远的第二排中，根本无法照面交谈。

待校领导们到场，很快拍了两个镜头，等到校领导和老师退场，然后才是学生们分别退场。

当W君遥望着P姑娘想与她照面时，远看着P姑娘连头也没抬与同学们迅即退场。

虽说有点失落，但按照W君第二封信的约定，只有热切期待下周南郊公园的相见了。

终于又盼来了周日。中饭后，W君换上他唯一的那件礼服——一件较新的白衬衫，匆匆赶往公交车站。

乘车约25分钟后，又步行几分钟，W君先到达南郊公园门口。

W君很忐忑地站了一会儿，心想，她是否会来？又略等一会儿，他走到大门口不远处的小卖部去看，想买点零吃的招待P姑娘。W君买了一小包巧克力糖和一小包兰花豆又回到大柳树下等候。

正在忐忑间，忽见一穿着靓丽的姑娘匆匆向公园大门走来。仔细看，正是P姑娘！

W君忙笑着迎上前。

二人热烈握手后，P姑娘先说："你等了很久吧？"

"不！我也刚到。"

"这段时间你还好吗？看气色不错，没瘦，但也没胖。"W君宏观打量着P君说。

"看你！净拣好听的说。我看你可是瘦了不少。"

"好啊，人家不是说有钱难买……"

"难买老来瘦。你老啦？"P君接过W君的话茬笑着说。

二人寒暄说笑了几句后，W 君说：“走吧！咱们到公园内玩玩。”

今天 P 姑娘也换了便装，而且与往任何一次着装全然不同。她上身穿一件玫瑰红外套，内穿一大翻领洁白小隐花衬衫，略紧缩的腰身更显出姑娘那特有、高傲的上胸脯，下身穿一条白色斜纹、棉质长裤，双裤腿脚偏短瘦，赤脚蹬一双白色的中跟皮风凉鞋。“萝卜头”发型根部别一只乳白色的发卡，发卡上嵌有两朵桃花结，黑黝、光亮的头发翘垂于后脑勺，随着头颈的转动和风的吹动飘逸着。鹅蛋形桃花般的脸庞，两侧面颊上那两只樱桃压迹般的酒靥儿随着微笑说话时展现着迷人的魅力。略浓的双眉下一双大眼睛水波闪闪。她手挽一只白色皮袖珍手提包，步履轻盈直前，全身展现着美丽、高雅、淡素、有文化、有教养的内在气质。外表容颜更散发着健康、秀美、青春的活力。

据 W 君所知，P 姑娘的夏装没有几件，今日所穿的玫瑰红外罩还从未见到过。可见她今日的心情之佳，那象征着爱情的玫瑰红外罩更使 W 君有些陶醉。

W 君偷偷地用爱慕的眼神看了一下 P 姑娘，然后二人并肩进入公园大门，漫步在石子拼花路上，边走边聊。

W 君问 P 姑娘："以前你来过这里？"

"和同学来过一次，你呢？"

"来过几次，不过，每次玩的时间不长。因为这里每到节假日游人特多，尤其是在上午和下午三点钟以后，人可多呢！常常连坐的位置也没空。"

"是吗？"

二人边聊边走，不一会儿走到一条清河边，二人沿河边小路谈笑漫步十分轻松悠闲。

河畔的翠柳随风婆娑，低垂的柳丝轻拂着二人的肩背。

走至一凉亭前，W 君提议到凉亭内坐一会儿，P 姑娘同意。

二人在亭内小圆石桌旁相对而坐。W 君将买来的巧克力糖和兰花豆放在石桌上，打开纸包说："来！吃巧克力糖，吃兰花豆。"

吃巧克力糖，P 姑娘当然知道意味着什么。于是微笑着说："你先吃。"

W 君将两块巧克力糖纸剥开，一块交至 P 姑娘手里，一块自己剥着说："来！一起吃。"

于是二人甜甜地品味着巧克力继续聊天。

还没等 P 姑娘嘴里的巧克力糖融化吃完，W 君又剥开一块巧克力递向她的手里，P 姑娘忙说："啊唷，巧克力不能吃多了，吃多了要肥胖的。”边说边将W君递过的巧克力放于石桌上。

“那就多吃几颗兰花豆吧！来！”W君边说边将纸包的兰花豆向P姑娘面前一推。

P姑娘吃完一块巧克力后，用手指捏一粒兰花豆放入嘴里慢咬着，并说：“呀！这兰花豆的味道真好！”

“那你就多吃几颗吧！”W君说。

二人边咬着兰花豆，边轻松聊天。不一会儿，W君又催着P姑娘吃第二块巧克力糖。P姑娘说：“还要吃？吃一块就够了。”

“那不成！人家不是说吃糖要吃双嘛！”

听W君上言，P姑娘笑着说：“看！又胡说了！”接着她话转正言说：“喂！说正经的，小W，你们学习很紧张吧！我们最近的课程特别紧张。”

“哎呀！别提了，紧张得连拉屎也没空！”W君有些夸张地说。

“又胡说了！人家问你正经的。”

其实，W君这话不全是胡说，他的学习确是非常紧张，因他还有两个原因，其一是他有意加班加点，以冲淡对P姑娘的强烈思念；其二是自从上次与P姑娘经受过那次火车旅行中的生死劫难之后，就闹肚子，每天拉稀两三次，有时在上课间或实验室说拉就拉，常常急迫得来不及，这岂不是“连拉屎的空也没有？”但是这实情他说不出口。

“你们这半年考试过几次？”P君又问。

“三次。你们呢？”

“也考过三次。”P君回答。

“你一定都是5分吧！”W君问P姑娘。

“不，一次4分，两次5分。你呢？”

“唉！一次5分，两次4分。”W君回答着，又对P君说：“P，在所学的课程中你最喜欢哪几门？”

“无所谓喜欢不喜欢，所学课程都应当学好呗！”

说到这里，W君忽然想起了以前那次爬山“放飞翅膀”活动时未听到P姑娘对未来理想、向往演说，故而问：“P，你毕业后准备干什么专业？”

“这个……我还没大考虑……”

“我想，你一定喜欢从事桃林培育研究方面的，是吧？”

“你怎么知道？”

“……”W君未回答。

听了W君说她喜欢桃林专业，P君深叹一口气说：“桃林专业好是好，但离现在还远着呢！谁知命运会怎样安排？现实还是先把书读好，争取各门功课取得好成绩，那是将来的事呢！”

“将来？那也不远了，今年下半年就毕业了，毕业后我们就为将来打基础，订规划，一步一步地切实努力，经过几个五年计划，就一定实现。只要我们努力……”

“但是，当前还是将所学的课程学好是第一位的，你说是吗？”P君强调地说。

“那是，那是。不过，有一个远大的理想也是必要的。你想，如果理想得以实现，我成为一名园林规划设计师，你成为一名培育桃林专家，我在蓝天之下广阔的地平面上绘制出美丽的蓝图，你则将大地变成欣欣向荣的桃林。当丰硕之果满园累累时，那该是多么有成就感！多么幸福！”

“嘿嘿！瞧你说的。”P君含笑地说。

二人正说间，只见远处上空有三股明晃晃的水雾直向空中升腾。W君说：“喂！你看，那边的喷泉开放了！”

“好！我们过去看看。”P君说。

W君硬将第二块巧克力糖塞给P姑娘吃着，自己也剥了第二块塞进嘴里，然后将剩余的糖和兰花豆收包起来放入P姑娘的手提包内，然后二人沿着柳林河畔向喷泉所在位置走去。

原来这公园里有一个大莲花池，碧水清澈，荷叶翩翩，芙蓉满池。每天上午9时至中午12时，下午3时至5时是喷泉开放时间。此时，喷泉刚开放。每喷泉开放时，便吸引了大批游客来观赏。

W君和P姑娘站在莲花池旁的栏杆前，一会儿昂首，一会儿低头，指指点点，看着喷泉不断变化的各种美丽景观十分开心。

那莲花池中部有三条汉白玉石雕玉龙，都昂首引颈，呈三角鼎立排列。巨大的水柱从玉龙口中猛力向上喷出直冲云霄。那水柱喷至碧空，如景如画，如树如花，如云如雾，千变万化，纷飞落下激涟漪，涟漪映阳放彩波。

W君站在池旁一会儿看上，一会儿看下，一会儿欢呼惊叹，一会儿叫P姑娘向他指点的方向观看。他高兴得手舞足蹈，不时地去拉P姑娘的手。

此时P姑娘也十分高兴，她那灿烂的笑脸仿佛要与刚刚出水的芙蓉花媲美，她的笑声虽然不大，却是清脆悦耳。

W君在高兴欢笑中，欣然对P姑娘说："这么好的景观，咱们何不合诗一首以助兴？"

"看，诗兴又来了！"P君笑着说。

"来吧！你先来首句。"W君说。

"你先来。"P姑娘说。

“先来就先来。”W君略思考后吟出第一句：

玉龙昂首卧池中

吟罢又说：“下句该你了。”

喷云吐雾漫青空

“好！好！”W君赞美P姑娘的诗句，接着他又吟出第三句：

风吹一过云雾散

更现蓝天贯长虹——P姑娘吟出第四句。

“好！好！哈哈……”二人齐声悦笑。

又观赏、欢笑了一会儿，P姑娘看看手表说：“已经4点多了，我们该回去了，晚了赶不上车呢！”

听P姑娘之言，W君正高兴的心情一下子降到了低谷。他忪眼看看P姑娘的脸，无奈地与P姑娘向公园大门出口走去。

公园的路啊，再长一些！时间啊，再慢一点！再慢一点！让我们在一起再多一会儿，就这样，默默地……再多一会儿。

终于，还是走到了大门出口。二人又默默地向公交车站走去。

刚到公交站，一部从北向南的车刚刚开走，W 君一阵高兴，对 P 姑娘说："你要等下一部车了，咱们还可以等一会儿。"于是二人又并肩走至不远处一石凳上坐定亲切地交谈。

俩人相向坐在石凳上，W 君说："下一次何时才可再见面？"

"不知道。"P 君轻声说。

W 君又说："只剩最后几个月了，毕业前的事一定很多，我们还要到外地从事实践活动，你们一定也去吧？"

"听说要去三个月。"P 君说。

"所以，下一次见面时间可能要到毕业了。"W 君叹道。

"……"P 姑娘默默地未说话。

W 君接着说："不过，学习紧张也有好处。时间过得快，几个月很快就过去了。"这话似是安慰 P 姑娘，又是安慰自己。

P 姑娘有点沉默，W 君趁势握住 P 姑娘的手，继之又双手搭在 P 姑娘的双肩上，深情地说："P，我可不可以拥……”W君这话刚出口，P姑娘笑着说：“你的巧克力和兰花豆！”说着便向提包内取，W君急忙说：“别拿了，留着你自己吃。”

正当W君二次想拥抱P姑娘时，她又急从手提包内取出一本书向W君的手中一塞说：“这本书送给你，但现在不准看。”

正当这时，一辆从北向南的公交车急速而至，P姑娘说：“车来啦，我上车了！”说着，她突然在W君的脸上猛地吻了一下，急转身跑上公交车。

公交车开动了，W君追着车，招着手跑了一段路送走了P姑娘。

W君站在原地望着远去的汽车好一会儿才回过神来，忽然想到了手中P姑娘送的书，这时他才发现P姑娘送的书是用白光纸包着的。他打开纸包，见是一本软皮简装的小说，书皮是浅玫瑰红色，书名《爱》，翻开书的扉页，见上面有赠言写道：

柳儿哥存。

——桃桃

W君见赠言不禁愣住了。“桃桃？她怎么称自己是桃桃？！她怎么呼我柳儿哥？”

惊疑中，W君拿着书又走回至原本坐的石凳上坐下，概略翻弄着书页，忽然见书内还夹了一封信，急打开信看：

柳儿哥：

我是桃桃呀！可能是人长大了，或变丑了，你怎么认不出我了？可我早已认出你了。只是为了学业，为了校规，我没有认你，还请你原谅。

柳儿哥，自我们十多年前约定一同入大学，我一直在努力争取，虽然比你迟一年，但终于进了大学门，而且巧与你同在一个班组，同一个互帮组，这可能就是缘分吧！

现在学业已到后期，我想我们已没有必要再隔着一层窗户纸了，你说是吗？

柳儿哥，你当年送我的扎发彩带，我一直珍藏着。现在我把它裁剪成两段，一段自己珍藏，一段拴在桃叶书签上送你也作珍藏。愿它们永伴你我，憧憬未来……

看完了信，W君又急看那拴着扎发彩带的桃叶书签。那桃叶书签是在一片秀美、碧绿的大桃叶上用线绳缀钉上了一节子桃花彩带，那彩带正是当年亲手扎在桃桃头上的彩带，虽颜色淡了一些，但仍可清晰可辨。在有些褪色的桃花彩带上还写了四句诗如下：

春风杨柳絮花飘，
园林深处觅春桃。
君欲摘桃莫心焦，
只待桃李红枝梢。

W君看完P姑娘送的书、信及桃叶书签上的彩带和诗文，含英咀华，异常激动。他双眼含着泪水自语道："P君，P姑娘——不！桃桃，你太可爱了！桃桃，你的心好细啊！桃桃，你太理智了！桃桃，我终于找到你了！"

W君擦着脸上的泪水，不由得又回忆起当年那个十二三岁，蓬头垢面的"小聋哑儿"，那个扎着桃花彩带的萝卜头小姑娘……又想到那个处事老练、侃侃而谈的P君……

他又抬手摸着脸上P姑娘所吻过的部位，美滋滋地笑着，想着刚刚乘车远去、身着玫瑰红外套，那靓丽的P姑娘……

W君正在激动、陶醉中，由南向北的公交车来了，他赶忙去赶车。

爱游

17

正如W君与P姑娘所预料的那样，最后几个月特别紧张，上课、实验、实践操作一项接一项，最后半个月是总复习阶段。

历经七八天，终于所有的课程都考完了。

W君高兴地想，待毕业鉴定结束，一定要和P姑娘痛痛快快地玩几天。

可是，毕业考试的分数还没公布，也未进行毕业鉴定，却又下达了一项重要的考试。

一天晚上，所有大、小班长都到学校去开会，内容是“动员毕业生报名支援园林国大西北开发建设”。上级强调，这是一项重要的思想考试课程，也是对每个人的一次过硬的考验……

一时间，校园内报名支援大西北的“旋风”风起云涌，没有一个人甘心落后。

W君试了几次准备报名，但是几次都被矛盾的心理搁住了。

按照W君的远大理想，是要做一名园林规划设计师，驰骋在广阔的园林大地上，奉献自己的青春，给园林国大地勾画出最美的蓝图。到大西北去正是实现这一理想最适宜的英雄用武之地。尤其是他在支援大西北边境之战期间深深体会到那里是多么需要，而现在正是实现理想的好时机。

但是，W君却迟迟疑疑地下不了报名的决心，原因是他想到了P姑娘。她是否报过名？如是她未报名，或报了未被批准，自己一旦报名被批准，那将要与她天各一方，那可怎么办？怎么办？

正当W君在迟疑、犯愁中，却突然收到P姑娘一信，信中说：

> 小W，你好！
>
> 期末学习紧张不必多述，有一事却不能不对你说。我已报名去支援大西北开发建设。特急告。
>
> ——P

看了P姑娘的信，W君很是兴奋，当即报了名。

两天后，毕业鉴定开始了。W君的鉴定中写进了这样一段话："能积极响应号召报名支援大西北开发建设，用实际行动奉献、报效园林国……”

一天上午，校园里十分热闹，W君急忙出去看，原来是批准去大西北人员名单大红榜，共有十人，名单中第五名就是柳君（即W君）。

W君见到自己榜上有名颇为兴奋。

与其他九位同学一样，大家都沉浸在一种豪迈，对未来充满着幻想、波澜壮阔、美好的憧憬中。

但是，透过W君表面的心花怒放，他内心却有一种极不平静的忐忑不安。P君那里怎么样？她报名后有无被批准？要是批准了，他们的未来将是真正的波澜壮阔、美好的、前程无量的。可是，万一她未被批准，那可就糟了，那时再去要求不去……根本不可能。

W君的心正在忐忑中，校方通知次日召开赴大西北支援开发建设者欢送大会。

欢送大会上，赴大西北十位毕业同学代表在大会上铿锵有力的豪言壮语和斩钉截铁的决心句句在耳；校方代表，在校学生代表的讲话谆谆殷切，大西北来接迎的代表的讲话热烈诚恳……大会期间的口号声接连不断：“热烈欢送赴大西北同学！”“向赴大西北同学致敬！”

“……”

大会结束后，校方有关领导及有关人员和赴大西北同学合影留念。

至此，万事俱备，只待向大西北开赴了。

校园里，已失去了往日的平静。毕业班的同学各自忙着自己的事，赴大西北的同学更不平静。

但是，心情最不平静的莫过于W君了，他时刻盼望着P姑娘的消息，焦急地做着各种猜测：也许她那里“公榜”的太迟？也许那“老牛拖破车”式的邮信速度太慢了？也许？……

然而，眼看赴大西北的日期日近，却仍未见P姑娘的来信。

W君实在耐不住了，经过多次请求，校方答应他用一天时间去会见一次P姑娘，并嘱快去快回，切勿超时，以免误了赴大西北的行期。

秋天的C城，地广天高，白云飘荡，风涌树摇，飞鸟匆匆。

公交车在泥土石子路上颠颠撞撞，车尾部掀起一股尘浪。

经过两个多小时停停靠靠，终于到达P姑娘所在的新实践教学点。

几经询问，才找到P姑娘的住处。进门一看，却是狼藉空荡，除一名看门的老人并无一名同学，更无P姑娘的身影。

经询问，方知P姑娘她们已于两日前全部离开，P姑娘的去向不明。

W君在空荡的房院里巡视一遍，愣了好一会儿。失望中，他的眼泪夺眶而出。

“P呀，亲爱的P，你就这样离开了？！”“P呀，P，你就这样弃我而去？！”“P啊P，我即将到遥远的大西北去，你到哪里去了？到哪里去了？你怎么连句话也不留下？”

W君流着热泪又站愣了一会儿，看门的老人见之说：“年轻人，别站着发愣了，这里的人都走啦，不会回来了。我也要关门了，走吧！”

听老人言后，W君只好拖着沉重的双腿离开。

返回的公交车上，W君双眼紧闭，昏昏沉沉，任凭车子颠簸。他的脑子里又出现了曾在南郊公园的情景，那悠闲的交谈，那对未来的激昂，P姑娘那灿烂的笑容，那悄言蜜语……那匆匆地一吻……

W君睁开双眼，正到达一个小站，他几乎没思索，起身即跳下车。

W君为何中途下车？他匆忙下车干什么？

原来W君在车上闭目回忆着在南郊公园与P姑娘那次美好的约会游玩的情景时，无意中下了车。他想下车再去南郊公园去走走，但由于神情恍惚，还没到南郊公园站就下车了。

幸而小站的下一站就是南郊公园，W 君只好徒步走至南郊公园。

秋天的南郊公园与夏天大为相异，翠柳变成了黄柳，石子拼花路上黄叶飘零，莲花池的水也没有以前清澈了，三条玉龙张着干巴巴的大口朝天望着，没有一丝水汽射出，凋落的荷花低垂着脖颈无精打采，只有黝绿的荷叶随风扇动。

W 君在稀稀落落的游人中无精打采地走了一圈，然后又回到车站曾经与 P 姑娘坐过的石凳前站了一会儿，下意识地用手摸摸曾经被 P 姑娘亲吻过的右脸，这时他才露出了一丝自足的笑容……

W 君登上公交车，当车到达校园实验基地时，他又下了车，他想再到实验基地去看看。

实验基地的林荫石子路特别幽静，没有一个行人。W 君踏着片片枯干树叶向前走着，只有少数鸟儿在向他鸣叫。

虽然基地没有正式大门，但人工种植的蔓藤和两侧高大的木桩自然纽结成的大门葱绿、透红，林荫满地，仍不失壮观。

然而，如今的实验基地内与往日已大不一样。往日来做实验时的幼树苗已长成树，以前的小树如今已成林，以前的茂林如今变成疏、密不均的散林，有的被砍伐，有的夭折，显得有些苍凉。

记得在头几年时，每次来做实验实践，都与P君、P姑娘对着每一株植物讨论一番，说到入胜时，二人便心悦畅笑……只可惜第四年，也是最后一次来做实验时未能得以畅谈。

可是，如今，P姑娘却杳无人影。

此时此景，W君见状无比感慨，他观赏着、回忆着……

来这林业大学就读，连去大西北前线已整整五个春秋，那葱郁的校园，火红的阳光，那春天的花洋，夏日的茂林，那秋爽的风云，寒冬的冰霜……

那蓬勃盛气，那挚情畅怀……

而如今，这眼下则是树木砍伐，猢狲散去，留下了几堆狼藉残叶和无限的憾情凄意。

于是，在感慨之余，他坐在暖房前的石板上，展开随身带的笔记本，写下了几段“憾儿歌”。那憾儿歌如下：

憾儿歌，憾儿歌，
园林憾事何其多，
原本是

明媚阳光育新苗，
却为何？
风掠叶落阴差又阳错。

憾儿歌，憾儿歌，
园林憾事何其多，
原本是，
同园共生花枝茂，
却为何？
花未孕果蕾儿竟先落。

憾儿歌，憾儿歌，
园林憾事何其多，
原本是，
桃柳枝叶形相近，
却为何？
柳植河畔桃植黄土坡。

憾儿歌，憾儿歌，
园林憾事何其多，
原本是，
幼苗成树树成林，

却为何？

一朝砍伐狼藉又坎坷，

憾儿歌，憾儿歌，

园林憾事何其多，

原本是，

绿柳成荫桃果红，

却为何？

风折柳枝未红桃先落。

憾儿歌，憾儿歌，

园林憾事何其多，

但愿得，

同园共茂无蹉跎，

来年再现花枝共日月。

写到这里，W君合住笔记本，站起身来，最后向实验基地及远方的树丛、河流、山峦、巅岭惜望着，默默地说："再见了！"继而转身离去。

W君刚回到宿舍门前，正好碰见好朋友桑君，他当即问："回来了，见到啦？"因为W君去看P姑娘时事先告诉了桑君，所以他显然是问去见P姑娘的事。

“……”W 君默无回答。

“怎么，没见到？”

“……”W 君仍失落地未出声。

桑君知道肯定 W 君未见到 P 姑娘，也便不再问什么。只说：“快去整理一下自己的东西吧，宿舍里乱糟糟的。”

W 君走进宿舍，见同学们正各自忙活呢。正在整理东西的班长林君见 W 君回来当即说：“喂，W 君，这里有你两封信！”说着将信交给 W 君。

W 君拿信到旁边急拆开看，方知是 P 姑娘来的。看第一封信：

小 W，你好！

告诉你一件事，我报名去大西北未被批准，而是分配我去园林国大西南边塞，具体地点尚不明，不日起程，先急告。

很想和你见一次面。盼复。

——P 9月9日

W 君看完第一信，发抖的手又急拆看第二封信。

小 W，你好！

前去一信收到否？未见回复。

学校已通知我三日后离校赴大西南。与我一起的共有四位同学，有樗君、杨君等。

多想和你见见面啊！

——P 9月9日

W 君两手颤抖，含泪读完了信，一切都明白了。但是，一切都晚了，无法挽回了。虽然 P 姑娘告诉了她去大西南边塞，但具体地点不得而知。

W 君忽然想到，为什么信收到的那么迟？再度看看寄信日期第一封信已发出十天了，为什么才收到？

W 君去问林君，并说："现在邮寄信怎么那么慢！"班长听后立即说："咳！要不是我看到，你的信早被当垃圾处理掉了。"

W 君听后正一脑子雾水，班长又说："今天早上，我也去看有没有我的信，见放置信的地方乱糟糟的，这时校清洁工正在清理垃圾，只听他说：看！毕业了，连来的信也不要了。"班长继续说："听他说这话，我急忙去垃圾堆旁一看，果然有三封未拆的信。一看，原来是你的两封信，还有一班的 Y 同学一封。你的信我拿回来时未见到你，故而暂放在我这里。"

班长又说：“估计是近期同学们的信较多，大家翻来翻去，翻到地上被风吹到一边去了。加之大家丢的乱纸、果壳垃圾很多，故而和垃圾混在一起了。”

听了班长的话，W君只好闷声点点头。心想，这能怪谁？只能怪自己。我为什么每次去看有没有信，只看台子上，就没看看地上呢。唉！现在后悔，一切都晚了！

18

光阴荏苒，韶华如驶。

W君与柏君、棘君等十名园林毕业生到这大西北来已整整十个春秋。

十年前，W君还是一个不足三十岁的青年，如今，已是年近四十的壮年。

十年前的W君，一腔热血，抱着为园林国，为大西北献身，并要成为一名园林规划设计师的雄心壮志来到这大西北。

记得刚来到这大西北时人少面生，环境恶劣，食、水难济，居住简陋。广袤空旷的大荒野风飙尘飞，兽虫肆虐，鸟雀无栖……

但是，在强悍的大西北人的带领下，在外来人的支援下，仅仅十年，就将大片的荒野变成了沃土良田。十年前种植的树苗如今已长大成材，荒野变成了茂林，变成了林荫大道，变成了葱郁园林。

十年的风风雨雨，W 君也经受了各种考验。在实践奋斗中由不适应到适应，由不懂到懂，并逐渐锻炼成为一名有较高专业技术能力的园林规划设计师。

每当 W 君在蓝天之下、旷野山中，不辞辛劳地勘测规划，将一片片荒野勾画成一张张细微、美丽的蓝图，再由农林英雄们勤劳耕耘，使蓝图变成沃土、良田、绿草萋萋、牛羊成群和繁盛的茂林时，W 君便由衷的自豪和快乐，为自己对大西北人做出的每一份贡献、每一项成果而自豪。他对自己说："当年选择了大西北没有错。"

但是，为了园林国，为了大西北人，他也失去了不少。他失去了青春，更失去了他半生刻骨铭心深爱的 P 姑娘，失去了应该享有的那份幸福。如今，他仍孑身一人。虽然有不少好心朋友多次劝说他应当建立一个家庭，但都被他婉拒。他的脑子里一直是 P 姑娘占据着。他没有忘记 P 姑娘，他从来没停止过利用一切可利用的方式、途径寻找 P 姑娘的下落。他一直强烈思念着 P 姑娘。

当事业、工作忙碌时，他便想起与 P 姑娘在一起时勤奋攻读，孜孜不倦的情景；当他碰到困难时，便想起了与 P 姑娘一起时互相鼓励，克服困难进取成功的情景；当他有了苦恼时，便想起与 P 姑娘促膝谈心、情畅愉快的情景；当他闲暇时，便想起了与P姑娘节假日逛街、游玩、悠闲、愉快的情景……

可是，可是现在，她在哪里？她在哪里？

十年啊，十年！W君转战大西北的东西南北，山山水水，换过不少地方，从事着变幻不定的工作，但是思念P姑娘的心却始终如一，走到哪里带到哪里。

两个月前，W君和棘君被派往这曾称为荒原岭的地方从事园林技术员工培训工作。

这是一个有代表性的大西北园林地带，时下正是秋末冬初之季，天空浩茫高远，广袤无垠的大园林郁郁苍苍在朔风的吹动下呼呼涌涌，发出呼呼的风啸声……培训基地的几幢低矮平房显得特别渺小。

但是，就在这里，将要培训培养出一批批园林技术员工分配到大西北各地。

从事培训工作，生活比较规律。W君白天给学员上课，做实践、实验，到了下午四点半便是自己的时间。多年来，W君已习惯于晚饭前到野外吹风散步。到培训基地后，由于他与棘君的性格、爱好不一样，二人很少一起聊天游玩。但他却一直保持了晚饭前一个人去野外吹风散步的习惯。

时下，凉风阵阵，他站在宽阔的大路上迎着凉风漫步，任凭冷风吹拂。

多年的锻炼，他已习惯了野外吹风散步，从不会生感冒。他昂首挺胸地走着，让凉风吹掉一天的忙碌疲劳，让凉风吹散思绪的烦恼，让凉风吹开眼睛的视野，宏览大西北广阔的天空和葱郁园林。

有时，凉风还会将大雁从北方吹来，只见它们就像训练有素的体操运动员，不时变换着队形向南方鸣飞而过。

每当大雁飞来时，W 君便默默地说："大雁啊，大雁，你将飞往何处？请将我的信息和问候带给在遥远南方的 P 姑娘；明年春天回来时，请将 P 姑娘的信息带给我！大雁啊大雁，拜托你了！拜托你了！"大雁"咯吱咯吱"地答应着飞向南方。这时，W 君才返回。

回到住处，W 君胡乱吃罢晚饭，稍坐一会儿，再拿起一张报纸看。

也许是生活的磨炼，也许是年龄的关系，如今 W 君的性格与才到大西北来时那风风火火、永无静逸的性格大不一样，他常常喜欢一个人静坐、思考或一个人野外散步吹风。

W 君看了一会儿报纸沉思了一会儿，又拿出他曾看过多次的 P 姑娘送的那本《爱》书，和夹在里面的两张照片——一张大学毕业时的集体照，一张 P 姑娘的单人全身照。

每当看到书和照片，都勾起他无限的遐思、回忆和美好的享受。

渐渐地，W君的双眼有些疲惫，拿照片的手有些疲软，他索性半靠卧在床头上，闭起双眼，让思绪任其荡游……

不一会儿，听到住在隔壁的同事说："W君，你的信！"

W君接过信，见信封上那熟悉的笔迹就知是P姑娘写来的。急拆开看：

小W，你好！多年不见，甚念。我今有幸到S城，虽离你不远，却苦无暇前往看你，如能抽身前来一会儿，不胜幸甚。盼复。

——P 7月6日

于是择一日下午，W君买好去S城的车票去S城会P姑娘。

到S城天已晚，找一旅社住下。

次日上午，按P姑娘注明的地址前往。W君激动的心情更加不平静。十年不见了，她变样没有？W君一面猜测着，一面设想着与她见面的程序：应当首先与她热烈握手，被她引至她的住处，进门后站立刹那间，用双手扶着她的双肩，深情地望着她那久违的脸庞说：来，让我好好看看你变了没有。再然后，就热烈地拥……不！慢着，慢着，毕竟多年不见了，不可冒失，不可冒失啊！

她一定如往常一样，话不绝口，侃侃而谈，别人简直插不上嘴。她还会简单弄点小吃饭菜，二人相对而坐，边吃边畅谈别后之情，这一定会，一定会。

W君想着、走着，公交车已到达P姑娘所在地。下车后走至门前，他向门卫师傅施个敬意，刚要进门，不料被门卫师傅挡住，并冷冷地说："现在不会客！"无奈，W君只好站在门外等着。心想，或许她会走出来？到了下班时间，她一定会走出来。

W君看看手表，可离下班时间还有差不多两小时呢！

在门前等了十多分钟，并无人走出。W君再度请求师傅传呼一下，但又被拒绝，只好继续等着。又等了约二十分钟，仍无人出来。只好再去央求门卫师傅并生硬地递上一支刚买来的香烟，终于打动了师傅。

过了几分钟，她——P姑娘出来了！只见她头戴工作帽，身穿工作服，双手戴一副橡皮手套，笑吟吟地走出来。

"你来啦？今天刚到？"她说。

“昨天晚上到的，早饭后就来看你。”

“吃过饭没有？”

“吃过了。”W 君回答。心想，你是问的早饭还是中饭？吃中饭还早着呢！早饭早吃过了。

P 姑娘站在 W 君的对面问过几句后，歉意地说：“我现在正在做实验，身不由己啊，不能陪你了。”

“不妨事，我等着。”

“可离下班还早呢！要不，你先回到住处，晚上我去看你。”

“好！好！”W 君满口答应，并将自己的住处写一纸条递给 P 姑娘手上，继之，看着 P 姑娘又进入大门，消失在一片桃林掩映的房院内。

晚饭后，W 君早已在住处大门口等候，可足足等了近一小时 P 姑娘才来。她气喘吁吁地说：“对不起，车不好乘，途中又堵车，来晚了。”

W 君引 P 姑娘进入自己的住房，速倒一杯白水递给 P 姑娘。因房内仍有一住客正在看书，怕说话对人家有影响，故而对 P 姑娘说：“要不，咱们到外走廊去说话。”说着端着水杯二人走出房间。

二人走至外走廊栏杆旁，正好旁边有一方凳，W 君将方凳给 P 姑娘坐，把水杯放在地板上，也就近坐在地板上。就这样，算是接待了 P 姑娘。

二人交谈了约半个小时，仅是零散的家常话，并未谈及知心之处，更无W君事先设想的“见面程序”。

P君看看手表说：“不早了，我得回去了，再晚没有车了。”

“我送你。”W君说着与P姑娘起身下楼。

走出大门，P姑娘说：“你留步，我走了。”

“我送你一站。”W君说着二人一起上车。

回去的公交车出乎意料的顺利，车内不拥挤，每到一停靠站，W君总说：“再送一站。”直至送到P姑娘所在地停靠站。

二人下车，看看离关门时间尚早，便在附近马路上又如往常一样边漫步边畅谈。

马路旁的灯光温和明亮，路上人少车稀，二人交谈着到达门口，又围着P君所在的院墙边转边谈，似乎有永远谈不完的知心话。

谈着谈着，W君发现P姑娘没有了回音，急侧身看，P姑娘不见了。W君急忙喊：“P姑娘！P姑娘！”

宿舍的灯光仍亮着，房外的风声阵阵，W君睁开双眼，定定神，方知乃一南柯，一个短暂的梦，一个美好的梦。他叹一口气，又拿起P姑娘的照片看了一会儿，欲夹入《爱》书中，夹入前，他又如往一样先抖了一下书，看看有没有东西抖出来才将照片夹入书中放回抽屉里。

W君为什么要多次抖抖那本书？原来当年P姑娘送书时夹在书里的那桃叶书签不见了。他曾多次抖擞那《爱》书，可就是不见那珍贵的书签。怎么就找不到了呢？那可是一件珍物啊！那可是P姑娘的心意啊！怎么就是找不到了？难道真的丢失了？不会的，不会丢的，一定是失落在什么地方了。

所以，W君每次看那书和照片时，总要抖擞一下书，找一下，可每次都见不到那书签。

W君将书放入抽屉内，又坐着沉思了一会儿，希望下次再有一个美好的梦。

大西北似一件巨大的艺术品，更加美丽、壮观、斑斓多彩。它是千千万万个工艺高手铸造而成，是千千万万人的心血浇灌而成，是千千万万人的情和爱精雕细琢而成。

在这件艺术品上也有W君的一份辛劳，一份心血，一份情和爱。不！不是一份，是W君的整个的情和全部的爱！

春风吹动，气象万千，大西北又迎来了一个春天。

大西北的天空更蓝了，地更绿了，人民生活更好了！

如今的园林技术培训基地更大了，设施更全了，校舍也更大、更多了，教职员工也多了。

每当W君想到这些，便由衷地自豪和开心，工作的劲头更足。

一天的忙碌之后，W君照例在晚饭前去住处外的大马路上吹风散步。

大草原已黄间嵌绿，天空中最后的一群大雁又列队由南向北鸣飞而过。

W君又望着不断变换着队形的大雁群默默地说："大雁啊，大雁，你们回来啦？你们冬天在南方过得好吗？你们可将我的信息带给P姑娘？你们可将P姑娘的信息给我带来？"大雁一面匀速地扇动着翅膀，一面吱吱唔唔地说："这个，这个，这个……"

"这个"是什么意思？W君听不懂，也猜不透。他嘴里也学着大雁一样念叨着"这个、这个……"

W君在宽阔的马路上走了一会儿，又向那巨大的教学基地园林走去。

园林的各种植物、果树、花草，有的常青葱绿，有的嫩叶方兴，有的含苞欲放，有的花满枝梢，蜂蝶齐舞，一派春光！

W君走至一片桃林站住了脚步，桃花早已盛开，有的已花孕桃果，他不由得想起与P姑娘曾经谈过的理想，他要做一名园林规划设计师，她要做一名育桃专家……如今，自己可以说是理想实现了。可P姑娘如今怎么样？天啊，风啊，树啊，花啊，你们谁能告诉我？谁能告诉我呀？

夕阳已将坠，W君返回住处，粗略吃罢晚饭，翻了一下报纸，感到有些疲劳，又依靠在床头上闭目养神，不一会儿，呼吸有些拉长了……

煦阳普照，和风轻拂，W君一个人在园林基地散步，突然，前面出现了一大片桃林，他喜出望外地急向桃林跑去，只见那桃林内满园的桃树，卓绝喜人。那桃树，枝茁叶茂；那枝，柔韧垂垂，叶蕤果累；那叶，秀美，绿亮；那果，白里透粉，粉里透红，丰盈水灵，清香扑鼻。再往桃果累累的纵深望去，赫然见一硕大的桃果颇引人注目。那桃果晃晃悠悠，馋人眼球。近前细看，噢！那不是一只桃果，分明是一张美女的秀脸！W君睁大双眼向那秀脸走去，走近细看，那秀脸则对着他展着灿笑，天哪！那不就是P姑娘！

W君赶紧拨开众桃枝迎上前去。可是，他无论如何怎么追赶也靠不近她。W君快步往她追赶，那P姑娘则笑灿灿地飘移退后。W君大声喊道："P姑娘！P姑娘！"忽然，一阵狂风吹来，所有的桃果纷纷落地，那秀桃也不见了。P姑娘也不见了……

W 君拼命高喊："P 姑娘！P 姑娘！P 姑娘！"

W 君的高声呼喊，将自己从睡梦中惊醒，他睁开惺忪的双眼，定定神，方知又是一梦，一个半截子梦。

W 君从床头上坐起身来，伸伸懒腰，深叹一口气，自笑着摇摇头，又去看书。

19

大西北的大地更加葱葱郁郁，锦绣宜人。

大西北又发生了巨大的变化。

但是，W 君的生活仍那么简单，仍那么执然。他仍如既往执着地思念着 P 姑娘，他从未放弃过。他始终相信，总有一天会见到 P 姑娘。在得知 P 姑娘的下落以前，他绝不改变自己的生活，即使是垂垂老矣。

可是，茫茫昊空，广袤大地，葱郁园林，究竟哪里去寻找 P 姑娘的下落？谁能提供一点线索？

一日，一位同事忽然交给 W 君一封信，他高兴极了，心想，莫不是 P 姑娘来的？那是谁人告知她我的信息的？是大雁？噢，一定是大雁。

W 君急拆开信看，方知不是 P 姑娘写来的，而是老同学柏君写来的。信中说："W 君，你好！多年不见，也无联系，甚念。"

那柏君，自一同来到大西北后，刚到的第一天就与他分开了。一起到大西北的十位同学，除棘君与W君在一起，其他同学都分散在大西北各地，而且彼此很少联系，如今柏君主动来信，W君怎么不高兴！柏君的信中说："W君，你可知道老同学P君，P姑娘的情况？听说她在大西南生活得不太好，但详情不得而知……"

看完信，虽然不是P姑娘来的，但W君却知道了一点P姑娘的情况，所以，他还是非常高兴的。

但是，也增添了他对P姑娘的思念和挂念。他仍在想方设法打听P君的下落。

经过几天的考虑，W君终于下了一个大决心——去寻找P姑娘。好在现在培训基地已走向正规，有了假期。他决定利用暑假期去寻找P姑娘。路线是：先去会见柏君，再去母校打听P君的具体所在地或通信地址。

暑期到了，W君备好必要的行李用品，踏上了寻找P姑娘的漫漫征程。

经过一天的汽车，W君找到了柏君。老同学分别多年相见，感慨万千。可是，从柏君那里得知的仍然是柏君信中说的一句话，没有新的所获。

两天后，W君又奔向母校之路。

路途漫漫，山峦起伏，汽车、火车日夜兼程，经过七天七夜，W 君终于到达了阔别多年的母校所在地——C 城。

W 君心情有些激动。一下火车迎入眼帘的是楼堂林立，商贸繁荣的大都市景象，似乎一切都是陌生的。他诧异着，怀疑起了自己的记忆力和眼力。

他边疑惑着蹒跚而行，不断搜寻着，回忆着，询问着，终于找到了母校所在地。

W 君首先找到了柏君介绍的老朋友榕君。榕君见到柏君写的便信，热情地接待了 W 君。

就餐中，W 君向榕君介绍了柏君的情况，然后转入正题。当 W 君问及 P 君时，榕君说并不认识 P 君、P 姑娘。但他愿意带 W 君去校方查找一下。

因尚未到上班时间，吃罢中饭，榕君说："要不，我先带你去看看校园？"这正合 W 君的心意。

二人漫步于校园内，W 君边走边回忆、对比着今夕的变化，不断感叹着。校园更加葱郁了，更美了。

走过长长的林荫大道，首先出现在眼前的是那熟悉的、没变的雄伟教学大楼。大楼前的绿化带更苍翠、更大了。

榕君指着四周的幢幢新建筑一一作着介绍，但 W 君的注意力却集中在那些老式建筑和老景点上，并回忆着当年的情景。他指着教学大楼东区的老式学生宿舍楼说："那就是我们住过的宿舍楼。"然后，他又指着东区山坡上的一幢老式楼说："那就是我们四〇段的女生宿舍。"说到这里，他又回忆起了当年与P姑娘在宿舍外的马路上漫步的情景……

参观完了校园，榕君说："咱们去教学大楼里面看看。"W君欣然同意。

二人进入教学大楼一楼内，W君在走廊里边走边看着说："这大楼内除了内墙粉刷过没什么变化，和原来一样。"他走着，挨个房间看着、回忆着，当他走至一间标本陈列室门前，站住了，他不禁回忆起了当年那两个晚上，那两次会议，那窒息的气氛，三丁头那威严、狰狞的面容，棘、樗等人那不怀好意的诬蔑攻击，他自己当时那愤不可遏地回答……

直到榕君喊他，才回过神来。

二人从大走廊又进入一间大教室，正是W君他们在一、二、三年时常用的教室。W君不用榕君带便径直走到中间第五排靠通道的一个座位前，用手摸着靠背椅说："这就是我坐过多次的座位。"说罢他在座位上坐了一下，然后回头望着后面座位说："这就是我要找的P姑娘坐过的座位。"说到这里他不禁又回忆起当年与P姑娘在一起时的情景，即使在上课时，他还常回头与P姑娘交头接耳、细语……

参观完大教室，二人又从大教室的后门走至门外的平台上站住。榕君对四周的建筑和新旧景点指点着作着介绍，W 君却回忆着当年与 P 姑娘常坐在平台上讨论功课，促膝谈心的情景。曾有一个晚上，二人一直谈至十点多才回宿舍……

出了大教室，二人又走至大操场。

大操场更漂亮了，可能因为没有体育课，显得有些空荡。

W 君一眼就看见一大片单杠双杠，那是他常来的地方，那单杠双杠不仅是他锻炼身体的工具，还是他发泄情绪的工具。每当他高兴时或遇到郁闷时，总要到单杠双杠上猛力拉一会儿，当连续拉撑上几十下气喘吁吁，全身出汗时，他的情绪也平衡了。

接着，W 君又回忆起当年与 P 姑娘一起上体育课，互相鼓励，互相照顾的情景……

“喂！上班时间到了，咱们去办公室吧！”榕君打断了 W 君的思绪。

二人走至校办去查 P 姑娘的下落。经相关人员找资料证实，十多年前，P 姑娘是分配到大西南去了，但后来无联系，其他一概不知。

无奈，二人退出办公室。

正在一筹莫展之时，W 君忽然想到当年那位三丁头段长，于是问榕君：“十多年前四〇段的那位叫什么吝嚚的段长可还在？”

“噢，你说他呀……他还在，但是……”

榕君边说边笑笑。

“但是怎么啦？”

“疯啦！”榕君感叹地说。

“怎么疯的？他当年可是相当神气的呢！”

“唉！此一时彼一时呗！”

“怎么回事？你说说看。”W 君进一步问。

“说起来有点话长。”榕君继续说。

“前面是听人家说的，说他当段长时很喜欢一个学生，常让那学生到他家里去玩，还利用那学生了解一些学生们的情况。可他万没想到，那个学生竟在他不在时畜生般地强暴了他只有十四岁的女儿。虽然那畜生受到了应有的制裁，但他的女儿却因此疯了，不久就莫明其妙地死了。”

“唉！可够惨的了！”W 君插话说。

“惨？！惨的还有呢！”榕君继续说，“后来他又因为贪污学生经费受到处分。他的脾气本来就坏而怪，后来又和老婆闹翻了，不久老婆也离他而去，就剩他只身一人了。”

“再后来呢？”W 君问。

“再后来，他被提前劝退了，知道他情况的人也少了。我后来是在大街上见到他的，已经疯得很厉害了。”

“那没人管他吗？”

“开始弄他去精神病院住了一段时间，出来不久又加重了。就这样疯情反反复复，慢慢就没人管了。于是大街上、房院前后、菜场里，乃至厕所旁，常常见到他那疯样的身影，简直成了这一带的‘明星’了。孩子们常跟随他后面戏弄、取乐。”

“唉！当初那么神气又自命不凡的人，如今则落到这个地步！真是人生不可预料啊！”

听了W君的感言，榕君叹一口气又说：“不是说祸不单行，天有不测风云，人有旦夕祸福嘛！”他继续说：“三年前，不知怎么搞的，他的房子突然起了大火，烧了个精光。幸而那天他又在外面疯，才捡了一条疯命……”

“后来呢？他吃住怎么办？”

“后来，在众人的帮助下，将他安排到如今的住处，和一位好心人吃住在一起。那好心人就是当年在他学生段里那位清洁工老人，让疯子勉强住在老人的一小间偏房内，也与老人胡乱吃着，维持着生命。可如今那老人也更老弱不支了，哪还有能力管他？”

听了榕君的介绍，W 君唏嘘了好一会儿。说：“要不，咱们去看看他？或许他脑子清醒时还能提供一点线索呢！”

榕君本不想到老人和疯子那里去，知道不会有所收获。既然 W 君提出，也只好说：“那好，走吧！”

走到街上，W 君买了一些水果，在榕君的带引下去看当年的段长。

经过左弯右拐，到达一所老式小平房前，见门前坐着一白发老人，榕君大声问：“老爷爷，可知一位唐姓老爷子住哪？”

“你说什么？我听不见？！唉！人老了，耳朵不行了！”老人大声说。

“一位姓唐的老爷爷，住在哪？”榕君对着老人的耳旁大声说。

“我是姓唐啊！”老人吃力地说。

正巧这时走过来一位女士，弄清缘由后说：“他就是唐老爷子呀！”女士又说：“你们找他有啥事？”

“我们想向他打听一个人。”W 君插话说。

“打听谁？”

“以前在学校老四〇段当过段长的，叫……”

未待 W 君说出姓名，那女士就说：“噢，是不是疯子啊？”

“是，对！对！是疯子。”榕君说。

听说是找疯子，女士对着老人的耳朵大声说：“疯子哪里去了？”

“啊，……疯子啊？……不知道。”说完老人又半闭起双眼歇息。

榕君与W君从老人那里打听不出疯子在哪里，也便罢之。W君将水果送给老人，二人离开。

返回的路上，W君自忖着：人生真不可预知啊！当年的三丁头如今会落到这么个天地……

正当二人在路上慢慢往回走着，忽听到前面大街上有人大声唱歌，也听不懂唱的什么词。二人有些好奇地走近歌声，这时，榕君突然大声说：“喂！就是他！他来了！”

“谁来了？”W君问榕君。

“疯子！肯定是他！”

这时又听到那人大声喊道：“同学们……上啊！上呀！”

“你们在这里干什么？熄灯了！”

“嘟……嘟……”那人学着熄灯信号叫着。

“喂！阿啥！干得好！”

“哆来咪……咪啦唆……一、二、三——四！”

W君完全弄明白了，是个疯子。

“他就是三丁头！”W 君睁大眼睛，无论如何也认不出当年三丁头的模样。只见那疯子蓬头垢面，衣褛污衫，瘦佝的身子活像一只丧家犬，不！是一只丧家疯狗！

W 君只管看着疯子发愣，榕君催促说：“走吧！从他嘴里问不出什么。”

W 君迟疑地走着，头还不时向后面的疯子看着……

回去的路上，榕君忽然有个新的想法，对 W 君说：“要不，咱们去当年的四〇段，如今的五一段去打听一下，或许可以了解到一点线索。”

W 君欣然同意。

二人又急匆匆地赶到园林专业五一段段长的办公室。幸而还没下班。经询问现在的段长，他说也不太清楚。因他任现段长只有两年多。但他说：“不过，一年前段里曾有一位秘书去南海边境开会，他回来汇报时曾提到参会的也有十多年前从本校分配到大西南边境去的人。可惜该秘书半年前已调往外地。”

二人感谢过段长后离开。

榕君说：“再回到我的住处休息一天再说吧。”

“不啦，已经麻烦你一天了，十分感谢，我走了。”W 君说。

榕君送 W 君去汽车站。

W君乘上去火车站的公交车，二人招手告别。

在公交车上，W君思量着，怎么办？是回去还是继续找？最后他决定还是根据五一段长提供的线索再去南海边境去寻找，也顺便旅游。

火车在原野上奔驰，在群山中穿洞，在江河上越桥，不知驶过了多少铁桥，不知穿过了多少大大小小的山洞，不知奔驰过多少万顷原野，可那雄劲的机车仍是喘着粗气，吐着浓烟，日夜不停地向前奔驰。

第五天傍晚，终于到达南海边城站。经询问，W君决定再转乘汽车直去南海边。

下汽车后，出现在眼前的是蔚蓝色的天空，金色的沙滩，碧蓝的大海，椰子树高昂地排列在路两旁，游客们熙熙攘攘争相向前。W君有意见面熟地与游客们一边攀谈一边向海边走，想与他们交朋友，以了解一点可能的线索。

同路游玩的有几位中年男士，看穿着，听话语似文化人。W君笑着问："你们从哪里来？"

"T城。"

"T城？是不是北园林基地的T城？"

"是的。"中年人回答。

"是专程来游玩的？还是……"

"先是开会，会议结束再来这里玩玩，这里是旅游名胜嘛！”

“T 城现在一定变化很大吧。”

“你去过 T 城？”中年人问 W 君。

“去过，是十多年前的事了。”

“你现在在哪里做事？”中年人又问。

“在大西北。”

“可够远的呢！是特意来旅游的？”

“是的，也顺便打听一个朋友。”W 君回答说。

“你的朋友在哪？”

“不太清楚，先打听一下，据说曾到这一带开过会。”

“什么会？”

“……好像是园林专业会议。”

“那巧了！我们也是来开园林技术学术会议的。”

W 君听到这里十分高兴，忙问：“你们在何处开的会？”

“M 城。”

“M 城？离这多远？”

“不远，汽车不足两小时即可到。”

正说间，忽听前面人声熙攘。

W 君急走近看，见游人们争先排队，好像要看什么新鲜。W 君先从排队的长龙走至前头看是什么新鲜。

走到前头看，见旁边竖着一牌子，上书彩色大字：“站上千年海龟背，眺望彼岸众仙境”。

看游客们如此踊跃，W 君也花一元钱买好票，再去排队。

在排队间，听人说：“站在千年海龟背上，不仅可以看到大海彼岸的仙境，还可以长生不老，万事如意。”

W 君想，会不会看到大西南边塞的情景？即使看不清，看到一点去的路也好，那就可以直去大西南边塞了。

约排队 40 分钟，排到巨龟前。那巨龟确实巨大，犹如一盘褐色的巨大磨盘在海边上一动不动，尽管一次三四个人轮番接踵在它的大圆背上站、停、上、下，可它如睡着了一般，似乎一点感觉也没有，纹丝不动。

W 君小心翼翼地站到龟背上，跷脚，伸腰，引颈，睁大双眼向大海南方眺望，再眺望……

“时间到了！快下来！”管事的人催促说。

可是，W 君什么也没看到、什么也没听到。只有视野间的茫茫大海的涌流、浪翻……

W 君继续随着游人向西走，是一片金沙滩。此时正是骄阳似火，黄沙炙烤，天气闷热，W 君已全身是汗。他索性独自一个人走到不远处一棵大椰子树下蔽阳纳凉。

不一会儿，忽起大风。接着天空间乌云压顶，不一会儿竟闷雷隆隆，由远而近。一声巨雷后更加狂风大作，电光撕裂。接着豆大的雨点打来，继之是滂沱大雨直灌，顿时游客们仓皇奔跑寻找避雨之地。可是，在茫茫大海边哪有避雨之地！如若是短暂小雨，椰子树的巨大叶扇可以暂遮挡一下，但此刻是狂风下的倾盆、瓢泼大雨，那椰子树犹如巨大黝绿色的妖扇被天妖狂挥乱摇，发出呼呼的响声，它的上空又是巨雷电闪，所以，人们也不敢到椰子树下避雨，以免招雷击之祸。游客们只好任凭暴雨浇灌。

W 君全身上下早已被浇透。开始，他还觉得本来闷热的天气，雨水一浇还有些舒适，接着却是湿衣贴身，紧缩难忍。

当人们跑到汽车站可避雨了，暴雨已停止。接着又是骄阳直射，空气立即又升温，如火蒸烤。人们的湿衣服被热空气浸及又如全身热敷一般，十分难熬。W 君如大多数男士一样，脱下湿衣服，用手拧下一些水再穿（披）上。可女士们就更苦了，她们只好让身上的湿衣服内外煎烤自干了。

W 君按游人提供的线索去 M 城。

在去 M 城的公交车上，大部分乘客是被暴雨浇灌过的，人们有苦无处诉，只在汽车内呼吸着酸臭的空气闷声不响。

W君坐在车内，只觉得头昏脑涨，全身酸痛，用双臂托着前额扶靠在前座位的靠背上，闭起双眼，任凭汽车左右摇晃，上下颠簸。

不知过了多少时间，W君昏沉沉的头脑，只听说：“下车了！”才知已到M城。

找一家简陋旅社住下，只吃了几口饭，便倒头而睡，身上的衣服早已半干，也如它的主人一样，疲惫地躺在椅子上，散发着酸臭气。

次日，W君一直昏昏沉沉地困在床上，几乎没吃什么东西，只喝水。至当日傍晚，出过一身汗之后才感到舒服些。

休息过一天，感觉好多了。W君去寻找园林学术会议会址，几经询问寻找，总算找到了。但是，没有任何收获，只好返回旅社。

下一步怎么办？是继续找还是返回？W君算了一下日期，已出来半个多月了，盘缠也不多了，如再去大西南，不论时间还是盘缠都不够了。他决定返回，以免误了开学任务。

乘半天汽车后，到达一个名城转乘火车。因还有些时间，W君在街上漫步游览。

已近中饭时间，W君走进一小饭店，店主热情地迎上前。入席后，店主问："先生需要些什么？"

"只需要一客馄饨，四只水晶包子。"

"来啦！"店主唱着入厨房。

不一会儿，店主端着一碗馄饨、四只水晶肉包，唱着："馄饨、水晶肉包子——来啦！"

W 君吃完，稍静坐一会儿，走出饭店，又在街上漫步。没走多远，听到前面人声熙攘，见人群围拢，也不知何事，便走进驻足观看，见人群中间的地面上铺一块方毡，毡上摆四只盒子，盒子外前面各写有"春"、"夏"、"秋"、"冬"字样。每只盒子内装有一叠纸折子。后面小板凳上坐一戴紫红色框架老花眼镜的老先生，他的背后竖一长竿，竿上吊一长方旗帜，旗中央书有"四季卦"三个大字，地毡上还有一只竹笼子，内有一美丽小黄鸟雀正在跳跃不息。

见此景，W 君方知是一位卜卦先生。人们正在嘁嘁喳喳地谈论着算卦的内容。有的说："算得真准呢！"有的说："也难说。"等等。那算卦先生总是不无道理念念有词地说个没完没了。

W 君有些好奇地走近去凑热闹，心想，看他算些啥。

站不一会儿，那老先生从眼镜上方射出两条视线在 W 君的身上打量着，接着说："看先生面带焦虑，一定有心事，何不来一卦以卜究竟？"

“这——”W君搔了一下头皮顽皮地笑笑。

“四季卦，不灵分文不取，卜之分秒不差……”

W君听后有些疑惑，又想，反正离上车时间还早，别无去处，玩一玩，消磨时间也无妨，便问先生：“何为四季卦？”

先生曰：“四季卦乃自然法则，神图妙语，能卜你未来，算你吉凶，晓你所求，判你姻缘，生老病死，春、夏、秋、冬，无所不知……”

W君听后仍不太明白，又问：“何为自然法则？何为神图妙语？何为……”

先生接着说：“人生于大自然，食于大自然，人身骨肉、情感、喜、欲、祸、福、吉、凶，生前未来，无不与大自然相联系，只要客官写出生辰八字，欲求之事，这神雀便叼取盒内有神图画面妙语的折子，那折子上便告知你之欲卜所求，欲知其果……”

W君听后似乎明白了一些，也不再多问，便说：“那我也来一卦吧。”

“可问客官欲求何事？是情？是缘？是仕？是途？是福？是祸？请写于此纸板上，并注明你的生辰八字。”先生说罢将一硬纸板递给W君手中。

原来，那“四季卦”是将人生分为四个节气阶段，四个时期。20岁以前为“春”，40岁以前为“夏”，

60岁以前为“秋”，60岁以后为“冬”。在这不同的时期所欲知之事，将由那小神雀衔取盒内的折子，那折子上的节气画面和歌词佳句会告知人所求欲晓之事。

于是，W君在硬纸板上写下了“寻友”二字并注明自己的生辰八字，然后交于先生。那先生将硬纸板上的字样向小黄雀显示一下，那小黄雀倒也机灵，便飞跳着从“春”“夏”“秋”“冬”方盒内各衔取一只折子放于毡上。那先生打开“春”折，只见那春折上有彩色画面，那画面：灰茫茫的天空，黄土地面有几棵枝叶凋零小树，一条蜿蜒小路模糊不清。在画面旁边有歌词，那先生看着词句摇头晃脑、歌咏拉调地念念有词唱曰：“天茫茫，地黄荒，春寻友，路难访。”咏罢又说：“客官，你不宜春天寻友，若寻之，端无结果。”接着，他又打开“夏”折，只见那折子上也有一画面，盛夏之下，天空中雷电交加，暴雨交错，群山巅岭，森林黝黑，地面上，水流横溢，正有一人手执布伞，欲前不达。画面旁边有词句：“夏日炎炎，雷鸣电闪，步履艰难，劝君莫出山。”

未等先生唱解，W君说：“这折子我懂了。”

先生又打开“秋”折，只见画面上，天高云淡，万里晴空，地上远处，千山万水，峨山峻岭，群山幽处有一小路通往近处，小路旁金菊簇簇。画面旁边的词句是："历尽八方千山万水，迎来南国金秋月圆。"

W君观之，立时眼亮神明，喜形于面。那先生刚欲摇头晃脑唱解，W君马上说："谢谢先生！谢谢先生！"

不待那先生再打开"冬"折，W君即将十元钱放于毡上，高兴地欲走。那先生忙道："客官免厚禄，吾乃为人求知卜命，不贪厚禄，卜一卦，只收三块钱足矣，只为买些雀米钱，请先生把些零钱便了。"

W君在高兴间，不拿零钱，也不收回十元钱，执意施之，以表高兴、慷慨。

先生见W君执意十元钱施之，便说："既多施钱，客官何不再卜数卦，以求个全明白？"

W君听后觉得也是，便又拿起硬纸板在上面写了"途"字和生辰八字交于先生。

先生又将硬纸板对着小黄雀显示一下，那小黄雀又啧啧数声从四只盒内各取一只折子一一放于毡上。

算卦老先生又如前样打开春折，刚要示画面给W君看，W君忙说："不必看画面了，你就只读解上面的词吧。"

先生曰："然。"即展开"春"折唱曰："早春寒，人生迤逦路漫漫。"先生近一步解说道："客官早春年少即走向生活，路途逶迤，踏遍漫漫人生路，历经千难万苦，非同于一般少年，绝无园中娇苗之福。但历尽多多艰难之后，尚可迎来几分时运。”这后面的一句是他顺口意加的，画面上及解词中并无此含义。接着，先生又展开“夏”折，上面的唱词道：“夏叶茂，根实枝叶节节高。”那先生又解说道：“二十岁以前，客官是历尽人生艰难困苦，但二十岁以后到四十岁，为立于人林，求知欲则得以实现。知识将如花枝叶，年年盛茂，节节而高。”说完，他再打开秋折，上书曰：“秋果红，心高气壮事竟成。”

先生又解说道：“四十岁之后，客官将是享用知识的成果，实现壮志之时。”

W君听后只是笑笑，也不言语。

那先生又打开冬折，本来W君不愿听取“冬”折之卜，他不想卜知更远之途，以免有不祥之词反扫了雅兴。可先生已念出口，那先生唱曰：“晚冬雪，高山沥水更嵯峨。”W君听后忙说：“先生不必解说了。”说着起身欲走，可那先生又说：“客官何不再卜一卦，看你姻缘情分若何？”

听先生言，正中W君心意，便说：“那好！”于是又如前在硬纸板上写下“情缘”二字及生辰八字。

小黄雀也如前各衔一折子，放于毡上。

先生打开“春”折，唱曰：“春风吹，情如火，无奈阴差又阳错。”

W君也不让先生解说，让他再打开“夏”折，只听那先生又唱曰:“夏日炎炎情绵绵,历尽艰险难投缘。”接着先生又打开“秋”折，唱曰：“金秋叶红菊绽放，身边飞落西北凰。”

接着，先生又打开冬折唱曰：“晚冬腊梅花，‘三情’连一家，群山美如画。”

先生刚唱毕，W君即站立对先生躬身道：“谢谢！再见！”拔脚而走。

看看手表，还不到上车时间，W君独自一个人慢慢向城站走去。

刚走出城门不远，见一棵大树下有许多青年男女正在树下嬉笑、取乐，走近一看，原来那大树是一棵红豆树，青年男女们都在摘取树上的红豆相赠。W君见之不禁想起了唐王维的诗句：

红豆生南国，春来发几枝。
愿君多采撷，此物最相思。

于是，他也采撷了几颗，从笔记本上撕下一张纸包住放入衣袋内，然后匆匆向火车站走去。

火车缓缓启动，W君从玻璃窗内观赏着车外的城郊景色，脑子还思量着那算卦先生的卜卦的内容，自语道：算的还有那么点意思，但那后面的情缘折子就有些乱说了。

历经二十多天的旅游寻访，W君又回到了大西北。虽然没有寻找到P姑娘，但他觉得不虚此行。他见到了许多未曾见到的事，结识了一些新朋友，重温、回忆了当年在大学与P姑娘同窗时的桩桩往事、趣事，一路之上，增长了许多见识。他不感到后悔，心想，或许有朝一日我还会重游南国疆海。

到家后，W君第一件事是先将在南国采撷的相思豆装入一小玻璃瓶内，珍藏于抽屉中。

新的学期开始了，他又投入了紧张的工作。

开学的第一天，本是棘君的课，可他假期回去探亲仍未归。有同事说：“棘君这人总是这样，每年放假回去最后才回来。看，该他的课了，这可怎么办？”W君说：“没关系，我去代吧。”于是，赶忙去上课。

梦境

20

为了进一步开发大西北，正在忙于培训教学工作的W君和老同学棘君被派往离园林培训基地一百多里以外的山区执行勘测任务，而且指定W君为队长，棘君为副队长。

仲秋的一天，勘测队整装待发。出发前，W君先与棘君商量具体实施计划，棘君则说："商量什么？你是队长，你说怎么干我们怎么干呗！"

W君知道自己任队长棘君心里不舒服，也不去与他计较。因为，他知道棘君的脾气，总归是老同学了。

一日，天高云淡，W君与棘君带领勘测队七八个人出发了。他们又如同当年刚到大西北来时一样，过上了"野人"生活。

群山林立，浊雾弥漫，兽虫肆虐，爬山越岭，披荆斩棘，赶兽驱虫……已成为他们的家常便饭。他们日夜攀爬在群山老林之中，吃住在深山，劳作在深山。

处境困难，生活之艰苦，对他们来说，就像平地走路，如同江河游泳，因为他们是老勘测队员了。

不过，他们也有许多常人享受不到的愉快、乐趣和幸福。比如在高山上眺望园林国的大好河山和葱郁园林；比如躺在辽阔的大地上仰望无际的晴空；比如用猎枪猎取一只猎物架在篝火上烧烤共享；比如用自己的辛勤将一座座大山、一群群山脉变成一张张的精细图纸……

为了园林国的大好河山，为了大西北的葱郁园林，他们跨越了千山万水，他们的汗水洒遍大西北的广阔大地。为了大西北人，他们心甘情愿贡献出自己的全部青春，乃至鲜血和生命。

好在现在比刚到大西北来时条件好多了，每次出发，特别是上深山勘测，他们有充足的食物，携带有防身和狩猎的刀枪，有防兽虫的吊床，有必要的应急自救物品……

一日，大雨刚停，W 君又带领同事们爬上一座大山进行勘测。

为了寻找最佳勘测点，W 君身先攀爬上一个山顶中峰，但因雨后山滑坡陡，他在攀爬中不慎双脚打滑，顷刻滚下悬崖，幸而中途被乱生的灌木丛卡住，否则继续滚下崖底性命也没了。可是，他刚被灌木丛卡住，随后因他人体下滚时松动了一些山石，那山石随他而下并相继砸在他身上。

同事们赶忙滑奔至 W 君的身边，将他抬至一棵大树下的平台上。只见 W 君满面是血污，神志昏迷，血染衣裤。

同事们凭着简单的山地自救知识为 W 君处理了一下伤情，从旁边砍了两节树干，再用几件上衣做成一副简易担架，将 W 君抬拥到山下，然后送往医院。

到医院，W 君仍处于昏迷状态，医生检查发现他的面部及全身多处有划伤和石头砸伤，右小腿膝下全骨折并有一大创口，鲜血直流，伤情严重。

上面得知 W 君受伤后，派官员专程到医院看望，并要求院方全力抢救，务必治好 W 君的伤病。

经过医生的全力抢救，三天后，W 君终于闯过了休克关，但因失血过多，身体仍虚弱。

十天后，W 君面部及身上的撕裂伤的缝线被拆除，病情有所好转，但他的右小腿仍肿胀厉害，伤面以下没有任何知觉。医务人员经过多次研究认为：患者的右小腿骨折，血管、神经全断，已没有功能，后果严重。

尽管上面来的官员高度重视，医务人员的千方百计救治，但是，W 君的右小腿不但未见好转，而且更坏，伤口以下的小腿严重肿胀，皮肤由灰变紫变暗。

医生经过多次讨论，认为患者小腿已无功能，必须立即截除，否则将危及生命。

但是，当医生对W君说他的右小腿已经没有功能，必须截除才能保住生命，W君哭诉着说："不行！不行！我不能没有腿啊！医生，求求你们，不要截掉我的腿呀，我不能没有腿呀！我还要为西北人勘测更多的山，更多的地，没有腿怎么行！我还有许多事要做呀……"

在场所有的人都同情地流下了眼泪，谁也不愿截去W君的腿，可是，W君的右小腿的伤势却越来越严重，皮肤的颜色开始变黑，已经完全是一段废骨烂肉。

W君又陷入了半昏迷状态，并伴有体温升高，病情又加重了。

眼看着W君的烂腿要危及他的生命，医生向上面派来的人说："如不尽快切除残肢，病人生命危在旦夕。"

因W君没有亲属在场，经来人请示上头，由他代为签字同意截肢。

三天后，W君从昏迷中醒来，他的生命保住了！

但是，W君醒来，病情稍有好转，他却要下床活动。他说："我好多了，我要起来活动活动。"

开始，在场的人未作任何回应，但他却自己撑着要下床。无奈，只好劝他说：“你的右小腿没有了，伤口也没长好，不能下床。”他却在床上将右腿举一举说：“谁说我右腿没有了？这不是好好的！”

“你的右小腿没有了！已经截除了！”在场的人认真地对W君说。

“你胡说！我的右大腿、小腿明明都好好的，你怎么说被截除了！说着，他又举了一下右腿。

经过反复几次地否认和肯定，W君终于明白，自己的右小腿是没有了。他见到的是自己的右腿膝部以下被一大包绷带捆绑着，他痛苦极了，他大声地哭诉着：“我的腿呀！我的右小腿呀……”他哭诉着猛地坐起来。

在场的护理人员见状赶忙劝阻、按压，让他躺下，他极端痛苦地用被子紧紧地蒙住了头……

术后第五天了，W君不吃不喝，只能靠静脉打点滴维持生命必需的营养。

经过医务人员及上面派来人员反复耐心地做思想工作，W君才正视了自己的现状，正视了自己的病情。

他陷入了沉默、寡言，终日把自己封闭在被窝里……

一个多月过去了。W君终归是个经过千折万磨的人，在众人的关心、开导下，他的情绪终于平静、稳定下来，体质也逐渐强健起来。他缺失了右小腿，增加了两条拐杖，更增加了坚强和毅力。在他的强烈要求下，他又回到了园林技术培训基地。他虽然不能再上山勘测，但仍可以从事设计、规划、技术教学等工作，为大西北人培养技术力量。

为了照顾 W 君的生活和帮助他尽快恢复，上头专门选派了一名西北籍，具有陪护、康复经验的女护士在病房里陪护他。出院后，又叫女护士陪同，以照顾他的生活和帮助他恢复体力。

开始 W 君不愿意女护士陪同出院照顾，说自己能照顾自己，不需要人陪。但是，当他听说那女护士的名字叫秋桃时，不知怎的，他竟同意了。这其中缘由，只有他自己知道。

于是，W 君又开始了新的生活。

在女护士的帮助下，W 君开始了艰难地锻炼活动。先是在护士的搀扶、肩托、手拉下锻炼，后来是靠双拐的帮助下“三条腿”独自锻炼，再后来是甩掉一支拐杖“两条半腿”独自锻炼。

不到三个月，W 君便可以撑着单拐活动了。

三个半月后，在 W 君的强烈要求下，他又投入了工作。

虽然他不能再跋山涉水进行山地、水文勘测，但是，在园林技术培训基地进行理论授课、教学、指导实验等仍堪称是一位好教师。

W君庆幸自己又走上了为大西北人奉献的田地。

W君忘不了是大西北人给了他又一次生命。他更忘不了是秋桃姑娘日夜陪护、照顾他的一切他才有今天。他生命的延续，他健康的恢复，他重新走上生活，他的起居生活，他的工作……无不渗透着秋桃姑娘的辛劳和温暖。尤其是在医院病重期间，吃、喝、拉、撒，坐、立、起步……都是在秋桃陪护下才能闯过来，他对秋桃姑娘抱有满腔的感激之情。

但是，W君对这个善良、勤劳姑娘的身世却是一无所知，他很想知道一些，但又无从开口。

一日中饭后，秋桃刚忙完，正满面汗涔涔的，她又对着墙上挂的那把短刀发愣。因为W君知道，当地人对短刀情有独钟，常是男人给女人的情物，几次欲问又止。这次趁她汗流满面的样子，便说："秋桃姑娘，真对不起，每天都把你累得够呛！"

和所有大西北人的性格一样，秋桃非常直爽地说："咳！这点活儿，累不着！比这累多的都干过，没事！"

"你以前的身世一定……"W君试探着问。

"咳！一个字——苦！"

"你的家？……"

"我的家原本是距离这里二百多里路以外的边境

线上，父亲是一个小部落的头领，父母膝下有一男一女，就是我和我的哥哥。在我还七岁、哥哥十岁那年，因边境冲突，父母双双被杀，幸而我和哥哥在外地学校才幸免。”

“那后来呢？”W君同情地问。

“后来，我和哥哥被外公、外婆收留。可是，到了第三年，又发生了一次更大的边境冲突，外公、外婆及其全家，还有我的哥哥全被杀。”

“就只剩你一个人了？”

“是的，后来我就成了‘小野人’了。当时我躲藏在外地草丛里才捡了一条命。于是，草丛就成了我的家。”

“为什么不住到村部落里去？”

“外婆家和许多村部落的家一样，全被烧光了，即使未被烧的，也不敢住……”

“那你怎么生活？”

“草丛、山林为家，山洞为家，吃野果、野菜，运气好了还可以用锐石猎个小鸟兽改善一下……”说到这里，她又爽朗地笑起来。

“再后来呢？”

“再后来，我就流浪到附近的村落乞讨。这样过了一年多，不，大概是两年。因我长得粗壮、有力的样子，一户人家就叫我帮他干活。”

“干什么？”

“什么都干，劈柴、挑水、烧饭、打扫庭院、养狗喂马……除了带孩子，其他的，什么都干。”

“为啥不能带孩子？”

“他们看我粗人粗手粗脚的，怕把孩子弄伤了……嘻嘻！”秋桃姑娘又爽朗地笑了。

W君听了秋桃讲述自己的身世，又试探着问在他脑子里一直回旋着的一个问题，于是说：“你的名字为什么叫秋桃？是父母取的？”

听W君此言，秋桃“扑哧”一声笑着说：“我本不叫秋桃，我的祖上姓淳于氏，所以也姓淳于了。父母给我取的名字原本叫莲，全名叫淳于莲，哥哥叫淳于池。在外公家遭难后，我一个人在外面流浪，也不需要名字了，没人呼叫。只是到了十五岁为人家帮工时，有一次，我正为一户人家帮工收秋桃，女主人看我十分卖力地干活，高兴之下说：‘喂！小野姑娘，你没有个名字吗？’”

我本要说我姓淳于，但忽然想到怕给自己惹来祸殃，情急之下，看着红喷粉白的秋桃说：“秋桃！”

“秋桃？这名字不错！”女主人笑着说。秋桃说着又“哈哈”地笑起来。又说：“所以我就叫秋桃了。”

“你那把短刀？……”

听 W 君问起短刀，本直率、爽朗的秋桃姑娘顿时阴云盖脸默无语声。

“对不起！”W 君知道一定那短刀里有一段使她伤感的故事，赶忙表示歉意。

秋桃深叹一口气说：“这短刀嘛，是一个人送的。”

“是情人送的？”W 君问。

“对，是情人送的。但是，他已经死了。”说着，她流下了眼泪。

“对不起！对不起！”W 君再次表示歉意。

于是，秋桃讲述起了短刀的故事。她长叹一口气说：“那还是在我外婆家和哥哥蒙难后的次年秋末，有一天，我在村野流浪了大半天，正向住的山洞走着，突然遇到一条大黄狼！那野兽见到人就张着大口向我追来，我见势不好，转身就往山上跑，那野兽就在身后追。眼看那野兽要扑向我，正巧这时从山上走下一打柴郎，那打柴郎见野兽正向我追扑来，也是为了自己防身，他立刻丢开肩上的柴火，护着我，对着那大黄狼拼命地挥舞柴刀。那野兽见人向它挥刀，就折身跑走了。”秋桃继续说：“我已经吓得说不出话来，只惊恐地抽泣、喘气。砍柴郎稍陪了我一会儿说：‘你的家在哪？’我说我没有家，他便带我到他家暂住。”

秋桃顿了顿气又说：“从此我成了他的打柴伙伴，他似哥哥一样处处照顾、呵护我。他家只有父子俩，老爹是个半瞎子，对我也很好。于是，慢慢地，我和打柴郎成了好伙伴，好朋友。”

秋桃说到这里，又长叹一口气继续说：“可惜好景不长，在他家住到半年多之后，在一个早上，我还在梦中，忽然村内起了大火，原来是附近的山火燃烧至村内。我被火势惊醒，急忙向村外跑，才捡了一条命。”

“那砍柴郎父子呢？”W君急问。

“不知道，所见到的是漫野、全村都是火海！”秋桃说。

“这可怎么办？！”W君又说。

秋桃接着说：“我又成孤身一人了。”

“又成了流浪儿了。”W君也说。

“是啊，我哭喊着到处找打柴父子，可是，一直没找到，所以我又成了流浪孩了，又四处乞讨、拾荒、打零工为生。直到我二十岁那年，医院招收陪护员学员，听说不收费，还管吃住，我就去应招了。培训三个月结业后，我被留在医院里陪护病人，所以，我就成了医院的陪护员了。”

秋桃说到这里微微一笑继续说：“有一次，我陪护一位老伯期间，那老伯看我勤劳，精心照顾他，对我印象很好。他问我多大了？我说二十一岁。他又问我有没有男朋友？我说没有。过了几天，他的儿子到医院看他，老伯将儿子向我介绍，虽没直言说明，但老人的意思我明白。”

秋桃说到这里脸上露出一片欣喜继续说：“当我第一眼见到老伯的儿子，就觉得眼熟。经交谈，老人的儿子竟是八年前因那场大火失散的那打柴郎！当时他已经是一名二年级的林业学校的学生。”

“哎呀，那么巧！”W君感叹地说。

“是啊，”秋桃接着说：“经与他详细交谈，我才弄清楚，他是住院老伯的养子。自那次遭大火他的家全烧光了，本就眼力不好的老爸也被烧死。后来，他在流浪中遇到了如今这位好心的老伯，因老伯是独身，膝下无子女，砍柴郎就被他收为养子。不久后又供他去上学。两年前又送他到新建立的一所林校读书。”

秋桃继续说：“那打柴郎是把我从恶狼的口边救出来的，并且又收留了我，父子俩对我又那么好，我自然倾心于他。就这样，我们交往不久就相爱了。到次年春，按照老伯的愿望，我们结订了终身。可是，还没等我们大喜来临，老伯却撒手而去。”

秋桃继续说：“我和打柴郎——跟养父姓的小李子，李大尚送走了老伯，我们继续深爱着。”

“这么说，那墙上的短刀是那李姓打柴郎送的了？”一直在静听的 W 君终于插一句话。

“是的。”秋桃又说：“按照我们家乡的习俗，男女双方互送定情物，即：男方送女方一把短刀，女方送男方一只皮质刀鞘，刀鞘要正好装下短刀。刀鞘上还要由女方亲手用火针刺烙的秘字。互赠的短刀和刀鞘，就是订立终身的证物或者说是情物。如将来成亲，互赠的刀和刀鞘要相合，这便婚事大成。”

说到这里，秋桃微微一笑。秋桃继续说：“他毕业前夕，园林国号召毕业生报名支援边塞开发建设，他内心希望去自己家乡一带，不料却被分配去大西南。”

秋桃继续说：“他临走前的一个晚上，我们难舍难分地交谈至很晚，他还再三要求我一定要等他。”说到这里，秋桃又深叹一口气说：“可是，万没想到，他离开的头两年还有信来，可是后来再也见不到信息。我盼啊！盼啊，等啊！可是最后等到的却是他的死讯。”秋桃说到这里，一向坚强的她泪流满面地失声痛哭起来。

待秋桃稍平静些，W 君先开口说：“那后来呢，你一直是一个人？”

“是的。”秋桃回答。她的情绪已恢复正常，又爽朗地说：“对！一个人。你看，一个人不是很好嘛！”

听了秋桃姑娘讲述她的身世故事，W君十分同情，也从心底里佩服她的坚强，她的乐观，她对爱情的坚贞。

忽一日，秋桃姑娘交给W君一封信，急拆开看，原来是老同学柏君写来的。

那柏君，在同班同学中是最年长的一位，他足足比W君长十二岁，所以W君和大多数同学都尊称他为柏大哥。近些年来他们一直保持着联系。柏君在信中说：

又好些时没联系了，你好！

今来信特告诉你一个信息：下个月中旬将在Q城召开大西北园林开发建设学术研讨会。我已报名参会，并准备了一篇论文参加大会交流发言。想必你也一定有成果、论文吧！期望你届时也参会，那时我们又可见面畅叙了！

望复信。

——柏

W君收到柏君的信好半会儿没说话，心想，我哪来的成果论文哟！我连腿也没有了！顿时内心一阵酸楚，故也没给柏君复信。

半个月后，又接到柏君第二封信，大意说：

前去一信，收到否？信中曾告知你开园林技术学术会议的事，不知你是否参会。我想你一定会参会。无论你是否参会，届时我都在会址等候你，直到会议结束的次日上午。一言为定。

——柏

W 君见到柏君第二封信，难过了一会儿，决定还是给他回信。回信大意如下：

柏君，您好！两封信均收到。请原谅我迟复之罪。学术研讨会我是参加不成了，我的身体不允许我参会了……

柏君收到 W 君的信十分疑惑，不知 W 君身患何病，十分挂念。他决定学术会后直去探望 W 君。

半个月后的一天下午，W 君正在伏案备课，忽听秋桃在院子里喊道："有客人来了！"

W 君猛一抬头立即惊呼：

"哎呀，柏大哥，怎么是你呀！什么风把你吹来的？"他立即扶拐杖站起身来迎接柏君。

柏君猛地看到 W 君缺腿扶杖之状，不禁目瞪口呆，半晌说不出话来。过了一会儿才说："你这是？……"

“唉！一言难尽。可能是命运的安排吧！”W君苦笑着说。

于是二人就座相叙。

柏君十分关切地询问了W君腿致残的详细情况，听后唏嘘不已。

还是W君先说：“不过，我现在还不错，还能为大西北人做事。”他指了一下桌子上的纸和笔说道。

柏君听后说：“天有不测风云，人有旦夕祸福啊！人生在世，难免有这样那样的不幸和灾难波折，关键是人的精神不能垮……我看你不错，还是很乐观的，你是好样的！”

W君听后一笑。其实，在久别重逢的老同学、老大哥面前，他多么想大哭一场啊！他的笑是硬撑弄挤出来的。柏君又何尝不理解他的心情呢！几年不见，当年那个活泼、乐观、健康的小伙子一下子竟变成了一个残疾人！他都要流出眼泪了。但是，在W君面前，他终归是大哥，是健康人，他只能安慰、鼓励W君。

柏君接着说：“说起来咱们还算是幸运的。咱们一起来大西北的十位同学中，已有三位将宝贵的生命献给了大西北人。”

“你说的是？……”W君问柏君。

“第一位是L君，那是刚来的第二年，因当地人争斗，他为了解救一母女被误杀，实际是当地人排外思想支配的。第二位是Y同学，就是在校时同学们戏称他‘小滑稽’的，会说相声的小Y。他是到深山里去勘测被野兽咬杀的，可怜连尸骨也不全啊！第三位是S同学，他比我小两岁，他是两年前患肺癌病逝的。”

柏君讲述着三位同学的不幸和献身，与W君都流下了眼泪。

柏君讲述完，总结性地说：“所以说，我们还是幸运的。”W君也说：“为大西北人献身是当年我们的誓言。他们三位已实现了他们当年的誓言，大西北人是不会忘记他们的。”

“是的，是的。”柏君说。

二人又唏嘘了一阵。

柏君又说：“所以，我们要珍惜一切，包括自己的生命，以求多为大西北人做出更大的贡献。”

正当这时，秋桃姑娘端着两碗薏米红枣汤进来说：“没什么招待的，喝碗薏米汤吧！”说完，将薏米汤先端给柏君一碗，又给W君一碗即退出。

柏君看看身强力壮的秋桃姑娘问W君：“这位姑娘是？”

“噢！她是我在医院病重期间上面派来陪护我的护士。我出院后他们又叫她跟来，我曾婉拒，可上头……”

“这也是上头对你的关心，我看很好。”柏君接着W君的话茬说。

“是的，她是这大西北人，淳朴、勤劳、正直，肯吃苦，确实具有大西北人的优秀品格……”W君简要地向柏君介绍了秋桃姑娘。

当柏君听到陪护W君的姑娘叫秋桃时，忽然想起了P姑娘——P君（即桃君），便说：“P姑娘可有下落？”

“没有。上次我从你那里到母校和南海边去打听近一个月，一无所获。”W君说着几乎流出眼泪。

柏君又语重心长地说：“缘分这东西很难捉摸呀！你和P姑娘曾有过不寻常的花季相爱史，也为爱情付出了许多，彼此谁也没辜负谁。可是谁又预料到是今天这种情景！”

“……”W君又悲切地默默无言。

柏君又说：“可是，光阴不等人啊！我们都已是壮年汉了！不久将步入老年。P君也是一样。为了大西北和大西南人，咱们仍将各自在自己的位置上继续为大西北和大西南人贡献力量。可是，时光不会倒流呀！所以，我劝你不要再等了……”

“……”W君仍默默无言地流下了眼泪。

接着，柏君用头示了一下外房间，略有点神秘地说：“这位西北姑娘有主了吗？”

“她说还没有。”W 君回答说。

“我看这姑娘不错。”

柏君继续说：“西北姑娘有许多优点，他们质朴，勤劳，肯吃苦……据我所知，咱们到大西北来的十位同学有五位娶了西北姑娘。除了 L 君去世，其他人都过得很好。他们的事业上都成绩斐然，这与爱人的支持、帮助、家庭和睦是分不开的。说实在的，我是比你们大几岁，结婚早，否则也可能娶个西北姑娘呢，所以，我劝你……”柏君又以头示了一下外房间。

“这，人家可是上头派来的，我可不能造次。”

“哎！试试看嘛！要勇敢一点，我看准能成。”

正说间，秋桃姑娘进房来说：“吃饭了！”

于是三人同桌就餐。

餐中，柏君笑着对秋桃姑娘说：“秋桃姑娘，谢谢你了！我这位老同学幸亏你的照顾，今后我就把他交给你了……”

秋桃姑娘听柏君说上述一番话，只红着脸笑笑，微微点点头。

饭后，柏君问：“这次来未碰到棘君，他还在吗？”

“在是在，不过，自我成了残疾后，他当了勘测队长，很少见到他。”

“你这里他常来不？”

“他会常来？他这人你又不是不知道！算了，不提他了！”

柏君走时，W君叫秋桃引柏君去看看棘君，但未见到。柏君即返回。

那柏君，一向肯热心帮助人，又是较年长的老大哥，加之他又在领导机关工作，消息较灵通，他的朋友也多。对于老同学，他总是尽力关心、帮助，甚至是教诲。同学们也很尊重他。W君更视他如亲大哥。

自从柏君提到要W君向秋桃姑娘表示爱意，W君着实考虑了许久。他也觉得秋桃的确是个好姑娘，自己现在又是这样肢残低能，也真离不开她。可是，W君脑子里一直装着的是P姑娘，在P姑娘下落未明知以前，即使再老他决不移爱。

就这样，W君与秋桃一直是病人与陪护的关系相处着。

一晃又是大半年。

一日，W君为找参考资料，翻遍了所有参考书，当翻至最后一本时，突然发现了丢失多年的P姑娘送的珍物——桃叶书签夹在书内，他喜出望外地细看，那书签仍那么秀美，那桃叶红里透绿，绿里透红，缀在桃叶上的彩带显得更加淡雅纯净，上面的四句诗仍明晰可读。W君珍惜地把书签重夹于《爱》书内，放入抽屉内，妥为珍藏，内心的高兴不必细述。

W君正在高兴间，忽听一位同事来大声道："W君，有你的信！"W君急拆开信看，又是柏君来的。柏君的信开头就说：

> W君，告诉你一个好消息，P君，P姑娘有下落了！据朋友说，她仍在大西南边塞一带，早已成家。此消息是否可靠，不得而知。我想，你可以给她去封信，或许能联系上。

柏君信中写明了P君的通信地址。

W君收到柏君的信，颇为兴奋。P君终于有下落了！对于她已成家，也是预料之中的，毕竟她也是不惑之年的人了。

遵照柏君的信，应当去信与P姑娘联系，但W君犹豫了，他在高兴之余又添加了许多的忧伤。回想起当年，他们是何等的相敬相爱，互勉共进，憧憬着美好的未来。可是，万没想到，狂风一阵风筝断，漫天浩渺无伊人。

多少年来，苦苦思念、查询，乃至千里迢迢，栉风沐雨，四处打听、寻找，却是一无所获。

而如今，已是不惑之年，自己又是肢体残缺，如何去面对她！高兴、想念、歉疚、慊恨、自卑、叹惜，乾坤转去再难复，如同一锅“八宝粥”，在他脑子里混搅，使他寝食不香，难以自拔。连秋桃姑娘都看出他有心事，但又不便于问，着实有些着急。

“八宝粥”在W君的脑子里搅动了十几天，终于在上层析浮出了一层“清浆”——还是给P君写信。

夜灯下，W君在书桌前愣神，他准备给P君——P姑娘写信。他脑子里翻江倒海，写些什么呢？他无从下笔。

最后，他决定先写一简信，待她复信再去信与她详叙。

于是写道：

> P君，你好！见此信一定很惊异吧？
>
> 我是从柏君那里得知你的下落的，高兴极了！
>
> 这些年你可好？见信后请即复信，再详叙。
>
> 仅祝　万安！　翘盼。
>
> ——W君8月8日

W君给P君写出信后，心情轻松多了，只待她回信了。

可是，信发出十天、二十天、一个月、两个月、三个月过去了，可仍无P君一个字可见。W君在猜测着，或许是寄信地址有变？或许是她收到信不愿回复？或许是？……

不管什么原因，反正没见到她的回音。

期待无果，W君又给P君写出第二封信。

但是，发出的信仍如石沉大海。W君燃烧起来的激情又冷却了、僵固了、失望了。

不久，柏君又来信询问是否已与P姑娘取得联系，W君复信如实以告。

又过了些日子，柏君又来一信说：

可能P君的通信地址有变，或许别的原因，以后再慢慢打听吧！但是，不管怎么样，打听也好，主动去信联系也好，无非是老同学互通一下信息，互相交流一下，没有别的意义了，你说呢？四十出头的女人还有不成家的？也许她早已子女成群自顾不暇了，所以未回信。

所以我劝你还是早点与那个叫秋桃的西北姑娘建成一个家吧！你们都已是大龄了，建成一个家会生活得更好。人总是要成家的，那样才是完整的一生，你说是吗？

柏君几乎是苦口婆心的劝说，P君的杳无音信，秋桃姑娘的热心、温暖，终于松动了W君的心。现实使他将视线，将情意移向了秋桃姑娘。

一日晚饭后，秋桃刚忙完又对着墙上的短刀发愣，W君扶杖走到她身旁，关切地说："你非常想念他吗？"

秋桃知道W君是问的死去的男友，便说："怎么不想？可是……"

"可是，他已不在人世了！"

"不在人世就更想了。我一辈子也忘不了他呀！你可知，我们当年在一起时是多么的美好！分别时多么恋恋不舍！可是，万没想到……"秋桃又哽咽着流泪。

"可是，你这样下去总不是……"

"怎么，这样下去不好吗？"秋桃说。

"我是说，你应当再选择一个……"

"选择？还要选择？"

"是啊，总不能这样一生呀！"

"……"秋桃默无言。

略沉默后，W君大着胆子，试探着说："秋桃，你要是不嫌弃我这断肢残腿的，咱们……"W君委婉又直率地说："你要是无另外的选择，……你要是不嫌弃我这残疾……咱们……咱们相爱吧！”

听W君上言，秋桃顷刻间满含泪水地说：“我……我早就等你这句话了！”说着，将身子偎依在W君的怀中。

自此，二人正式相爱了。

自此，两人由病人与陪护的关系变成情侣关系。

自此，两人互相体谅、体贴，相依为命。

自此，W君有了爱的伴侣。

自此，秋桃有了终身归宿。

当W君将此决定信告柏君时，柏君在回信中热烈地支持和祝福。

W君终于决定要和秋桃姑娘正式结为连理！

园林技术培训基地喜气洋洋，上头的有意好心安排，柏君的期望，秋桃姑娘的爱心和人品，W君的依附和新的爱意。

这些都将得以实现。

在W君四十三岁上，他要完婚了。新娘子就是三十二岁的大西北姑娘秋桃。

他们的原住房就是新房。

参加婚礼的嘉宾有三十几个人，有的送花，有的送诗画，有的送小工艺赏玩，有的送茶杯茶碗，还有的送布娃娃、婴儿衣裤、袜，把一间不大的新房摆得琳琅满目，喜气洋洋。

婚礼仪式开始了。

首先按照秋桃家乡的婚俗，W 君将自己的短刀套入秋桃准备的皮质刀鞘中，并挂在新房正面的墙上。接着是——

一、拜天地——

二、拜高堂——

因双方均无高堂在场，只向众嘉宾鞠躬。

三、拜短刀——

新郎新娘跪拜挂在墙上的短刀，以表忠贞之爱。

四、夫妻对拜——

五、进入洞房。

洞房就是秋桃的住房。

洞房内，花烛光耀，喜气洋溢，客人们欢笑共贺。一对新人幸福满怀……

自此，一对新夫妻开始了新的生活，幸福的生活。

自此，一把入鞘的短刀代替了墙上无鞘的短刀。秋桃将原无鞘的短刀收起珍藏于抽屉内。

自此，一个由内地人与大西北人组成的美满新家庭汇入了葱郁园林的大家庭。

自此，W 君和秋桃相亲相爱，相互照顾，相依为命，相濡以沫。

婚后，W 君更加安心在大西北生活，他将毕生精力用于为大西北葱郁园林、美好家园的开发建设。

秋桃更加细心、尽心地帮助、照顾 W 君的工作、生活，陪伴他一生。

21

这是大西南边陲的一个小村寨。

中秋节的傍晚，东山后的月光刚刚露脸，便在小村寨的树丛和幢幢小平房上洒下一片皑辉。于是小平房被染成了半边白皑皑的，半边黑乌乌的。环抱小平房的树丛也变成半边白、半边黑乌乌的。

已入夜，小村寨家家都已关门掌灯。整个村寨静悄悄的，唯有东南角一片桃树林旁的小平房门是半开着的。房门前的灯光和月光融会在一起，显得皓白中透红。门前的竹制靠背椅上坐着一位中年妇人，正默默地望着那温柔缓移的月光。她似乎是在赏月，又似乎是在忆想着什么，又似乎在期待着什么。

多年来，每当中秋佳节之夜，她总是这样静静地坐着，默默地沉思着，张望着，自月光从东方出生，由东往南，再由南往西，慢慢坠下，她才深叹一口气离开竹椅走进房间。

她，这位中年妇人，就是当年的桃姓P姑娘——P君，就是W君一直思念、苦苦寻找的P姑娘。

今年的中秋之月，似乎更圆、更亮些。P君的赏月兴致似乎更高些。孩子们刚出去玩，她便摆好椅子坐到门前。

天地茫茫，岁月悠悠，情感的跌宕，生离死别的悲怆和疾苦的耗竭，已毁损了她那桃花艳丽的容颜。如今，在她的脸上，再也看不到那稚嫩和粉里透红的笑容。她那曾经是无限诱人的一对美靥儿如今已变成了“皱沟沟”。那一双炯炯有神的大眼睛，如今却变得那么疲惫无力。可以看出，她那清淡如水的神心，仿佛那西去的月光，慢慢向下沉坠着，沉坠着。除了眼下的儿女，她似乎再也没有任何牵挂和欲望。唯有那尚能回荡在记忆中的记忆……

“妈妈，有你的信！”儿子从外面兴冲冲地走近喊着。

“我会哪来的信！？”P君疑惑无力地说。

“真的，你看！”儿子将信递给妈妈。

P君接过信，在月光下看了几眼，因纸黄字糊看不清楚，便起身进屋，在灯光下细看，方知是大西北来的。急拆开看，天哪！是小W写来的！再看写信日期，已经快一年了！她双眼含泪自言道：“小W，会是你的信？你到哪里去了？怎么现在才来信？”她不禁泪盈满眶。顷刻间，十多年的酸、甜、苦、涩伴随着热泪一涌而出。

看完信，她又回到门前竹椅上坐着，泪眼凝望着西去的月光。

小平房上空的月光依然平静、洁白，缓缓西去。可是此刻P君的脑子里却是翻江倒海，怎么也平静不下来。她不愿回忆往事，也不愿正视眼前。可是，意志却控制不了奔腾的思绪。

直到月光完全西坠，小平房四周全变成黑乌乌的，她才进入房内。

W君的信中明明请求她即时回信。可是她一直犹豫着。是回，还是不回？回些什么？说些什么？

P君躺在床上翻来覆去，无所决断。

她还是没给W君回信。

第二年中秋前夕，又收到W君第二封信。她终于决定给W君回信了，信中说道：

小W：请允许我还是这样称呼你。前后两封信均收到，迟复为歉。见到你的来信十分惊喜，谢谢你主动来信。

这些年你可一切均好？天哪，地啊，你藏到

哪里去了？怎么才出现呢？

至于我……也可以说过得去吧！膝下一儿一女，均好……

P君写到这里再也写不下去了，她的视线被泪水模糊得连字迹也看不清楚了，只是最后写了几个大字：“祝你一切均好！”

再说W君。

自从在一年内先后给P君发出两封信至今已两年多了，可是一直未见到P君的复音，他已完全失望了。可是到第三年的冬天，却意外地收到了P君的复信。

当W君拆看是P君的来信，竟激动地忘记了自己是扶拐杖而立，顷刻间拐倒人歪，差点摔倒。

从P君的信中，似乎隐隐觉察出她对自己的埋怨情绪，也感猜出多年来她一定有许多苦涩。她的埋怨正是W君的安慰，说明在她心目中，至少曾有W君其人。但是，后来……她的儿女足以说明一切了。

不过，W君又转念想，多年的环境变迁，各有各的处境，她肯定也有一段极不寻常的境遇和命运安排的里程，自己的人生里程又何尝不是？！想到这里，暗自说：也好，算是各就其位，各得其所吧！这是命运的安排。

W君不禁又想起当年在火车上与P君讨论爱情、婚姻时的情景。P君曾说，婚姻是一块“合金”，唯有爱情才是一块“纯金”。也许她的心目中仍装着那块“纯金”吧！是的，肯定是的。自己又何尝不是如此！多年来，自己不是一直怀揣着那块“纯金”走遍千山万水，历经风雨雪霜永不舍弃嘛！

命运规定了婚姻是混色的，只有爱情的“纯金”才是足赤的。

于是，虽然W君与P君相隔万里之遥，通一次信来回要需时数月，但是，他们又执着地开始了远程的情谊相牵的鸿雁往来。

断了的风筝线又用友情、爱情，以至于亲情遥远相牵相接了。

从此，W君的随笔记内又将写进新的内容。

一晃又是三年过去了。

W君在事业上又取得了新的成就。他的小家中又增添了一个新成员。那就是他和秋桃爱情的结晶——已近三周岁的儿子。那小家伙每天吃呀、喝呀，“咿呀”地学说话呀，时而还唱呀，如小鸭般地满地上跑呀，真是可爱极了！

在园林国的大家庭里，由中部和大西北人组成的小家庭，三口之家充满了幸福、温馨，融融之乐。

当W君看着可爱的儿子一天一个样地长大起来，又想到了P君，想到了她的儿女。她们如今怎么样？过得好吗？孩子的父亲从事何种工作？

于是他又提笔给P君写信。

P君：久未通信了，甚念。P，我高兴地告诉你，我的儿子已快三周岁了，可爱极了，不知你的儿女多大了？他（她）们的父亲是做何工作的？你前信太简单，我很想知道过去那么多年你的境况，请来信务必写得详细些。好吗？

至于我过去那么多年的情况，以及我们为什么失去联系，我将在以后详尽地告诉你。

盼复！祝全家幸福！

——W 8月8日

P君收到W君第三封信，得知他的儿子已三周岁了，实为之高兴。算之，他的儿子比自己的儿子小三岁，比女儿大两岁。

当看到W君想要知道她过去多年来的详细情况，她长叹一口气，立时眼泪又夺眶而出。

她不愿回忆过去，更不愿讲述过去。可是，要知道的是她曾是情中爱，爱中念，念中盼，盼中恨，恨难忘的小W君。她本凝固的情怀思绪顿时倾然而泻。她控制不住地想一股脑儿向他倾诉一切。

夜幕沉沉，寒风萧萧，小村寨内偶尔传来几声狗吠声。两个孩子早已入睡，P君佝偻着身子坐在小木桌前，双眼泪盈盈。她执笔写道：

小W，全家安好！得知你已有三周岁的儿子，真替你高兴。

要我说说这些年来的境况，真是“三言难尽”。本不想说，可是询问的是你，我就直言相告了。

从哪说起呢？

就从毕业前夕说起吧！

这你知道，园林国培养我们成才，理所当然地要听从召唤，为园林国献身一生。

就在毕业前夕，正逢动员支援边疆开发建设，人人都满腔热血，报名去最需要、最艰苦的地方去奉献自己的青春。

我毫不犹豫地报名去大西北。但立刻想到了你，故而在报名的当天，即给你一简信。我想你一定也会报名去大西北的。那样不正是实现咱们曾经憧憬过的壮丽、美好的未来？因为大西北是最适宜的英雄用武之地。

可是，万没想到，我未被批准去大西北，却分配我到大西南。到大西南也是边疆，也能奉献青春，干出一番事业来。但是，我想，你要是被批准去大西北，那不就麻烦了？于是赶忙写第二封信相告，与你商量。可是，三天后仍未见你回信。我焦急地去请假，未被批准，说："不日起程，一律不准假。"我当时真如热锅上的蚂蚁啊！又侥幸地想，你很可能赶去会我。可是等了一天、两天、三天，仍不见你现身，第四天就起程了。

起程那天，我是最后一个上车的。车门关闭前，我不时地张望着你是否赶到，即使最后见一面也好。可是，车门震心地关闭了，可仍未见你的人影。

我彻底失望了，失望的泪水直流。

汽车在不宽阔的大道上向前飞驶。我恋望着车外的一切，离开了整整度过四年的校园，离开了不该离开的人。

园林国的大地何等之大！好像永无尽头。汽车卷着尘土，尘土催拥着车轮，并不时钻入车内狭小的空间，弥漫在车内人们的脸上、口鼻中和全身。我已顾不了这些，以前的怕灰，讲清洁，只能是此一时彼一时了。

惜别，失落，想念占据了我的全部灵魂。

慢慢地，我对车外的一切开始麻木了，脑子也僵滞了，唯能感知的是头昏目眩。肚子也一阵阵搅翻地难受，接着就是无法控制地呕吐，肚子里的饭吐光了还吐苦黄水，只觉得车要倾翻倒，肚肠也要翻出来。

经过整整三天的震摇、颠簸行驶，车上的人实在耐受不了啦，领头人才让在一个小村庄歇车休息了一天。一住下，我几乎瘫软地倒头便睡了一天。

次日晨，带充足了干粮和水又上车直向西南行驶。因路面越来越差，车震动、颠簸的更厉害，我坐在车上所有的精力都集中在防震上，用尽一切办法防震。但一切都无济于事，吃进去的干粮和水早已吐光了。领头人要大家再吃。再吃再吐，我的肚子简直成了“泔水桶”了。

凡是晕车呕吐的人，无不是面色蜡黄、冷汗涔涔，再加上尘土满面，表情痛苦，那个形象简直无法形容。幸而我没带小镜子，要是照一下面容肯定比“黄土鬼”还可怕。

汽车并不因人们的晕车而减弱颠簸，向西南的路并不因人的难熬而缩短，车仍旧不顾一切地向西南方向奔驶。乘车到了第十天以后，也怪，晕车的人竟然不吐了，人也感到舒服些，精神也好起来。这时领头的人说：“祝贺你们！你们已经战胜了第一关——晕车关。”

天哪，还有什么关呀！？

汽车在摇晃、颠簸中越驶越慢，十分吃力地在群山中环绕、爬行。随着车的爬山越岭，我感到气总是不够用，头又开始昏晕了。我怀疑我的心脏出了问题。问别人，不少人也说感觉与我一样。这时领头人又说了：“你们将经受高原反应关的考验。”

噢！原来是高原反应。

高原反应，在理论上我知道，但亲身经受还是第一次。我尽最大的努力想战胜它。可是随着汽车的上行爬山，我难受得一阵一阵地昏晕，甚至不省人事。当脑子略微清醒时我曾冒出一种念头，我会不会经受不住高原反应，死在途中。这时我才真正体会到什么叫生死考验，才体会到在学校时呼叫的那两句豪言壮语——“到最需要的地方去！”“到最艰苦的地方去”的真实内涵。

我在阵阵昏晕、不省人事中祈求着上苍能使我一直在昏睡中行驶，直到到达目的地。可是，领头的人却不停地叫嚷着：“大家切不可入睡，提起精神，战胜高原反应……”

就这样，我半昏半醒、半死不活、气喘吁吁地又熬过了大概有七八天。

历经将近一个月，先后换过三部汽车，转办过三道手续，不知驶过了多少平坦和坎坷之路，爬过了多少大小山脉，穿越了多少山洞、桥涵、城市和村庄，终于到达一片无际的大旷野、原林。

车子一停下，我踉跟下车，倒头就瘫躺在地上，还顾得了什么形象！

我躺了一会儿感到舒服些，只听领头人说：“祝贺你们已战胜了长途跋涉乘车之苦！目的地到了！”

我们被安排在一片叫老牛背的山坡上一个小村寨里。

小村寨的简陋草房散散落落，迎着秋风孤零零的，与那无际的旷野、山林相比，简直是沧海一粟！

休息几日后，领头人说：“你们未来的事业就在这一带。你们还要闯过许多关口，经受多种考验。比如吃、住、翻山越岭，与当地人说话交往，甚至与野兽、毒虫打交道……但是，我相信，你们一定能战胜一切困难，取得成功！”说完，他将手一挥扬。

他的话那么爽朗、有力，底气十足。与我那连喘气也顾全不了的孱身弱体相比，反差多大！真羡慕他，要是和他那样强悍该多好！

至于说到未来，我一片茫然，也不愿想的那么多，那么远，眼下还是先度过高原反应是第一位。可是何时才能战胜高原反应呢？只要稍活动剧烈一点就心悸、胸闷、气促，真是愁人！

三天、五天、十天、半个月过去了，我仍不能适应高原环境，总不能光吃饭睡觉吧。

二十多天后，在我的要求下，领头人安排我先到厨房帮厨。帮厨也好，总比吃闲饭强。

于是，我这个园林专业优等生成了小帮厨。

我的职责是择菜、洗菜、刷锅洗碗、扫地擦桌子，乃至后来的劈柴挑水……

就这样，我一干就是半年多。

慢慢地，我发现我的力气大起来了，干活的动作也灵活、快起来。我的体重在校时一百一十斤，刚到大西南时跌到九十四斤，半年多后又增至九十八斤，脸色也好起来。不过，当年的粉白、红嫩是没有了，代之是殷红和暗红。别人说：“你已战胜了高原反应。”我听后十分高兴。

又经过几个月，我竟和当地人一样活动自如。即使翻山越岭也不感到如刚来时那么难受了。

我高兴极了，于是我要求参加勘测开发规划建设工作。我毕竟是园林专业啊！

最后，上头同意了我的请求，让我到三百里路以外的一片原野林地进行勘测工作。

经过勘测、规划，我提出了一个“建设一个大桃园林方案”，最后得到了上头批准。接着就安排大批人员进场按方案开工。

我高兴地信心百倍地日夜忙碌着，真是：历尽千辛万苦，踏进英雄用武之地。

后来，我又带领一个技术小组，不懈地努力研究各种种植技术……

功夫不负努力人，三四年后，一大片桃林代替了原来的荒野山林。六七年后便是桃果累累。

就在一个喜获桃果大丰收后的秋天，上头又分配来几名园林毕业生，增添了新鲜血液。

我挑选了一名西北籍的男生和一名当地人的女生作为我的助手。有了帮手，又是南、北、中三方人相互配合、协作，克服了许多诸如风俗习惯、语言等障碍，工作开展得特别顺利，真有一种如虎添翼之感。

我们又开始了新的工程——研究、改良桃果优良品种等项科研工作，并取得了一项一项的成果，还写出了多篇科技论文。

我们又信心百倍地继续对未开发的山林进行勘测规划，准备建成新的园林基地。

一天，我带领技术小组正在一片山林中聚精会神地勘测，我突然感到右小腿一阵刺痛，低头一看，一条大毒蛇正蜷缩着在我小腿上叮咬，我惊叫一声即刻昏倒在地。

助手们赶忙将毒蛇赶跑，将我抬下山林。我早已不省人事。

当时的交通、医疗条件极差，我的伤情又严重，不允许远程运送、救治，只好在当地请一位土蛇医救治。说是土蛇医，现在看来他简直是一位蛇伤专家高手，一位神蛇医。

在他的精心救治下，我竟没有死，三天后，我又活转来了！

为了救治我的生命，上头非常重视、关心，专门安排了我的两位助手陪护、照顾我。在我病重危的几天，我的吃、喝、拉、撒全由那位当地女生助手管；一切重活包括抱我上、下床等都由那位西北籍男生助手管。

就这样，经过二十多天的救治、休养，我又恢复了健康。

一个多月后，我又恢复了工作。

就在这时，有好心人对我说："P老师，你这次能从生命垂危中恢复过来，除了那位蛇医千方百计地精心救治外，两位助手的功劳也很大。"

我听后连连点头表示同感。

但那位好心人又接着说："那男助手小李子表现得特别诚恳、勤劳。我看这小伙子真不错。P老师，你也是老大不小的了，你的男朋友已多年无信息了，你身边也确实应该有个人照顾，我看那小李子……"

"不行！不行！他是我的学生，还比我小五岁。再说，我早已……"话说到这里，那好心人又直率地说："P老师，恕我直言，别再自欺欺人了。人家都说在大西北的同学都找了当地姑娘……唉！毕竟大家都老大不小的了。所以我劝你不要再等了。"

我已经很久没流眼泪了，可这时我无法控制地流下了眼泪。

但是，我仍没有同意好心人的撮合。

又过了些时日，那好心人又来找我聊天，他说：

“我又去找小李子谈过，问他究竟有没有女朋友，他说他原本在大西北是有个女朋友，但到大西南后不久就失去联系，已多年无信息了。他已不抱任何希望了。

但是，我仍坚持说：“不行！不行！”一直态度很坚决。

一晃又是两年。有一天，天气晴好，我带领技术小组去一片新的山林深处进行勘测，而且吃、住在山林内。经过几天工作，原计划即将完成了，可是本晴好的天气逐渐大雾弥漫，人在山林中连近距离视线都模糊不清。于是我决定撤工返回。可是，在山林里转来转去，竟迷失了方向。平常是靠阳光来认定方向的，没有了阳光，只好凭感觉走。可是转了大半天仍找不到出路，带的干粮吃光了，水也喝完了，可仍在山林里打转转。将要天黑，仍走不出，我只好决定夜宿山林。

两顶大、小帐篷撑起来，我和女助手住一顶，另一顶大的，其他四名男生共住。

通常在这种情况，那男助手小李子总是首先在外面站岗放哨，以防兽虫袭击或其他特殊情况。他总是这样，最苦、最难、最险的活都是首当其冲。这小伙子确实不错。

次日，仍大雾弥漫，带的水和干粮已全吃完，我意识到情况的危急，于是带领大家快找出路。可是越急越找不到出路，至中午，大雾有所消散，我带着大家到处冲撞着找出路，可是因人既饥又渴，都走不动了。当地人的女助手提议去找吃的，稍微应付一下肚子再走。我同意了。于是女助手和另一当地出身的男生二人去找吃的，其他人原地休息等着。

约一个小时，二人找了一些野果子来，大家狼吞虎咽地吃了一些野果子，感到舒服了一些，急忙再继续找出路。

可是，大家吃了野果子没事，可我吃了没一会儿就吐了，不仅没吃进营养，还倒吐了一些胃液。

好容易总算找到了出口路，大家都很高兴。我正捂着肚子快步往前走着，忽然感到头昏冒冷汗，一阵眩晕倒地。大家急忙为我松领扣，擦冷汗，助手小李子说："P 老师是饿昏了，要是有点吃的……"

"这还要你说！可哪来的吃的？"有人说。

女助手又去找吃的，却一无所获。休息一会儿后，我头脑清醒了，逞强地说："没事了，快走！"

刚走了十来分钟，我又昏倒了，大家真的急

坏了。

我略清醒后，只觉得天倾地转，口干舌燥，连抬眼皮的力气也没有了，只能瘫软地躺在地上。

我恍惚中意识到我的生命将要结束，便用几乎听不到的声音对着小李子说：“你……一定……要把大家带出山林……”

这时我隐隐听到有人说：“P老师可不能再昏迷了，人家说：昏一次好救，昏二次难救，昏三次……就没救了……”

我意识到将要死去，我的脑子一片空白，接着，我什么也不知道了。下面的话是后来别人说给我听的。

我第三次昏过去，大家慌乱地无可措手，只管大声喊叫“P老师！P老师！你醒醒啊！”

正当大家焦急如焚无计可施，只管大声喊叫我，那男助手小李子突然从腰间拔出随身的短刀，在自己的左手背了猛力一划，顿时鲜血直流。大家正惊愕地不知他为何划破手，只见他猛地推开众人将流血的手背对准了我的嘴巴……

鲜血一滴一滴地滴进我的口内，我的咽喉本能地做着吞咽动作。

这时众人才明白，他——小李子，这个大西

北小伙子，他是在用他的鲜血救P老师的命啊!

鲜红的热血，一滴接一滴流进我的嘴里，没有任何意识的我本能地接连作着吞咽动作。一分钟，两分钟，三分钟过去了，神情自若地小李子和焦急期盼的众人将全部精力集中在滴滴鲜血和我的脸上。

不知过了几分钟，或者更长的时间，我本有些抽动和冷汗涔涔的脸不抽动了，汗也停了。又不一会儿，我叹了一口气，双眼滚动了几下……

我又活转来了!

众人急呼着："P老师！P老师！你醒啦！太好了！"

这时，小李子急呼："几滴血维持不了多久，快下山！"说着要去背我。

"你的手还在流血！"

听上言，小李子急忙用手巾将流血的手一包，顺手从灌木丛中折了一条软细藤条紧紧地扎在自己的左手腕上部，立马背起我就走。我虽有心拒绝他背，但没有一点反抗力。

小李子这已经不是第一次背我了。他背着我急火地向山下跑，累得大汗淋漓，气喘吁吁。在众人的拖拉要求下，他才让给别人背我继续下山。

他又在我身旁，边簇拥边照顾着，并不断提醒背我的人当心择路、走稳。

大家交替着背着我急火地跑了大概一个多小时，终于走出了山林。正好山下有个小村庄，我当地人的女助手和另一男生到村里去找食物，小李子则寸步不离地陪伴着我。

弄到食物后，女助手一匙一匙地喂了我一大碗面糊，大家也吃了东西。

这时，小李子才想到自己包扎的手，他打开毛巾，松一下软藤，大家一看不禁惊呼起来："小李子，你的手，怎么一点血色没有？！"

小李子满不在乎地说："没事，可能是扎的时间长了点，过一会儿会好的。天不早了，咱们快向回走。"

这时我已好起来，在大家的搀扶护拥下，我与大家一起返回。

回到家，我关切地去看小李子的手，开始他不让看，并作着不在乎的样子，在我的强烈要求下，他打开毛巾，我一看，整个左手扎藤的下部一点血色也没有，他那粗大的手连感觉也没有了。我意识到问题的严重性，赶忙找有关领导们商量，最后决定立即送他去医院救治，并由两名同事陪同前往。

我不安地等候着从医院传来好消息。

可是，传来的却是最可怕的消息：小李子的左手因缺血时间太长，已没用了，必须截除，否则将危及生命。

最后，还是小李子本人签名同意医生的治疗决断——截除已坏死没用的左手。

听到这可怕的消息，我哭了整整一夜。是我不争气，是我吞吃了他的左手，是他的左手挽回了我的一条命。

一个月后，小李子出院了。

我惊恐着，踌躇着，我无法去面对他。当我硬着头皮走向他的住处去看时，我愧疚，我惶恐地几乎一句话也说不出。

小李子在家休息期间，我虽然多次去看他，可是每次都是带着愧疚、难堪，无法补偿的补偿……多种复杂的心情硬着头皮去的。

很久一段时间里，不论白天黑夜，我的眼前总是晃动着小李子那吊在脖子上的残肢。

我难熬的心情不亚于来大西南时途中的晕车和高原反应的苦情。

可是，每次见到小李子，他却依然如往一样

热情、谦恭，“P老师”不离口。

医院回来不到两个月，他就向我要求工作。哎呀，我当时的心情多么复杂，同意？还是不同意？当然要同意。

我安排他从事一些室内诸如保管资料等他力所能及的工作，我多去做一些外地工作。我总是尽量给他一些照顾。而他却一如既往，乐观、豪爽、谦恭、勤奋好学，干起活来一点也不减受伤前的劲儿。

他高挑的身材更加魁梧了。除了需要双手干的细活，其他重活他都能干，甚至比健全人干得还好。他最不高兴别人把他当残疾人看待。我对他的照顾每每使他不高兴而拒绝。后来，我差不多把他当作健全人一样使用。

又经过一年多的奋斗，我们又开发出了大片山林。我带领的技术小组又先后研究、改良了以桃果为主的多个优良品种，从而得到了各方面关注和上头的好评。

P君写到这里，把笔锋一转说：

至于这些年来，我的情感境况，繁言之无尽，简言之一个字——念。

在校时，对未来美好憧憬之念；离校时，焦

急、失落、彷徨之念；到大西南来后，思念、期盼、等待、孤独、失落、惨伤、悲凉……之念。

为了排除一切杂念，我与助手们夜以继日地工作，不让自己闲着，为了补偿亏欠小李子救命之恩，照顾小李子的生活，我常与助手们同厨共餐，打成一片。

可就是这为了二字，却又惹来了排除不掉的杂念。

有一日，一位朋友——就是第一次来撮合我和小李子的那位好心人，她找我聊天说：“小李子确实是一位好青年，只可惜现在……”

“可惜什么？”我问。

“可惜已是残疾了。”

“残疾怎么啦？他干活比一般健全人干得还好呢！”

“我不是这个意思。我是说，他成了残疾，人也不小了，可是还是单身……”

“……”我未言语。

对方又说：“要是和以前一样不是残疾该多好，P老师，说实在的，我一直认为你们很合适。”

“哪里？他整整比我小五岁呢！”

“小有何妨？只要双方情投意合，相亲相爱，姐弟恋、兄妹恋大有人在呢！”

“……”我又默无言。

在以前，我拒绝她的态度很坚决，可如今我好像喉咙里卡了鱼刺。

是他，小李子，用鲜血和手救了我的命，知恩不报非君子也！

如今，他因救我成了残疾，我理应照顾他一辈子。

可是，我已经在爱河的“旋涡”里苦苦挣扎了十多年了。虽然毫无结果，可从未爬出那没顶的“旋涡”。

唉！这新的杂念又缠绕着我在“旋涡”中不能自拔。

又过了一些时日，那好心人又来找我说：“我和小李子谈过，他有点诚惶诚恐，但看得出他很乐意。”

那好心人又说：“P老师，如果你不嫌弃他有残疾的话，我看你们很合适。”

我本要再说“我已有了男朋友”，还没开口她就说：“恕我直言，我看你和以前的男友是有缘无分的，你和小李子才是有缘有分的。你们相处得很好，事业上你也离不开他，他也离不开你，你们是真正有缘分的……”

我相信缘分，但更相信命运。

命运是什么？命运是人与大自然的葱郁园林相结合的一种驱动力——命运之风云。

命运之风摧拂着含有生命胚芽之云四处飘荡，如途中不干涸夭折，就会生根发芽，开花结果。

我就是一片含有一条小生命胚芽的命运之云。

在学校毕业前，我是晴空间的一片彩云。

毕业离校后，我是飞沙走石间的一小片模糊的乌云。

到大西南后，我是茫茫昊空、辽阔大地上的一朵翔云。

后来至今，我是滞留于山林荒野的一团凝云。

这也许是我的命运早就注定了的。

也许是在二十多年前就注定你我是有缘无分的，或者说是命运之注定。

命运之注定，人们的善劝，你的杳如黄鹤和人们传言，对小李子救命之恩的欠愧以及小李子本人的高尚品德——这些，最终铸成了你我当年曾论述过的“合金”。

于是，在我三十七岁的那年秋，我和小李子结合了。

婚后应当说我们过的是美满的，在事业上我们又取得了一些成绩。婚后一年多，我们有了儿子，五年后又添了一个女儿。

如今，儿子已八岁，女儿三岁。

正是："凝云落地润胚芽，生根开花结硕果。"

P君写到这里，长长地嘘了一口气。

陡然间，她的脸上又阴云密布，泪水夺眶而出，她继续写道："可是，天……"

刚写到这里，忽听女儿的啼叫声，赶忙搁下笔去照顾女儿。

扶持女儿睡下，看窗外天已大亮，她整整写了一个通宵。

于是，她接着前面本要写"天有不测风云"的"天"字，改写为"天已大亮了，我该为孩子们准备早饭啦，不写了"。

22

W君终于收到了P君第二封信——长达六七千字的长信。

反复读过三遍，W君的情感随着信中讲述的故事情节的起伏而起伏。他读到开心处而高兴，读到奋发图强处而振奋，读到建功立业处而自豪，读到悲怆、伤心处而流泪。他的心久久不能平静。

秋桃见W君读着信心潮起伏，喜、叹、悲伤的样子，便说："信中说些什么，看你那么入情入神的？"

W君回回神，将信递给秋桃看。

秋桃看着看着，也被信中故事情节深深地感染了。当她读到P君两次遇险，她的助手，后来成为丈夫的小李子用自己的爱心、勤劳，乃至鲜血和一只手挽救了P君的生命，她也感动地流下眼泪。

"怎么，你也哭啦？"

"太感人了！"秋桃擦着眼泪说。接着她又说："你快给那P君和小李子写回信吧！好好安抚于他们。他们可都是勇敢、正直、善良、乐于献身的好人。”

“写信？过几天吧！一下子还不知从哪说起呢！”W君说。

过了十多天，W君心情平静下来，他给P君写了回信。

信中说：

P君：来信收到。不，那不是一封普通的信。那是一段风云变幻、气壮山河、血汗淋漓、悲喜交加、情感深沉、漫漫长河，极不平凡的生命历程！是一个个动人、传奇的真实故事，我深深地被故事所感动。

在故事中，隐隐有我的角色。我充当了一个什么样的角色？我愧疚地无地自容。我惋叹，我反省，我忏悔……

不过，我也有我的处境，这里不多说了。待后详告。

P，命运注定你我有缘无分，但是命运改变不了你我过去多年的同窗友情、真情和爱情……

W君写到这里，不禁又心潮澎湃，历历往事如烟如云涌上心头。他激动得眼泪模糊，但又不愿多提及往事，以免再伤及对方。他坐在靠背椅上调整一下精神，深吸一口气之后继续写道：

P，我这些年来一直珍藏着三件珍物。两件是你赠送的，那本永远读不完的《爱》和你亲笔写有诗文的桃花彩带桃叶书签，另一件是八年前我去南国海疆寻找你无果返回途中采撷的六粒血红的相思豆。

现在我把六粒的一半——三粒也用透明纸包住夹于信内寄给你，就让这三粒相思豆代表着友情、真情、爱情，你我永藏永驻。

W 君在信的最后写下了以下几句话作为结尾：

万里相隔迫无奈，
鸿雁传情红豆代。
高山魔云挡不住，
合金无缘纯金在。

信写好，W 君将三粒相思豆放在透明纸内包好，并包折成一只鸿雁形夹于信中，准备寄出。

写完信，W君又深吸几口气后，伸伸懒腰，靠于床头上小憩，不一会儿，拉长了呼吸……

忽然一阵狂风吹进北窗，将窗门吹得“咯吱咯吱”响，W君急忙去关窗门，不料一失手将手中刚折包好的“鸿雁”掉落在窗门外。他急忙顶着北风扶杖出房门转到外窗下去捡。刚俯下身子，瞬间，那鸿雁相思豆变成了一巨大的鸿雁，将他的身体撑起，他急忙弃杖弓身骑于鸿雁的背上。说时迟那时快，风中突然飘来一片彩云驾着鸿雁向西南方向飘然而去。

东北风劲吹，鸿雁振翅闪闪，一直往西南方向飞去。

劲风掠过耳旁，一会儿晴空万里，一会儿乌云漫漫障眼，一会儿晕魂颠荡，一会儿神清畅悦……

不知过了多少时间，那鸿雁徒然落地。W君睁开双眼看，乃是一片葱郁园林。他舒展了一下身子，从大雁背上跳下来，那大雁立即展翅飞转了半个圈子，直向山林脚下的小村寨飞去。

W君正站着疑惑无措，忽见小村寨路口站立着一女子，他踌躇着前往打听去路，走近女子看，那女子约二十二三岁，亭亭玉立，后脑勺上蓄着萝卜头状发型，头发根部别着一只嵌有两朵桃花的乳白色发卡，身穿一件玫红色罩衫，下身穿一条浅灰色短脚裤，全身充满着青春、美丽的气质。那女子正姗姗向他走来。

二人互至对面，W君不禁惊呼：“哎呀，P姑娘，是你！”

那P姑娘也认出了是W君，本微笑惊异的神情，忽然含泪诉说道：“你怎么才来啊！这么多年你到哪里去了？你怎么才来呀！”二人悲喜交加，相拥而泣。

过了一会儿，W君双臂放开，搭着P姑娘的双肩深情地说：“亲爱的P，可想死我了，让我好好看看你。”

二人又紧紧地搂拥在一起，久久相泣无言。两人的泪水滴在彼此的肩背上……

过了一会儿，P姑娘松开双臂，深情地看几眼W君，又紧紧地搂着他的脖颈。一会儿又用攥着的右拳捶打着W君的胸部哭诉说：“你到哪里去了呀！我等得你好苦啊！你怎么才来呀？！”

有些寒意的秋风好容易才将二人从悲喜伤感中催醒。P姑娘带引着W君缓缓向小村寨内一座小平房走去。

小平房外没有院子，三面是望不到边的桃林。进屋后，首先迎接客人的是一只小花猫。它将尾巴翘得高高地，仰着头“咪咪”地叫着，看来它也是个很好客的小主人。

W君扫视了一遍房间，靠南小窗下有一张小木方桌，上面摆放着一些书籍、资料，小桌旁有两只小木方凳，小方桌对面靠墙有一张简易小木床，上面放了一些杂物。不用说，有点黑黝黝的另一小间是P姑娘的卧室了。

P姑娘让W君在小方桌前的小方凳上坐下，自己走到房门外一小草棚内倒了一杯水来放于桌上，请W君喝水，自己坐在对面的小方凳上，二人便交谈起来。

P姑娘先说："是什么风把你吹来的啊？大西北离这里万里之遥呢！"

"是东北风吹、驾云而来的呀！"W君笑着说。

"看，还是老样子，说话没个边际。"P君眯着眼睛微笑着说。

W君想尽量把气氛搞得活跃些，故而又说："P，这么多年你怎么一点没变？你在这山野中吃了什么山珍仙味？还是当年的模样。"

"看你说的！这么多年过去了，会不变？会不老？"P君笑着说。

"真的！我看还是在校时那年在南郊公园时一模一样。"

"我看你也没变，只是有些发福了。"P君也认真地说。

寒暄一会儿，P 君说："你看，光顾说话了，你还没吃饭吧？你坐着我去弄饭。"

P 君去小草棚厨房做饭。

W 君站起身来，先看看小方桌上摆放的各种书籍资料，什么《桃果种植技术》《山林勘测》《桃果品种优选与改良》等等，还有各类图表、札记本、空白纸、笔、墨等。看来小方桌是外房间的主题了，对面的小床显然是 P 姑娘临时休息和放杂物用的。W 君又站在黑黝黝的里间门口向屋里瞅了一下，因较黑暗，未看出什么名堂。外房间似乎再也没有显眼的东西了。

W 君又坐回小方桌前，正在思索着 P 君如今是怎样生活的，P 君端着一只木盘子放在方桌上，木盘内放了一碗不知何米粟煮的饭，一小碟子咸菜，一碗青菜汤。她把饭菜一一摆在桌上说："没什么好吃的，将就着填填肚子吧！"

于是二人又相对而坐，P 君陪着 W 君吃饭。

P 君说："好吃吗？"

"好吃！好吃！"

W 君说是这么说，他根本就没吃出什么味儿，什么饭。P 君听后苦笑一下未言语。

一来是肚子饿，二来是为提高 P 君的情绪，W 君狼吞虎咽地将一碗饭吃完，喝了大半碗汤。P 君硬要再去盛饭，W 君说："吃饱了，谢谢！"P 君也未再勉强，便收拾起碗筷，又端回小厨房，然后回来，二人又相对坐着准备转入正题——叙谈别后之情。

这时 W 君忽然想起了相思豆，接着，他又犹豫了，心想，折叠成的"鸿雁"不是带着相思豆飞走了！正在这时，忽见 P 君的小床铺上有一物动了一下，细看，咦！正是那鸿雁相思豆！W 君急忙将"鸿雁"展开，拿出相思豆走近 P 君说："P，我这次出来仓促，没给你带什么东西，只带了一样小礼物。"

"啥礼物？"P 君笑着问。

"请你将右手伸出来，闭起双眼。"

P 君顺从地闭起双眼，伸出右手展开手掌。

W 君将相思豆从透明纸包内拿出轻轻放在 P 君的手心，再用食指重重地向 P 君的手掌按一下，又用整个右手掌对着 P 君的手掌重重地一扣说："看！"

P 君睁眼一看说："这是啥玩意？"

"相思豆！"W 君说。

P 君听说是相思豆，顿然激动得说不出话来。她情不自禁地一下子扑到 W 君的怀里，二人又热烈地相拥着……

过了一会儿，P 君从 W 君的怀中挣脱开说："看，吃过饭也没给你再倒茶。"说着，她又走到小厨房，用一只小盘子乘了两只鲜桃放于桌上说：“就尝尝我们种的鲜桃吧！味道还不错，是得了奖的品种。”

“哇！这么大，这么漂亮的鲜桃！我从未吃到过这么漂亮的鲜桃呢！”

“那你就吃呗！”P君说。

W君刚拿起一只鲜桃准备吃，又放于盘内说：“这鲜桃太漂亮了！”他真有些不舍得吃。正在这时，忽听有孩子的哭声，W君暗想：“噢！她有孩子了。”

W君想着，急忙向房间内看，睁大双眼睛，清清神——嗐！还是一梦！不过，是一个美好的梦。

W君长叹一口气，又重新将相思豆包好夹于信内，亲自封好，请秋桃寄出，将自己留存的三粒相思豆也用透明纸包好，和《爱》书、桃叶书签用红绸布包好珍藏于抽屉内。

正是：

粒粒相思豆，
片片桃叶情，
山高水长，
日月同照，
只待乾坤回复时，
他日再相逢。

已是次年春，W君又收到P君的回信，信中说：

W君，你好！全家好！

来信及寄来的珍物收到。谢谢！看到珍物相思豆十分感动高兴。小W，也许是高兴，也许是感应，近日我有一很有趣的梦，大致如下：

春光明媚，和风拂煦，你突然乘大雁飞抵我处。你还是老样子，诙谐、顽皮。我们又如在校时相对而坐，促膝相谈，情切意浓。我用我正宗品种的鲜桃招待你。你见鲜桃飘香溢甜扑鼻，不舍得吃，却一个人跳起舞来。接着，你我二人又相拥而舞。你原本蹩脚的舞技竟跳得非常精彩而轻盈……可惜，突然一阵南风将你在舞中吹走，连我准备的鲜桃也未吃……

小W，你说这多有趣！

小W，说真的，自从你我建立新的联系后，我的心情特别好。见到你的来信又如同见到你的人——还是那个好学上进、活泼诙谐、多爱好，还有点傻气的小W。

多少年来，闷在心中的许多话向你诉说后感到非常轻松、舒畅，你的来信——不！你的到来，你的光，你的热，使我几乎冷却的心又热血沸腾地跳动起来。多年来，我还从没有现在的感觉如此轻松、愉快，干起事来也效率高了。

你我今生虽有缘无分，但有你这样的一位知己也是今生的机缘。愿我们“三情”红豆寄永生。

再祝全家美满、幸福！

——P 3 月 15 日

W 君看到这里，不禁自语道：

人间真有灵犀吗？她的梦怎么与我的梦如此相似！

转而，W 君又叹一口气自语道：只可惜哟！虽她的梦中是和我愉快地相拥而舞，而实际上是我和拐杖吃力地相撑而“舞”哟！

唉！半截子梦也罢，完整的梦也好，美梦也好，恶梦也罢，梦总归是梦。生活的现实是二人仍相距万里，几十年从未谋面。W 君已是多年的断肢残腿，而 P 君也是家破无柱，孩子的爸爸早已离世，只有母子（女）相依为命。就连 W 君的老母，P 君的父母也离世多年。为了大西北和大西南人，他们都未能回去为老人们送终，真可谓忠孝不能两全，那些梦只是一个情字使然。

一个情字了得，双方都未将自己生活最悲惨的一段告知对方；一个情字了得，双方都祝愿着家庭美满、幸福；一个情字了得，他们万里相隔，事业上相互较劲，并不断取得新成绩；一个情字了得，他们互相鼓励，做生活的强者，不做生命的过客。

如今，园林大地，繁花似锦，勤奋的园丁们就像巨大画面上绚丽的彩点，点缀着画面上的山山水水，草木花卉。那画面上的桃红彩点更加鲜艳靓丽了。

23

园林国的山河大地，不断更换着新装。春日花洋，夏日绿海，秋月金波，冬月雪源。日日月月，岁岁年年，变化往复，高山流水，源远流长。

W君与P君万里之遥，天涯相隔，不觉又是十多年，彼此都已是花甲之年。但是，他们却一直保持着联系、交流，短则数月，长则数年，或则书信，或则诗文，情深意浓，诚挚相通。那W君的诗书信中，始终是情若悬河，滔溢不竭；那P君的诗书信中则文字短练，蓄意隽永，情意深沉。二人如是，日月垂长。

一日，W君又收到P君一信，信中说：

小W，（请原谅我还是这样称呼），你好！全家好！

又很久未写信了，念念。

W君，我高兴地告诉你，经过数年的努力，

我从事的一项园林科技科研项目已取得了较好的成果。我已写好论文，准备参加明年召开的国家园林技术科技大会作为大会交流项目，我将在大会上发言，你一定为我高兴吧！

W君，你从事的科研课题一定也有好成果、好论文吧！如能同去参会，那该多好！届时，我们同论共研，会后要好好庆祝一番，几十年的别后之情也将得以面叙。愿这一天早日到来。

仅祝成功！

——P　8月20日

得知P君取得了重大科技成果并将参加国家级科技大会，W君着实为她高兴。对于她设想的科技大会期间共聚喜庆也十分欣慰，这不正是二人年轻时早已向往、憧憬的？没想到三十年后将得以实现，那该多好啊！

但是，在为P君高兴之余，W君继而想到自己的现状。于是悲切地自言道：我哪来的科技成果论文噢！我的腿都没有了！多少年来，每时每刻都想见到你，可是，我如今这个样子如何去面对你！

W君想到这里，并没及时再给P君回信。

莫道桑榆晚，夕阳无限好。次年三月中旬，大地回春，千树万树争相吐绿，桃花盛开。

一日，P 君起了个早床，吃罢早饭，她将早已准备好的行李旅行包又重复检查一遍，除了外罩衣，一切都准备齐全。她嘴里哼着歌调儿，又洗过脸，站在大立柜上的立镜前一边照，一边用梳子梳拢着头上灰白相间的短发，尽量将头发的造型梳拢得自己认为满意为止。然后又在脸上轻轻涂了一点面油，正在用双手搓摸着脸，女儿突然从后面走过来，望着立镜内的妈妈说："哎呀！妈妈今天好漂亮啊！"

"漂亮吗？你快帮我看看，还有什么地方不适宜？"

女儿站在妈妈身后对着立镜边帮助妈妈梳拢着头发，边说："好！这样很好！"

"你看应当穿哪一件外罩衣？"

女儿从立柜内取出妈妈仅有的几件穿过的外罩衣，看过后说：

"哎呀，这几件衣服都不太好，还是再买件时髦的穿吧！"

"不！不需要。再说时间也来不及了，就从中选一件吧！"妈妈说。

妈妈正说间，女儿又在立柜内卷叠的几件旧衣服中拎出一件玫瑰红色外罩说："妈妈，这一件很好看，就……"

“咳！那是几十年前年轻时穿的，我一直没舍得丢弃，不合适！不合适！再说也太瘦小，穿不上了！”

“那——”女儿放下玫瑰红外衣又拎着一件浅灰色的，胸前有几朵淡印花的罩衣，正失落间，妈妈指着女儿手上的一件说：“好！就穿这件。”说着她从女儿手中接过浅灰色罩衣穿在身上，又在立镜前照一下说：“好！就穿这件！”

至此，P君一切准备、化妆完毕，只待动身了。

原来，这天P君要动身去参加在园林国都召开的园林科技大会。

园林科技大会是园林国最高级别的大会，是每个园林科技人员毕生追求的。已是花甲之年的P君一下子觉得又年轻了。

到达园林国都城，即有专车接迎。

P君坐在小汽车上透过明亮的车前玻璃窗，贪婪地观赏着国都城的市容市貌，不断与同车人发出赞叹。她的视线从车窗玻璃射出，作着扇形扫描、扩散，越看越宽广。她的心胸越兴奋越宽广。

科技大会址在市中心一幢四星级豪华大厦内，P君被安排在大厦第十二层一套装修豪华、漂亮的套间内。

放下行李，发现已有一位女代表先到一步。经互相介绍，知那女士是来自园林国东北部。她们将在这房间里度过十天极不平常的时光。

住下后，P 君第一件事是去查询 W 君是否报到参会。可是，查遍了代表名单均未见 W 君的名字，心里着实有些疑惑，也许是途中不顺利？

但是会议开一天了，仍未见 W 君的人影。次日再去查询报到代表名单，仍无 W 君的名字，但最后报到的是大西北来的一位棘姓代表。

当日晚，P 君特意到第 27 层楼大西北来的棘姓代表那里，想从他那里或许可以了解到 W 君是否来参会，或有关的情况。

找到大西北来的代表棘先生，P 君觉着对方有些面熟，便问："棘先生，你不是大西北人吧！看你还有点面熟……"

"你是哪里来的？"对方未直接回答，先发问 P 君。

"我是大西南来的。我姓……"

"你姓桃，也叫 P 君吧？"对方已认出 P 君。

"你怎么认识我？"

"我们是老同学了，你真是贵人多忘事喽！"

"那你是？"

"我还姓棘，就是当年呼的棘君。你还是我的小班长呢！"

“哎呀！是你呀！我都认不出你了……“

“老了，快三十年了。”

这时P君才恍然大悟地想起了对方原来就是当年在一个班，虽然学习成绩不太好，可还有些傲气的棘君。他可真老了，头发也白了一大半了，原本佝偻的身子更佝偻了，说话的鼻音更重了，本就干瘦的身子更干瘦了，好像有病。

但可以想象出，他能来参加这科技大会，说明他的业绩也不错。

二人交谈了没一会，P君就问：“棘君，你也是当年去大西北支援开发建设的吧！”

“是的，我们一起共十位同学。”

“那你是和那小W君一批去的？他如今情况怎样？怎么没来参会？”

“是的，我们是同一批到大西北的。”

“他现在怎样？”P君又复问。

“这个……”棘君未明确回答。

“怎么，他不和你在一起？”

“噢，是的，不在一起。他的情况我不知道。”棘君堵住了回答P君的口。实际上他和W君多年来一直在一起。

询问无果，P君又与棘君交谈了一会儿，觉得他不愿多谈过去，也不愿多谈现在，没再谈多久，也便返回。

P君是第一次参加如此隆重的大型科技会议，内心确实有些紧张，很想能与W君事先交谈一下，免得到时候上台发言时出洋相，可是却见不到W君。那棘君看起来并不热情，所以也不便与他多交谈，只好与同房间的代表作些一般性交流。

大会第五天下午，P君竭力抑制着激动的心情上台发言了。

下午3时整，她深吸几口气走上讲台。虽然有些紧张，但因材料准备充分，在规定十五分钟内她顺利、流利地演讲完讲稿，并博得了热烈的掌声。

或许因她是来自大西南边陲，或许她是女性，或许她的演讲精彩，在她看来，掌声似乎过于热烈了一些。

在有些晃眼的灯光下，记者拍下了她的镜头。她走至座位上，却是沁出了一身汗。

当所有大会发言结束，在那些老、中、青发言代表中，唯独没见到P君想见到的W君。她断定W君确实没来参会。

大会结束后，会务人员组织代表们游览了国都城的名胜古迹和游乐名点，代表们满载游兴而归，然后拍了集体照。

在闭幕式上举行了颁奖仪式。

出乎P君意料的，她的课题被评为园林科技二等奖，大西北来的那位老同学棘君得了三等奖，并颁发了奖杯。

P君拿到集体照高兴地看着，遗憾的是没有W君的照片画面。

经过几天的火车、汽车，P君又回到了家所在地——新兴的G城。

G城，是大西南开发后新建的一座新城。虽然无法与国都城相比，但比之几年前P君住过的海拔四千多公尺，空气稀薄的小村寨要好多了。

刚下汽车，儿子已经站在出站口迎接。

回到家，P君见房间打扫得比她在家时还整洁，梳妆台上还摆了一瓶多彩的鲜花，显然，是女儿所为。

P君洗漱完毕，儿子很快摆好了花色菜肴，并在桌前大声说："妈妈，来吃饭了！"

P君坐于桌前高兴地说："哎呀，儿子，准备了这么多菜肴！"

P君坐于餐桌前，先喊女儿说："小蕊，把我的旅行包提来，我给你们带来的礼物！"

女儿高兴地将妈妈的旅行包提给妈妈，并说："什么礼物？"

P君打开旅行包，首先拿出一个精致、漂亮的硬纸盒，从中拿出一只漂亮发光的奖杯说："看！这是什么？"

"哇！奖杯！妈妈得奖了！"于是，女儿和儿子热烈地鼓掌说："祝贺妈妈得奖了！"

女儿刚把奖杯摆到梳妆台上，P君又说；"小蕊，这是给你的！"

女儿一看，是一套包装漂亮的时装，高兴地打开，立即跑到立镜前比照了一下说："太漂亮了，谢谢妈妈！"

P君又拿出一件上装对儿子说："小尚，这是给你的。"小尚也高兴地向妈妈致谢，并说："妈妈，吃饭了。"

于是一家三口开始吃饭。

儿子首先将预先买来的红葡萄酒打开，将三只小酒杯倒满说："来，妈妈，为你参加科技大会得了大奖胜利归来——干杯！"

一家三口举杯畅饮。

P君现在已不是滴酒不沾了，她可以将一小杯酒分次饮完。

儿子、女儿频频为妈妈搛菜、敬酒，一家三口的家宴进行得十分热烈、温馨。

家宴进行中，P君说：“这次真是开了大眼界，见了大世面，还结识了许多新朋友……只可惜没有见到你柳伯伯，他没去参会。”

听妈妈如此说，女儿有些恍然大悟地说：“哎，对了，还有一封信，一个小包裹，可能是柳伯寄来的。”说着将信和包裹拿给妈妈看。

P君拆开信看，正是W君来的。

于是匆忙吃了饭便打开信看，信中说：

P君，你好！全家好！你何时去参加园林科技大会？我因身体原因，也没什么像样的项目成果，所以也不能参加大会了。因而所期望的幸福聚会也就不可能了，实感遗憾和对不起。

不过，你能去参会，也是幸甚，我预祝你顺利！成功！

P君，我最近将几十年写的随笔记略加整理寄给你，请花费些时间看看，如有异议，可信告，我再修改。

P君，你我今生所发生的一切，机缘也好，有缘无分也好，或者疑惑、误会也罢，看了《随笔记》或许可以得到解答和理解。

最后，我将我们的全家福寄给你一张留念，

孩子的妈妈叫秋桃，儿子叫柳小君，女儿叫柳春桃。儿子正读高三，女儿读初三。也请寄一张你的全家福来，好吗？

仅祝全家美满幸福！

——W 4月5日

P君一家三口看了W君一家的全家福都为他们高兴，也为他未能参加科技大会深为遗憾，为他身体不佳而挂念。

当看到W君要她们的全家福时顿时难过起来，心想：我哪来的全家福噢！我早已是一个破碎的家了！她原本高兴的情绪即刻变得阴云弥容。

儿子见之忙说："妈妈，你一路上辛苦，也累了，去房间躺一会吧！"

于是家宴结束，P君去内间休息，儿子收拾餐具，女儿又一溜烟地跑到立柜镜前去试穿新衣服去了。

P君静躺了一会儿，并没睡着，她打开W君寄来的包裹，粗略翻了一下W君写的随笔记，因页数多而冗长未细看，又躺了不一会儿，便慢慢入睡。

三天后，P君开始看《随笔记》。她接连看了整整三个晚上终于看完。

看完随笔记，P君百感交集。

又过了半个月，P君给W君写了一封激情满怀的长信，信中说道：

W君：来信及全家福、随笔记均收到。首先祝愿你们全家美满、幸福！安康！

W君，这次我有幸参加国家“园林科技大会”开了眼界，长了见识，真是天外有天！只可惜你未能参加大会，甚为遗憾。

P君写到这里把笔锋一转，对W君的随笔记写了一段激情满怀的读后感言，她写道：

W君，如果说，在过去多少年间，你我曾有过念中恨、恨中怨的话，我看了随笔记，一切都烟消云散了，剩下的是感动和感激。我泪流满面、哽咽而读，真真切切体会和感受到你的情，你的爱，在漫长的岁月间，就像清澈透明的流水潺潺有声，无息、无止地流向一片固土，去湿润，去浇灌，执着地奉献着……

P君继续写道：

虽然你我今生无缘结为连理，但那足赤无瑕的“纯金”将化作湛蓝、清甜的“三情”融融之溪，源远流淌于两家每一个人的心田！

啊！这是一潭圣水！是天池淌下的玉液琼浆！是无价的瑰宝！将永远储藏于心灵之库，溶于血脉之中。谁也偷不去，夺不走。就像一片纯洁的白云，飘荡在生命的天空，伴行万里，高山瀚海挡不住……

人说，人生三件宝——爱情、亲情、友情。人说，人生情最贵。这些我们都拥有，或将拥有。我们是世界上最富有的人。

让这旷世之情帛跨越多彩的天际，将我们温暖，将我们相牵。

真情如帆，洁白高远，鼓荡航舟，驶向生命的终点。

W君看到这里，对P君激情满怀的感言深为感动而欣慰。

P君的信中继续写道：

W君，看了《随笔记》方知你在为大西北人奋斗中致残已多年，但一直撑着拐杖继续为大西北人奉献着、生活着。得知后既钦佩你的坚强，又难过。可我的脑子里你仍然是那个健康、活泼、多爱好，还有点傻气、顽皮的小 W 呢！你竟隐瞒了我那么多年！本要向你责怪一番，可转念一想，我也有一件事一直隐瞒你多年。那就是孩子的爸爸，还在儿子六周岁、女儿一周岁时就在一场火灾中离世了。从那时起，我就和两个孩子相依为命至今。所以，你几次向我要全家福我都未给，因我的“全家”早已不全了。

这样说来，你也不要向我发牢骚了。咱们互相扯平了，是不？

W 君，真情是不应有隐瞒的，但隐瞒有时也是出于真情。无非是彼此不将自己最悲惨的一幕告诉对方，为的是不影响对方的好心情。你说对吗？

好在现在孩子们都长大了，孩子们在校读书，我累死累活的年代早已过去。我们一家三口生活得很好，现在各方面条件比之以前好多了。

为了满足你要的全家福，我将孩子的爹离世前一个月拍的全家福寄给你看看，但要妥为保管，以后再还给我，就这一张。

W 君，人生易老天难老，爱永不老，情永不老，就让我们各在其位，各谋其事，各自珍重，保重，来一个事业、健康、长寿大比赛，你看好吗？

噢，对了，这次参加科技大会还见到了老同学棘君，你还记得他吗？就是那个总是佝偻着身子，走路冲冲地，说话时爱抽酸鼻子的棘姓同学。看来他事业上还不差，这次还得了三等奖。我曾向他询问你的情况，他说他不知道。

好，就啰唆到这里。谨祝事事顺利，全家幸福！

——P　5月2日

W君看完P君的信，感慨不已。

正在这时老伴秋桃在旁边说：“每次来信，都那么入情入神的，又写些什么？”

W君听秋桃如此说，又将信和P君的全家福照递给她看。

秋桃看了信也甚为感叹。她又拿起P君的全家福照看，看着看着，她惊呆了，再看照片背面的姓名，孩子的爸爸竟叫李大尚！

多么熟悉的名字！多么亲切的面容！这不就是自己多年思念和盼等的他！就是已经离世多年的小李子！

秋桃看了一会儿照片，再次看看背面写的名字——李大尚！“没错！照片和名字都是他！要是他活着也五十多岁了。会这么巧？也许是同名同姓？”秋桃一面看着信和照片，一面泪流满面地默语着。

W 君见之说：“怎么，你也入情入神了！”

“……”秋桃无言，仍啜泣不止，竟哽咽出声来。

“你哭啦？是不是太感人了？”W 君说。

“……”秋桃仍无回话，竟哭得更厉害了。

W 君感到疑惑，便问：“怎么哭得这么厉害？别太激动了，要伤身子的。”

秋桃竭力控制着自己的情绪去干家务活。

但自看过 P 君的信及全家福之后，秋桃整日闷闷不乐，脑子里总嘀咕着那照片上的李大尚，想来想去，就是自己当年的男朋友李大尚。

一天晚上，W 君在看书，秋桃去卧室休息，W 君以为她家务劳累，也便没说什么。心想，让她早点休息吧，她太累，太辛苦了。

待 W 君回到卧室，发现秋桃并没睡下，正拿着当年男朋友送的短刀和 P 君的全家福在流泪。

W 君感到有些蹊跷，心想，难道 P 君的全家福与那短刀有什么联系？于是对秋桃说：“怎么，看到 P 君一家人年轻时的照片又想起了他？”并指一下短刀。

听此言，秋桃又哭起来。

“你是怎么啦？”W 君不解地问。

“就是他。”秋桃说着用手指了一下P君全家福里的爸爸。

“他什么？”W君又问。

“这短刀是他送的。”秋桃终于说明了实情。

“你说什么，这短刀是他的？他是你当年的男朋友？！”W君十分惊诧地反问秋桃，又说：“你不会弄错吧？”

“照片上的人和名字完全一致，算年龄也不差上下，不是他是谁？”秋桃肯定地说。

“有这么巧的事？！”W君半信半疑地说。

秋桃仍在看着照片流泪。

W君说：“待我写信再详细问问P君，别难过了，人已去世多年了。”W君安慰一会秋桃，二人无话就寝。

再说那位老同学棘君。

自W君受伤致残后，他当上了勘测队长，比以前更神气了，还时常到上面去走走，真有点小人得志的劲头。得知要开园林技术科技大会，他生着法子想去参会。他认为这是一次出头露面捞名利油水的好机会，但苦于自己写不出好文章，没有文章送审是参加不上科技大会的。于是，他去找W君说：“老同学，你的好文章很多，应当争取明春参加科技大会。”W君叹口气说：“你看，我这副样子怎能去参加会？到都城去要走很长一段山坡路，我现在撑着拐杖，也只能在平地上走走，还很吃力……”

“你说的倒也是，可是这么高级的大会，这么好的机会，咱们缺席实在太可惜！”棘君说。

“那有啥办法呢？再说我写的那些东西要是在一般会议上还可以，要是在国家级高级科技会议上，还得好好整理、精选才行。”

“那……要不，你再整理一下，精选一下，报上去，如选定，我去代表你……”

“可时间也太紧了，一下子整理不好，我还要给学生上课，做实验。”

“你就把重要的整理精选好，我帮你抄……”

“这……好，我试试看吧！”W君答应与棘君二人共同选稿定稿。

经过一个多月，总算把论文写出初稿。W君再与棘君讨论、修改，然后由棘君去操办制作表格、影印等事宜。W君总算喘了一口气。

又过了将近一个月，棘君去W君处说：“W君，咱们送审的论文稿子退回来了，要求再作修改。我已经根据要求作了修改，又送出了，结果怎样就等候通知了。如不通知，那就参加不成了。如有通知来，那就选中，可以参会。”

这里，棘君向W君撒了个大谎。其实，送审的论文根本没要求大改动，只要求改几个字，另外再填一张表格就行了。棘君填好表格，文章的署名只写了他自己的名字，连W君一个字也没提。

就这样，棘君堂而皇之地去参加了科技大会，并荣获了三等奖。

当他拿回奖杯时，连W君那里面也没照，只忙着上面做汇报，下面做报告，成了有突出贡献的名人。

光阴荏苒，一晃又是两年多。

这个暑期似乎来得特别慢，W君和秋桃早在盼望着它的到来。因为这是儿子柳小君读大学的第一个暑假回来，他们已整整一年没见到儿子了。

秋桃早在为儿子准备着住的、吃的、用的，甚至是玩的。

儿子回来那天，秋桃和女儿起了个早庆走了大半个小时山坡路去汽车站接迎柳小君。

儿子下车后离出口不远就看到妈妈正在翘首等候，便大声喊道："妈妈，我回来了！妈妈，我在这里！"

母女急忙迎上去，三人热烈、亲切相拥。

"妈妈你好！妹妹你好！爸爸好吗？"

"我们好想你哟！"妈妈说。

"我也想你们呀！"儿子说。

妹妹帮哥哥提着一部分行李，妈妈一边被儿子搀扶着走，一边接连向儿子发出一个一个的问题：“你身体好吗？没生病吧？在学校吃得惯吗？住得适宜吗？你几天换洗一次衣服？冬天衣服够穿的？和同学相处得好吗？……”

对妈妈的接连问话，儿子简直无法一一回答，便并作一句话说：“妈，我一切都好！”

母子（女）三人还没进家门，便看到 W 君扶杖站在门前接迎。

“爸爸，我回来了！”儿子跑到爸爸身边用手搀扶爸爸说：“爸爸，我好想你们噢！爸爸，你好吗？”

“好！好！”爸爸高兴地回答。

放下行李，秋桃就去准备饭菜。不一会便摆满了餐桌，什么红枣米仁汤，什么红烧大鲤鱼，红烧肉，白斩鸡等，反正是儿子喜欢吃的。

先吃过一小碗红枣米仁汤，爸爸将四只小玻璃酒杯斟好葡萄酒，分别放于各人面前，先举起杯说：“来，为小君第一个暑假归来，咱们干杯！”

于是一家人各自举杯，相碰叮当，一饮而尽。

爸爸又给大家斟满酒。

儿子谢过大家，也举杯说：“爸、妈，春桃妹，来，我也敬你们一杯！”说着先干了。爸爸、妈妈、妹妹一起同饮。

爹、妈都忙着为儿子夹菜，并说：“这是你喜欢吃的！”“这也是你喜欢吃的。”妹妹也笑着夹一块大肥红烧肉丢进哥哥的碗里说：“这也是你喜欢吃的！”

小君连连说：“谢谢！谢谢！”

酒过三巡，爸爸问儿子：“怎么，大学里生活还适应吧？看样子身体还不错。”

“适应，习惯！我身体好着呢！”儿子爽朗的回答。接着，儿子又说：“爹，妈，我还参加了校体操队，每天都操练。体操可有意思了，不练倒不舒服呢！”

“你学习成绩好吗？”爸爸终于问出最关心的问题。

“还可以。期终考试除了一门绘画得了75分，其他主课都在95分以上。还有，我们的体操还得了校二等奖呢！”儿子自豪地回答说。接着，儿子放下餐具走到一边从自己的书包里取出一个本子，将夹在里面的成绩报告单递给爸爸看。

W君看着儿子的成绩单上一大片数字十分高兴地说：“好！比爸爸当年成绩好！”说着，将成绩单又递给秋桃看。

秋桃看后自豪地说：“咱们儿子向来成绩好！”刚说完，女儿听后嗲嗲地说：“妈！我的成绩就不好？”

“好！好！女儿成绩一向好！”妈妈对着女儿说，接着又说：“不过小君，读书那么紧张，还要练体操，太辛苦了，可当心身体，不要累坏身子！”

“没事。我有爹妈的好基因，再加上经常锻炼，习惯了，一点不感到累，不练倒觉得累呢！”

“看你说的。”妈妈笑着说。

听了儿子口齿清楚，滔滔不绝的谈吐和敏捷的思维，W君从内心为儿子高兴、自豪。

迎接儿子的家宴结束了，妈妈收拾着餐桌，儿子去洗过手、脸后，到妈妈早准备好的睡床前，见床上铺得十分整洁，弓身在床铺上按两下说：“啊！一年没在这床上睡觉了！”接着，向床上一躺说：“好舒服哟！”

躺了片刻，他又站起身来对房间宏观细看地扫视了一圈说：“噢，增加了一本大挂历，还有，墙壁粉刷过了。”然后又站起来在爸爸的书桌前看了片刻，见玻璃板下压着自己和全家的照片，然后又问爸爸：“爸爸，这一年中，家里可有我的信？”

“噢，信？可能有。你自己拉开抽屉看。”

儿子拉开抽屉看，果然有两封信，一封未拆，是寄给自己的。拆开看，是中学同学寄来的。另一封拆开的，粗看是写给爸爸妈妈的，寄信地址是大西南来的，是爸爸的老同学P君写来的，未详看。刚要放回，见信封内有一张照片，引起了儿子的兴趣，原来照片是一张全家福。看画面，父母都很年轻，一对儿女大约分别在六七岁和一岁多，再看后面的注名，原来是爸爸的老同学一家年轻时的全家福。使柳小君惊异的是全家福内的小女孩竟和自己在校体操队的女同学李小蕊同姓名。于是问爸爸："爸爸，怎么这照片内的小女孩与我一位女同学同姓名？"

"这有什么稀奇？国人同名同姓的多着呢！"爸爸不以为然地说。

听爸爸如此说，小君又看看照片注明的拍照年月，一计算，那小女孩的年龄竟也与自己的女同学不差上下，于是又说："年龄也差不多，照片上的小女孩虽然很小，但是眼睛、眉毛、鼻子也有点像，会不会就是我那女同学？"

爸爸听后又说："哪有那么巧的事。不过，你P阿姨信中曾说她的女儿也是读园林专业。在哪个学校不知道。你返校后不妨问她一下妈妈爸爸叫什么名字，家住何方。"

儿子听后满口答应。

暑假期间，一家人高高兴兴。妈妈自然是为儿子操办了多种他喜欢吃的，一家人度过了一个和睦、愉快、温馨的暑期。

一个多月很快过去了，爹妈恋恋不舍地送儿子返校。妈妈又陪儿子走了几里山坡路送到汽车站，千叮万嘱地送儿子上了汽车。

半个月后，儿子返校后来信了。信中除了报平安外，特意说了与女同学交谈在P阿姨全家福中与小女孩同姓名的事。儿子的信中说：爹，妈，遵嘱与那位女同学交谈过，她说她自幼就叫李小蕊，与照片上一字不差，今年二十岁，比我小两岁。她比我晚一年入校，她说她的妈妈叫桃君，爸爸叫李大尚，已去世多年。她还说她们原本不是大西南人，她的爸爸是大西北人，妈妈是内地人，是三十年前支援大西南开发建设到大西南落户的。”

儿子信中还说：“我和那女同学虽不在一个班级，但在一个体操队，常见面。我们很谈得来。”信中还说“女同学说她还有一个哥哥在大西南工作，都是搞林业的。她的哥哥比她大五岁，她的妈妈还是一位园林专家呢……”

W君看完儿子的信，已完全明白了。儿子那位女同学就是P君的女儿。他感慨地自语道：

“啊！真是世上确有恰巧事，阴差阳错不稀奇哟！”

W 君正自语着，秋桃听到后插嘴问道："什么阴差阳错，什么稀奇不稀奇的？你又在感慨了！"

"是啊，真是奇事虽少也有巧啊！"

于是，将儿子的信交给秋桃看，并说明儿子的同校女同学的确是 P 君的女儿。

秋桃看后更加认为那全家福中的爸爸就是自己的男友大尚了，但仍有些疑惑。信者，儿子信中明明说得明白，那女孩就是大尚的女儿，大尚就是P君的丈夫；疑者，世上真有这等巧事？她真想跑到大西南去问个明白。

24

转眼又过去三年。

且说W君一家四口，今夕已大不相同。虽说W君和秋桃已是年逾花甲和已过天命之年的老人，但身体都很硬朗，就连W君依扶的拐杖也因装了假肢而代之以手杖，走起路来稳健而快速。他仍在园林教学基地发挥着余热。儿子四年期的园林大学已读至最后一年，时下正在爸爸的教学基地接受最后一年的实践教学任务。因距家近，就住在自己家里。那秋桃更是心情舒畅。如今各方面条件好了，旧房换新房，小屋换大屋，家中不论洗衣烧饭，休闲睡觉，都有专门房间或划分区域，十分方便。她彻底告别了那狭小、拥挤、炊烟弥漫的旧小房。更使她高兴的是儿子柳小君在大学期间找好了女朋友，那女孩已确认是P君的女儿李小蕊。未来的儿媳妇竟是丈夫W君的前女友P君和自己前男友的女儿，他们正在同校就读。据儿子说，他们将来要争取留校任教。虽说在大学任教离家远，但孩子们自己的选择，将来小夫妻能守在一起总是幸福的。所以，她既支持儿子的选择，又高兴。想到这里，她干起活来既轻松又起劲。她终日为这幸福之家，为W君，为儿女们忙碌着，心情却十分舒畅。

但是，幸福的四口之家每个人仍各有一桩心事，那就是：

儿子柳小君在这大西北实践教学，只能与在本校的女朋友李小蕊书信往来，彼此已很久没见面。对未来婚姻和事业，心情仍有些忐忑，很希望尽快和女朋友见面，终成美好。

妈妈秋桃，虽然原男友李大尚早已殒命于大西南，但短刀尚在，而且在P君的全家福中又冒出个李大尚。这究竟是怎么回事？真想弄个明白。

那爸爸W君，虽然多年来一直和前女友、老同学P君有书信往来，终未见过面，彼此脑海里仍是年轻时的印象，很想能有机会与P君见一面，以慰平生之愿。只有女儿柳春桃思想比较简单，她只希望常到外地去玩玩，玩的越远越好。

一日，儿子柳小君在家休息，吃中饭时突然兴冲冲地对妈妈说："妈妈，昨天夜里我做了一个梦，可有趣呢！"

“什么梦？”妈妈问。

“我梦见我又回到了大学校园里，我和李小蕊一起参加体操队表演比赛得了大奖。校领导们给我们颁发了奖杯，小学生们给我们每人献上一束鲜花。当一位很漂亮的小姑娘将鲜花献给李小蕊，接着另一小男孩又将一束鲜花献给我。我刚伸手去接花，李小蕊却一把将要献给我的鲜花抢过去，拿着就跑。我急忙后面去追，可她拿着两束花一面‘咯咯’地笑，一面跑，我一直追她到一个大花园内。她一会儿在花丛中，一会儿躲在花盆后，一会儿只听到她清脆的笑声却不见其人。我一急之下，不小心摔了一跤，一下子就醒了。妈妈，你说，有趣不？不知这梦意味着什么。妈妈，你能帮我解一下吗？”

“这不简单？你想小蕊了呗！”妈妈又微笑着说：“似这样的梦，妈妈年轻时做的可多呢！”

听了妈妈的解说，柳小君未再说什么，他的确是很想念小蕊的。

妈妈秋桃又接着说：“我前天夜里也做了一个梦。梦见你一定要我陪你去大西南李小蕊家去玩，我说太远去不了，你还哭鼻子呢……”

这里秋桃只说了她梦的前一段，后面梦见了李大尚，二人只是远远地望着，连一句话也没说，大尚就消失了。这后半段，她对儿子隐瞒了没说。

爸爸W君本一个人在津津有味地喝葡萄酒，听母子二人在说梦，也插话说："前几天我也做了一个梦，梦见我们一家人去大西南你P阿姨家，在那里为儿子和新娘子举行了一个隆重的婚礼。儿子穿上燕尾服，胸佩玫瑰花，真是一个白马王子！"说到这里，儿子插话说："新娘子是谁？好看吗？"

"新娘子当然是李小蕊了。她穿上雪白的婚纱，漂亮极了！确是一位公主新娘子。可惜她的脸面还是一个孩子的脸，和那照片上的小姑娘一模一样，哈……哈……"爸爸说着大笑起来。秋桃插嘴说："你这老头子，只见过小姑娘小时候的照片，当然是个娃娃脸了。"儿子听后直笑弯了腰，又说："爸，妈，她现在还有点像小时候的样子呢，只是身子长大、长高了。我完成毕业后一定把她带回来给爸妈看看。"爸妈听了儿子的话都重重地点点头。

W君早已想象着那李小蕊的长相，肯定和她妈妈年轻时一样漂亮、可爱。

但是，W君也只将自己做的梦说了一半，后面一半和P君相见恨晚，情深意浓，留恋不舍的一段也对儿子隐瞒未说。

三人说完了梦，儿子柳小君对爸爸认真地说："爸爸，我们何不择一良期去大西南旅游一次，也顺便去P阿姨家去走走？”

“噢，这个建议好！但是现在不行，你还正在最后实践期间，待你完成最后一年学业，毕业论文写好，拿到了大学毕业证书，工作岗位也落实好了，那时才是最好的‘良期’。以上几项未完成，甚至你和春桃成绩不好，毕不了业，别说去大西南旅游，就是你和小蕊的婚姻恐怕也要泡汤了呢……”

听爸爸如此说，儿子挺直腰杆说：“爸妈，你们放心，我一定把最后的一年学好，用好成绩来迎接好的未来！”

“那好！一言为定！”爸爸说，妈妈也点点头。

至此，父母子三人只希望各自的美梦早日成真。

过了三天，女儿柳春桃与同学外出游玩回来，哥哥对她说了毕业后爸妈带着去大西南旅游，问她高兴不高兴，妹妹立即说：“我早就梦想去大西南玩玩了，听说那里的山可高呢！我最喜欢爬高山了。我们这次出去爬的山一点也不高，离蓝天还远着呢！”哥哥听了妹妹既孩子气又傻气的话后说：“可爸爸说，一定要先把书读好，否则啥也谈不上。”他怕妹妹拖了后腿，故意说这番话。

“这没问题。”妹妹爽气地说。

一日，W君又收到P君的信，她告诉W君说，自己的女儿是在林业大学读书，并说她已知道女儿和柳小君相爱。信中说：

听女儿说她相爱的正是你的儿子，我几天都没睡好觉。没想到天底下会有这么巧的事！自然就联想到你我年轻时和后来发生的一切……一度曾想，他们可别再蹈我们老一代的覆辙，那可真不是我们希望的。我们所希望的是他们不仅事业有成，又能超过我们，而且是美满幸福的一生。你说是吗？但转而又想，不会和我们一样的。现在的情况已和四十年前大不相同了，各方面条件都好了，他们现在不是蹈老一代的覆辙，而是走的一条崭新的康庄大道。各方面都预示着他们一定是幸福的！

想到这里又高兴得不得了，真是：上代有缘无分终成憾，后代缘分双全并蒂连。

既然孩子们相爱，他们又是同校同学，就成全他们，我们长辈就把这门亲缘之事订下来吧，你们看呢？

W君看后自然高兴，把信给秋桃看，她更是高兴。

选一日，W君和秋桃及儿女一家四口在一起，秋桃拿出大尚送的、珍藏多年的短刀，对子女们讲述了短刀的故事，又对儿子说："现在我就把这短刀传给你，等你毕业安排好了工作，我们一起去大西南正式向你P阿姨家求婚，把你和小蕊的亲事定下来吧。"

儿子听后高兴得连连点头。

光阴似箭，次年暑期将到。儿子柳小君完成了最后实践学业，并完成了毕业论文撰写，即将由爸妈身边返校继续完成毕业的相关事宜及落实工作岗位。

儿子临走前对爸爸说："爸爸，我返校完成毕业后，落实了工作岗位，咱们就可去大西南旅游了吧？"

"好的，待你拿到毕业证书，工作有了眉目吧！我们等候你的好消息。"爸爸说。

几日后，儿子返校。

暑期很快到了，W君和秋桃正期盼着儿子的好消息。女儿春桃更是兴奋，因为即将去大西南旅游去了。她不时地催着妈妈去买路上吃的、用的。妈妈秋桃确实已在做各项准备，还准备去托人购买去大西南的飞机票。

儿子的好消息终于来了。儿子柳小君以优良的成绩完成了毕业，而且校方初步同意他留校任教，不日就回来。

正当全家人高兴、兴奋中准备去大西南旅游，忽一日，W君的同事来找W君说：“你的老同学棘君病了，你知道吗？”

“不知道。我已很久没见到他了。患的何病？现在情况怎么样？”

“据说病得很重，说是肝癌晚期，已住院一个多月了。”

“住在哪家医院？”W君问。

“就住在你受伤时住的那家医院。”

听说老同学患重病，W君对秋桃说：“去大西南的机票暂缓买，待我去看棘君回来再买。”

女儿听说爸爸要亲自去看望棘君，噘起小嘴巴说：“爸爸，你的腿脚又不方便，去汽车站还要走一段路，还是别去吧！再说，你生病时他也从未来看过你。”

“那不成！他是他，我是我，我们毕竟是老同学、多年的同事了……”

W君执意要去看棘君，秋桃知道女儿挡不住，便说：“那我陪你一起去吧！”

“不必。我和同事一起去就行了。”

当日下午，秋桃特意去街上买了水果和补品。次日上午，秋桃将W君送至汽车站，然后W君与同事一起乘汽车去医院。

棘君躺在病床上，本就瘦削的脸更黄更瘦了，就像头颅骨上贴了一层黄纸，微闭的双眼深陷在眼窝内。听老伴说：“有人来看你了！”他慢慢睁开双眼，见到同事和W君，双嘴角略微上提，双颊部皱起两条深沟纹，用微弱的声音说：“谢……谢你们来看我……”

W君握住棘君干枯的手臂说：“对不起，没早来看你，我是昨天才知道的。”

“……”棘君没回话。他吃力地伸出干枯的手与二人握过手，然后双眼望着W君的脸，凝视了片刻，但没说话，只从双眼内流出了两滴泪水。

W君说：“你好好养病，慢慢会好起来的。吃的营养要好一些……”

说到这里，棘君的老伴感激地说：“看，他们带了这么多好吃的，还有补品……”棘君听了微微点点下颌，表示谢意。

W君与同事对棘君问候、安慰、陪护约四十分钟后，W君说：“你好好养病，我们回去了，过几天再来看你。”棘君微微招一下手闭起了双眼。

返回的途中，W君坐在汽车上。在他的脑海里晃动着棘君那重病可怕的面容……接着，又出现了年轻时在校时那个走起路来总是弓着身子向前冲冲地，虽学习成绩不怎么样，却还有几分傲气，又是段长三丁头的“触角”和充当“打手”的先锋，还有，每说完几句话，总爱抽酸鼻子的棘君……

回家的第三天，一位同事又来找W君说：“上头找你去一下。”

W君与来人走至顶头上司那里，刚坐定，上司说：“W君，你好！今天请你来想交代你一项任务。所以，暑假期间你又得辛苦一点了。本不应麻烦你，但这件事非你莫属。”

“什么事？”W君问。

“噢，是这样的，棘君不是生病住院了嘛，可他带的几位学生就要毕业了，他们的毕业论文却因棘君患重病无人审阅和写评语，所以……”

“好的，你尽管吩咐好了。”

于是W君接管了棘君未完成的工作。

回家后，W君向秋桃及女儿说：“去大西南旅游去不成了。”

“怎么回事？”秋桃问。

W君说明情况后，女儿春桃立刻说：“爸爸说话不算数！”

“对不起了，我的乖女儿！”W君向女儿抱歉地说。

就这样，计划了一年多的美梦泡汤了。

W君每天忙着看学生的论文，十天后，儿子由大学回来了。他正兴奋地准备去大西南旅游呢！听了爸爸的解释之后也无可奈何，反得帮着爸爸整理资料。

自上次去看棘君后，已有半个多月。一日，W君正在忙着，上次一起去看棘君的同事又来对W君说：“前几天，我又去看过棘君，他一睁眼就连声说：W君！W君，你快来啊！我知道你忙，腿脚又不方便，可他，我看他拖不了几天了，这不，今天院方又来病危通知。”

“那我们快再去看看他！”W君说。

于是对秋桃说：“咱们一起去看看棘君吧！噢，对了，你把前些日子买的山参带上。”

“那不是准备带给P君的？那上好山参可不好买呀！”秋桃不无犹豫地说。

“以后再说吧！快去带上！”

三人立即赶路乘车去医院。

见到棘君，他正处在半昏迷中。W君轻声叫了几声：“棘君，棘君，你怎么样？”棘君微睁开眼，似乎认出了W君，但继之又闭起双眼。W君忙对秋桃说：“你快去把山参熬煎一些。”秋桃会意，忙与棘君的老伴去煎山参汤。约二十分钟后，秋桃端着山参汤来，W君又将棘君从昏迷中喊醒。秋桃先试着向棘君的嘴里喂了一点，见他的吞咽动作还好，便一匙一匙地将山参汤喂给棘君喝……

二十多分钟后，棘君睁开了双眼，神志也清醒多了，说话也清楚了不少。他断断续续地对W君说："老同学，我要去了……但是……我做了一个梦，我走至那奈何桥，判官却挡住了去路。他们要我洗过澡才好上桥……是的……是的，……我是应该洗个澡……"说到这里，棘君喘了一会儿气，又断断续续说："老同学，今生我俩在一起时间最长，可是……我最对不起的是你……是老同学P君……"

"咳！那都是过去的事了，别提它了。你只管养好病好了。"W君说。

"不！不！我要说，再不说就来不及了……W君，在大学时我对你实在太过分，我明明知道你是清白的，可还是……我有私心啊！实在对不起！对不起……"

"好了，这些陈芝麻烂谷子的，不提它了！"W君轻拍拍棘君的手背说。

"不！我要说。还有，毕业时报名支援大西北时，曾有你的两封信，我见到后知道是P君写给你的，是我故意把信丢到垃圾堆里去的。当知道你去会P君没见到，你非常失落，我却有些幸灾乐祸……对不起！对不起！……"棘君说到这里，W君忙插话说："别说了，别说了……"

"不！不！我要说。"这时，棘君对自己老伴说：

“老伴，你将奖杯拿来！”老伴从床头柜内拿出一只奖杯W君还是第一次见到奖杯。棘君又断续地说：“这奖杯是科技大会颁发的，本应是你的，当时送审的课题论文全是你写的，我只填上了我自己的名字……对不起！对不起！对不起！我现在再还给你……”

W君忙插话说：“不！这奖杯是你的。我不能要。”

“不！不！这奖杯不是我的……是我偷来的……它……它原本是你的……是我鬼迷心窍……对不起！你一定要拿回去。我反正也没用了……你一定要拿回去。不然我闭不上眼啊……快！快！拿去……”

“好，好！我拿着。你别急，好好养病。”W君安慰着棘君，暂将奖杯拿在手中。

棘君继续说：“W君，看在老同学、老同事的情分上……原谅我……原谅我吧！……原谅我吧……”

“好！好！我原谅你！原谅你！”W君重重地说。

棘君欲伸手，W君忙握住他的手说：“棘君，你有啥话就说吧！”只听棘君用极微弱的声音说：“老同学，我走了……我……走……了……”

与同事及棘君的亲属送走了棘君，W君和秋桃返回。

三天后，棘君的灵柩被运往一片松山半腰地，那里安葬了几十名为大西北开发建设献身者的遗骨。

当W君和秋桃匆忙赶到墓地，棘君的棺木即将下葬。W君忙大声喊道："请等一下！"说着与秋桃捧着一束鲜花和棘君那只来之不易的奖杯虔敬地走上前，W君把奖杯摆放在棺椁的前头，待一切安葬完毕，W君又与秋桃将鲜花献于坟前，肃立三鞠躬，然后离开墓地。

日子过得真快，一个忙碌又不平常的暑假，就这样过去了。

暑假后，柳小君返校，正式成为一名年轻的园林大学助理教师。不用说，他与正在完成最后一年学业的李小蕊热恋中常见常聚。

W君又投入培养新生的教学工作。

光阴似箭，一晃又是一年。

李小蕊顺利完成了毕业，经申请，校方也同意她留校任教。至此，柳小君和李小蕊这一对恋人实现了他们的志向。

暑假开始了，柳小君和李小蕊商定，先各自回老家，然后柳小君一家去大西南旅游，并到小蕊家去相聚。

于是，二人办理好了有关事宜暂别各自回家，让小蕊在家待候佳音。

柳小君回家后，对父母说："今年暑假总可以去大西南了吧！"妈妈秋桃说："我们早已在做准备了。"

一家人正处在热烈兴奋中。最热闹的莫过于女儿春桃了，她除了准备好衣物用品之外，还特意带了几本喜欢看的书。脚下要穿顶合适的旅游鞋，她准备把大西南的大山爬个遍呢！

去大西南的飞机票拿到手，秋桃叫柳小君急去邮局拍一电报告之李小蕊所到日期时间。

两家人很快要见面了。

25

两代人美梦终成真，

秋风送爽欣喜上征程。

中秋节前，W君托人购好四张去大西南的飞机票，起飞日期是中秋节前两天，即农历八月十三。

秋桃早已做好了一切准备，每个人的换洗衣服、生活用品、食品、土特产、礼品，还有照相机、P君家的全家福等，还特意嘱咐儿子要带上她传给儿子的短刀。

农历八月十二，秋桃将家里一切都收拾好，托于邻居照顾。

次日，即八月十三，秋风送爽，一家人起个早床乘上从W君单位借来的小汽车直去飞机场。

上午九时三十分，飞机正点起飞。一家四口登上飞机，直往大西南飞去。

一家人这还是第一次乘飞机呢！

和所有第一次乘飞机的人一样，开始在飞机上有些紧张，连厕所也不敢去，只用双眼瞅瞅小窗外面不时变换的冉冉云海，脑子设想着天际的奥妙。情绪不断随着变幻莫测的天海而惊愕着，感叹着，赞美着。再后来，胆子就大起来，还想到对面或前后端去看看，只是受到空姐的阻止才无奈地坐着。

柳小君拿着照相机从不同角度给妹妹和父母拍下了不少纪念镜头。

经过三个多小时，飞机到达大西南机场。

下飞机后，小君又为父母和妹妹拍下了站在飞机旁的镜头，并请别人帮助拍飞机旁全家照。

出机场后乘汽车四十多分钟，找一旅社住下，然后在附近略作短游。

次日上午，W君一家四口又乘上大巴直往P君所在地——新兴的G城。

历经近五个小时的长途跋涉，大巴车终于到达G城车站。

W君一家四口刚出站，柳小君就看到李小蕊在远处向他招手，他也向对方招手。

在这远距离短暂时刻内，W君、秋桃和P君顷刻间都诧异了。W君远处观看李小蕊，不由得一怔，心想“这不就是P姑娘嘛！她怎么还那么年轻！一点也没变！”秋桃远处观看李小尚更是惊讶：“这不是大尚嘛！”

那P君远处观看柳小君也惊异着：“他——W君，怎么还这么年轻！还是当年的模样！他的腿不是？……”

但是，他（她）们又立刻恍然大悟地明白了。原来他们各自远距离看到的是对方的后代子女。

那李小蕊长得与妈妈P君一般高，优美的身段，粉里透红的卵圆脸蛋儿，一双水汪汪的大眼睛，也留着萝卜头发型，头发根部也扎着一条花彩带。那李小尚，高高的个头，茁壮发达的四肢，黝红脸庞，炯炯闪光的大眼睛，和他父亲——当年的李大尚如同一个模子刻出来的。

那柳小君，中等个头，浓眉大眼，脸上散发着稚气，和他的父亲——当年的W君恰如一人。

如此说来，三位长者各自的惊诧就不足为奇了。

两家人热烈聚集后，李小蕊和柳小君各自向对方介绍了自己的家人。P君笑着对W君说：“要不是孩子介绍，我都不敢认你了，我看到柳小君还以为……”

“是啊，我也是。我还以为李小蕊是你呢！”W君也说。顿时二人会意地大笑起来。

秋桃没出声，她还沉静在对当年的李大尚的沉思中。

短暂的寒暄后，小尚、小蕊帮着W君一家提着行李乘上小尚驾的中巴车直向P君的家驶去。

中巴车上共有七人，他们是：专程到汽车站迎接W君一家的P君及其子女和专程到大西南来旅游的W君夫妇及其子女。

汽车行驶三十多分钟进入一片葱郁园林。宽阔的车道两旁是望不到边的树木、花草，幽林森森，秋风飒飒，鸟语花香，确是一片葳蕤蓬勃的园林胜地。此时此刻谁能想象得出，二十多年前这里竟是一片荒无人烟，兽虫肆虐的不毛之地！

汽车在一幢绿树掩映的平房前停下，主、客下车后进入一处由栅栏围成的院子。虽说不是高墙豪宅，但却是树茂青葱、蔓藤花簇、幽静品高。七成新的三间平房显得格外风雅、别致、亮洁。

进入客厅就座，小尚、小蕊浸茶倒水，摆水果，两家人热烈交谈起来。过了一会儿，P君对女儿说："小蕊，你照顾着客人休息，我和小尚去准备饭去。"

"噢，你快去忙活吧，可别复杂了。"W君对P君说。

小蕊将西瓜切成块一一递给客人并说："这是我妈妈园林基地里种的当地优良西瓜品种，叫透心甜，可好吃呢！"

客人正吃西瓜歇息，秋桃将小蕊递在手里的西瓜又放在盘子里，就近拉着小蕊的手说：“小蕊，来，靠我坐着。”

秋桃还是第一次见到未来的儿媳妇呢！她上下端详着清秀、美丽、聪睿的小蕊，从心眼里喜欢、高兴。于是问：“小蕊，今年多大了？”

“二十一。”小蕊回答。

“小蕊，你也喜欢体操？”

“是的，体操可有趣呢！我和小君在学校常一起练体操。我们还常参加体操表演呢！”

“你还喜欢什么？”

未待小蕊回答，旁边的女儿春桃说：“妈！你是来查户口的？你看，把姐姐的脸都问红了！”

秋桃听女儿嗲怪后笑笑。

秋桃与小蕊聊着，春桃则吃着西瓜四处张望。

这时W君吃完一小块西瓜后也扫视了房间一遍。三间正屋，一间是客厅，两间卧室，木本色的地板尚有七成新，一统铺至三间房。两间卧室一大一小，小的一间摆一张床，床单铺设整洁，枕头旁放了一本半展开的书，显然那是女儿小蕊睡的。一间大卧室内摆了两张床，一大一小。那小的似乎是新摆起来的，两张床都铺设整洁。大床头边摆一张抽屉桌，桌上放了不少书籍、笔本、纸张等，显然那是P君的家庭办公桌。

床的另一边有一张三门大橱。W 君暗自想，这房间比当年梦中的房间要好多了。

观察完了房间，W 君又走出客厅到院子里看。他不禁感叹道："好一个不小的院子！梦里可没有这院子呢！"

看院子足足有二三百平方大小。院子的四周除了中间一块和通道，全摆满了花木盆景，不少盆景上还挂了木牌子，上面写明了名称、产地、生长特性、条件等。院子西北角还有一间不小的暖房，里面也种植摆放了许多名贵花木，有两位工人正在修缮、浇灌、植养。

W 君观赏后心想，真不愧是园林专家！简直是一个花木标本展示馆！看来 P 君虽然早年丧夫，历经千难万苦，与儿女相依为命，但事业上干得非常丰硕，生活上过得也不错。这就好！这就好！

正当 W 君边观赏院子边沉思中，忽听 P 君站在门前喊道："吃饭了！"

主、客就客厅的桌上入座就餐。

儿子李小尚将众人面前的酒杯斟满当地产的甜米酒，P 君先举杯说："来，为欢迎秋桃、W 君一家光临陋门寒舍，为远道来的客人洗尘，大家干一杯！"

于是 W 君一家一面同声说着"谢谢！"一面起身，

众人碰杯叮当，同饮。

听了P君的谦恭敬言，W君接着说："哎！哪里是什么陋门寒舍，分明是葱郁园林、花枝掩映的名门雅府！来，为名门雅府，为答谢主人的盛情接待干杯！"

于是众人又同饮，接着，免不了互让搛菜，气氛热烈至盛。

双方家长说完敬酒词，P君的儿子李小尚站起来说："柳伯，淳于伯母，小君弟、春桃妹，来，让我也敬你们一杯！祝愿伯父、伯母健康，全家万事如意！欢迎你们到我们家来！"说着先饮为敬。

大家又一轮子热烈畅饮，杯碰盘响。

李小尚敬完酒，柳小君向李小蕊示了个眼色说："来，我们两个晚辈也为三位长辈敬一杯！敬三位长辈健康，万事如意！也祝各位同辈健康愉快，万事如意干杯！"二人也先饮为敬。

接着小君小蕊的敬酒，妹妹柳春桃也站起身来尖声娇气地说："来，我这最小的晚辈也为三位长辈敬一杯！还要祝蕊姐、君哥情深意浓，甜蜜深爱，早成大喜，干杯！"

哥哥柳小君听了妹妹上言后，啐一声道："你这小贫嘴！"

席间，两家人热烈畅饮畅谈，气氛热烈、浓融。

酒宴约一个半小时才结束。

饭后，P君对W君和秋桃说：“又乘机又乘车的，折腾了好几天了，很辛苦，下午好好休息一下吧。”

于是众人分头休息。

当日傍晚，虽然是农历八月十四日，一轮圆月从东方的树丛里冉冉升起，把个园林舍区照得皎洁明亮。

两家人经过下午休息，精神已恢复，便借着月光在P君家院子里观赏各种花木盆景。最活跃的是柳春桃了，她在院子里看看这，看看那，一会儿感叹地叫着：“这是啥花呀？怎么这么好看！”一会儿喊着：“这盆景的造型多美啊！”一会儿对着一盆花闻着喊道：“爸，妈，你们快来闻闻，这花多香啊！”弄得爸、妈有些应接不暇。

众人正在赏花兴致中，P君走近W君和秋桃说：“今晚月亮这么好，我带你们去附近舍区走走好吗？”

“好！”“好！”“好！”众人齐相应，只有春桃说：“我这里还没看够呢！我还要看我的小说，正看到兴致的时候呢！”

“那你就别去了。”W君说。

于是，除了春桃，两家人六口一起出了院门。

舍区的宽阔大道，在月光照映下显得尤为明净，两旁的百虫、蟋蟀鸣叫着，汇集成一片悦耳的清乐合奏。

路上成双成对的青年男女正在漫步说笑，P 君与 W 君夫妇带领孩子们在路上漫游闲逛，边聊边走。秋桃指着路旁的远近房舍灯光处发出一个一个的问题，P 君则一一做着回答，并讲述着今昔对比的故事。

在路上游荡了二十多分钟，P 君带着大家进入一条岔道，然后走至一个大荷花池边。

荷花池四周有各种树木、花草、盆景和休闲靠背椅凳。看得出，是舍区居民常来休闲游玩的地方。

柳小君等年轻人见到月光下这么好玩的地方，都快步跑向四处去转悠玩去了。P 君、秋桃和 W 君三人则坐在池边的水磨石靠背凳上闲聊。

秋桃忽然指着池水面上说：

“哎呀，那水面上是啥花？多好看！”

“那是荷花，现在是秋天，夏天才更好看呢！”P 君解释道。

“大西北佬是难得见到荷花的，所以见了不认识。”W 君说。接着他见景生情地对 P 君悄言说：“你还记得在大学最后一年，我们在 C 城南郊公园莲花池边玩的情景吗？”

“当然记得。”P 君回答。

于是二人悄声细语地交谈起来，谈得既开心又唏嘘不已。

秋桃见二人正悄言交谈得入情入神，心想：他们以前毕竟是一对热恋过的情侣，只是命运将他们分开，就如同自己和大尚一样。如今有这难得的良宵，就让他们融情倾心地谈谈吧。正好这时小尚逛过来，她早巴不得和小尚好好交谈交谈。于是乘机对小尚说："他们两个人跑到哪里去玩了？"小尚回答："早已跑到荷花池对面假山附近去亲热去了。"

"走，我们一起去找找他俩。"秋桃说着站起身来对W君和P君说："你们聊着，我和小尚去找找他们两个。"

秋桃原本就无心去找柳小君和李小蕊，她还希望他俩多在一起亲热一会儿，所以与小尚漫步走了没一会儿，见旁边有一条被月光和树丛掩映的石凳子，便说："咱坐在这里等他们吧！"小尚顺从之。

于是，在中秋节前夜的皎洁月光下，两家人在荷花池附近自然地分成了三对。一对是正在热恋中的年轻人柳小君和李小蕊。他们正交谈着，计划着未来的一切，那股亲热劲就别说了。另一对是都已年逾花甲的W君和P君，他们也曾经是热恋中的情侣。第三对是一老一小，就是已逾天命之年的秋桃和她的前已故男友和P君的儿子李小尚。

秋桃和小尚坐在石凳上，先是闲聊了几句，诸如树影啊，月光啊，景色啊之类的话，继之，秋桃问小尚：“你今年不到三十岁吧。”

“二十六岁。”小尚回答。

“成家了吗？”

“快要做爸爸了。”

“哦！我怎么没见到你媳妇？”

“因她有身孕，再一个月就生了，一来活动不方便，二来妈妈怕人多太热闹，惊动了肚里的孩子，所以你们来时就让她在我们的小家里休息，没到妈妈这边来，还请伯父、伯母原谅。”

“啊，是这样的，没关系。那就恭喜你们了。”

“谢谢伯母。”

“你的媳妇是哪里人？”

“就是这当地人。她在这园林舍区医务室工作，她是一名护士。”

如果说，秋桃来大西南以前对P君的全家福中的那个与自己当年的男友同名、同姓的年轻爸爸尚有些疑惑的话，自见到李小尚后，她已完全相信他的爸爸就是李大尚了。所以，自进了P君的家门，她一直耿耿在心的心事更加强烈了，只是两家人一直处在热烈、友好、开心、兴奋之中，她不便于多问。如今有这样一个好机会，单独和这位长相与当年的大尚完全相像的年轻人交谈，没说上几句话就自然谈到了李大尚。

于是秋桃向小尚提出了一个一个的问题，有的小尚知道，有的因当时年幼小回答不出，有的是听妈妈说的。

经过一阵交谈之后，秋桃更加肯定这位小尚死去的爸爸就是她当年的男友大尚。

二人并肩坐着，那小尚一直如同在母亲面前一般恭敬。那秋桃，却不然。开始是以长者的姿态，说着说着，她借着月光看着小尚那虽然是陌生，却又是十分熟悉的脸庞乃至一举一动都酷似大尚，谈着谈着，感情上也越谈越接近。一时间，她竟将小尚当成了大尚……

是啊，当年她和大尚热恋期间，大尚的年龄和这位小尚也不差上下，二人长相又如此相像。她曾记得，在和大尚分别前的一个晚上，月光也是这么皎洁，秋风也是这么清瑟，他们恋恋不舍地沉浸在爱河之中，沉浸在对未来幸福生活的憧憬中。她偎依在大尚的怀里，大尚用他那粗壮有力的手臂搂拥着她。一直到月光远去而暗淡，他们仍亲昵之极，情感浓郁，舍不得分手……想到这里，秋桃在月光下看着小尚那熟悉而可爱的脸竟真的将小尚当成了大尚，觉得自己仍旧是当年的小淳于莲。一时间，情如潮涌，她不由得将身子向小尚的怀里一靠，嘴里喃喃地说：“大尚啊，我可找到你了！大尚啊，大尚啊，我找得你好苦啊！……”

小尚被秋桃这突如其来的举动不知如何是好，以为秋桃是说错了话，便说：“秋桃伯母，你……”可秋桃仍沉浸在昏昏情河浪潮之中，用双臂紧紧地搂住小尚的脖颈，继续悲切地诉说着：“大尚啊，我想得你好苦啊！好苦啊！……”她似乎未听见小尚的话，一直泪流满面悲切地诉说，一边用右手握拳在小尚的胸部捶打着：“大尚，我的大尚啊，让我等得好苦啊！找得好苦啊！我们的命好苦啊！……”

“秋桃伯母！秋桃伯母！我不是大尚，我是小尚！秋桃伯母，我是小尚啊！”小尚扶着秋桃大声地叫着“秋桃伯母”，大声地说自己是小尚。

秋桃终于从昏昏的浓情中醒转过来，当她弄明白自己真的将小尚当成了大尚时，知道自己是失态了，赶忙从小尚的怀中脱离开来，并连声说着“对不起！对不起！”她又明白了，大尚早已死了！他早已不在人世了！一时间，她羞愧、悲伤、思念大尚的情感化作号啕恸哭……

小尚是前不久才听妈妈说这位大西北伯母淳于秋桃年轻时曾和已故父亲热恋过，详情不知。但从她悲切的失态中可以想象，她当年是十分爱恋父亲的，只是由于不知的原因而分开未能结合。因此，他完全理解这位伯母看到长相与父亲大尚相像的自己而更加思念父亲大尚所表现的一切。

秋桃终于回到了现实，情绪转为正常，仍羞、悲未消地僵硬地坐着一言不发。

还是小尚主动打破尴尬的局面，开口说："秋桃伯母，听说你年轻时认识我爸爸？"

"……"秋桃沉默了一下，叹一口气说："唉！那是二三十年前的事了，不提他了！"说完她又无力地长嘘了一口气。此刻，她在这位陌生的原本就不是自己儿子的后生面前又能说些什么呢！

上面说了秋桃和小尚月下聊天的情况，再回来说W君和P君月下聊天的情况。

W君和P君理解秋桃是故意寻机离开给他们俩一个单独谈话的机会，从内心里对秋桃感激。

是啊，自见面后，二人还没有机会单独说说心里话，如今秋桃给予这个宝贵的机会，应当好好利用。

可是，分别三十多年了，有多少心里话要说呀！从哪里谈起呢？时间有限，只能拣主要、重要的说了。

于是，W君将身子靠P君移近一些说："P，咱们分别已三十多年了吧？"

"整整三十五年！"P君说。

“是啊，整整三十五年了！人生能有几个三十五年哟！”

“……”P 君默坐无言。

W 君又说：“P，你可知，三十多年，我无时不在想念你呀！”

“我又何尝不是？”P 君插话说。

“是啊，三十五年，思念之苦，寻找之艰辛，期盼之切痛，难于言表呀！真没想到，当年的美好憧憬、向往，都付之东流，三十五年哟！如今我们人都老了！”

听了 W 君的感言，P 君插话说：“这又怪谁呢？”

“怪谁？谁也不怪，只怪命运，命运啊！”

一时间，二人的情感悲悲切切，虽然彼此尚未托盘诉说，但三十五年的思念之苦，期盼之切，寻觅、失望、孤独，乃至种种苦情和灾难，一股脑儿涌上两人的心头，化作两股热泪，满颊横流。

月光下，空气有些凝重。

不过，毕竟二人是经过几十年的锻炼和磨炼，历经千辛万苦和多种灾难的考验。虽然在感情上蒙受了多种波折和创伤，但在事业上都取得了相当的成功。所以，一阵悲切之后，很快调整好了情绪。

W 君抬头望了一下头顶上的明月，又扫视了眼前的莲花池水面说：“喏，你看，这么好的夜晚，咱们喜相逢，本应高兴、开心才是，应当说点高兴的。”

P君这时也转悲为喜，强作笑脸地说：“是啊！”继之将自己擦泪的手绢递给W君。

W君接过手绢略擦一下两颊部又递给P君，并顺势将右手臂搭在P君的肩背部，同时用三个手指安抚性地轻拍了几下P君的肩背，P君也顺势将身子更亲近W君一些。

W君清了一下嗓门说：“P，你还记得咱们入大学开学前的那次见面介绍会吗？”

“当然记得。”P君清脆地回答。

W君继续说：“其实，那次介绍会，开始我最不集中精力，只管看我手里的小说。”

“你不是也作过自我介绍？你的言行很滑稽。”

“可我介绍完了，又看我的小说，那些人介绍的我根本没听，可是……”

“可是什么？”P君问。

“可是，当听到你的自我介绍，我抬头一看你，简直惊呆了，手上的书几乎掉到地上。”

“看你说的，我有什么值得惊异的？”

W君继续说：“首先，我觉得你有些面熟，有点像我一直寻找的那蓄着萝卜头发型，扎着桃花彩带的那个小聋哑儿——那个曾是蓬头垢面的小姑娘，再就是你的美貌，你的言谈、举止……总之，你身上的亮点太多，太夺目了。”

“看你说的，我哪有那么多好。”P君笑着说。

“真的，不光我，在场的所有男生都将目光投向你……”

“嘿嘿！你别瞎说了。”

“真的，我说瞎话是小狗。”

W君继续说：“更使我开心的，在介绍会后，你我竟编为一个二人互帮组。我当时内心里真是像三伏热天喝了一杯冷饮那么爽快呀！”

“看，又乱说了！”P君说。

“不是乱说，是真的。你想，我找了好多年的那个扎桃花彩带的小姑娘一直没找到。当读过一年书要去西北前线前夕，我已彻底失望了，我预感到再也见不到她了。可是，一年后从前线回来重新就读，我却意外地见到了有点像那小姑娘的你，而且出落得那么漂亮夺人眼目，你说我怎么不惊异、高兴?！你说这不是缘分？在后来的同窗好友的生活中，我曾几次想将那扎桃花彩带的小姑娘和我心目中已深爱上的你联系为一个人。但是，几次试图问你，都被你扯开回避了。”

“嘿嘿！嘿嘿！”P君捂着嘴笑了。

“但是……”

"但是什么？"P君笑问。

"但是，逐渐地，我发现你与那小姑娘除了形貌上有相似之处，在其他方面却与那小姑娘有天壤之别。"

"什么天壤之别？"P君插话问。

"那小姑娘，开始连话都不会说，我还以为是个聋哑儿呢！后来即使会说话了，可除了会给桃苗浇水，别的什么也不知道。可是和我成为一个互帮组的你却是一个聪慧、老练的大姑娘，而且成了我的小班长！当初的桃桃小丫头成了柳儿哥的小班长，读书成绩每每在我之上，你说这不是天壤之别？"

"所以，我后来已经将你与那个小姑娘完全分看作是两个人。一方面是深爱着你，一方面继续再寻找那小姑娘。可是多年的寻找，已经近乎失望了，我万万没想到……"

"没想到什么？"P君又问。

"没想到，你与那小姑娘还是一个人！"

"嘿嘿嘿！"P君又捂着脸大笑起来。

说了一段二人的投缘相遇，W君又说："还有，那年的游园晚会上，本我们与大家在一起玩，后来也许是上天的月亮，也许是那多彩的景灯，加之拥挤的游人竟将你我单独引照、挤拥在一起，我们又玩得那么开心，我永远也忘不了那个晚上。"

W 君的话匣子继续打开着，他又说：“你还记得第二学年咱们学生命细胞进化课程吗？”

“记得，那门课很有趣。”P 君说。

“我至今还记得，有一个晚上，你我在小实验室自修，大家都在日光灯下对着显微镜绘制图谱，一直到很晚，其他同学都离开了实验室，你我仍静静地在日光灯下看显微镜、绘图谱。当我向你提出一个一个的问题时，你就在我的手心上用水笔点点画画地解答，那笔尖通过我的手心将信息传到我的脑子里，传到我的心上乃至全身的神经和每一个细胞，那种感觉多么愉悦！至今仍存留着。”

说到这里，W 君拉过 P 君的手，二人对掌合拍了一下，说：“你试试，那种感觉至今仍鲜存未减。”说着，二人热烈地握住手。

W 君越说越开心，将身子靠得 P 君近近的，继续说：“你还记得那年暑假返校途中，咱们在火车上讨论关于感情、爱情、婚姻的问题吗？”

“好像有那么回事。”P 君说。

“你对婚姻、爱情的见解太精辟了，我佩服得五体……”

未待 W 君把话说完，P 君“哈哈”笑了一声说：“你别说了，我那全是年轻人胡乱说话而已。”

W君继续说："使我更永生难忘的是那次在火车上后来发生的火车因塌方受阻的那场劫难。"

此时P君拉过话茬说："哎呀！那次可把你饿昏了呢！"

"是啊，那次要不是你将留下的一点碎糕饼渣渣用水灌到我的嘴里，我就没命了。所以说，我的命是你救的，是你给的啊！"

"哪里，那是你的命大呀！"

"对！是我的命大。因为从那时起，我的命就和你的命合二为一了，两条命合为一条命自然就大了。"

说到这里，W君停顿片刻，长嘘了一口气又说："咱们分别前最后一次见面是……"

P君接过话茬说："C城南郊公园。"

"是的，是南郊公园。"W君接着说："那是一次难以忘怀的、最后的、也是最美好的约会，我仍记忆犹新。我们在公园内聊天，观赏莲花池的喷泉，合诗……还有，在汽车站分手前你赠送我的两件……不，是三件珍物。"

"三件？哪三件呀？"P君问。

"一件是那本永远读不完的《爱》书，一件是那桃叶书签以及缀在上面的桃花彩带，彩带上你亲笔写的四句诗至今我还记得，你听：

春风杨柳絮花飘，园林深处觅春桃，劝君摘桃莫心焦，只待桃李红枝梢。”

P君听到这里羞涩而顽皮地“嘿嘿”笑了，她又问W君：“哪里还有第三件珍物啊？”

“这第三件，就是……分别时你上汽车前给我的那个不备之吻。”

P君听后娇柔地骂一声“你这小W，还是那么坏！”

W君继续说：“前两件我将永远珍藏，这第三件嘛……我要加倍偿还你！”说着，将身子更靠近P君的身边，扭头在P君的脸上轻轻一吻。

P君有些羞涩，但没拒绝。她也将身子向W君的肩、怀部靠紧一些说：“还就还吧！但不要加倍了，留给孩子们吧！让他们更加亲热、恩爱。”

听了P君上言，W君也放松下来。

他们毕竟是三十多年后首次相逢的老人了，总不能像年轻人那样热烈、疯狂。

但是，此刻他们的内心情感却是激情澎湃的。一时间，三十多年的思念、深爱筑成的闸门豁然拉开了。三十多年蓄积的爱河情水一涌而出，化作两股热流涌入彼此的身躯、神经和全身的每一个细胞……

荷花池旁草丛里，两只蟋蟀正此起彼伏地鸣唱着，传递着爱的信息，天空的月光张着笑脸将温和的光辉洒漫在大地，洒漫在所有相爱者的身上。超然于荷花池水面的大圆荷叶，散发着清香，给所有相爱者增添爱的芬芳……

啊！多么美好的夜晚！多么幸福的中秋月下之爱！

此刻，W君和P君已完全忘记了现实，又共同回到了当年。所不同的是当年是春光间的两溪难得汇聚的潺潺流水，而今则是秋高之下的两股汇融的滔滔情水爱河！

还是P君脑子清醒些，她收了一下激情，将话头一转对W君说：“你的妻子秋桃，一定非常爱你吧！”

“是的，她是一位好妻子。她勤劳、质朴、善良，她把全部的爱心都奉献给了我和儿女。”W君也收一收激情说。

W君长吸一口气继续说：“唉！如今我已是第三次生命了！”

“怎么个第三次生命啊？”P君问。

W君继续说：“我第一次生命是父母给的，第二次生命是那年在火车上那场劫难中你给的，第三次生命是医护人员和秋桃给的。我受伤后从昏迷中醒来第一口水是她喂的，第一次尿便是她接的，我伤病恢复后下床第一步是搂着她的脖颈挪动的。后来，撑上拐杖、甩掉拐杖都是在她的搀扶下一步一步锻炼学会走路的。

再后来，我的生活、起居、工作……一切都是她无微不至地照顾，就连我给你的每封信也是她寄出的。”

W君又深情地说：“她不仅可爱，对我也是有大恩啊！”

P君听到这里插话说：“所以，你理应很好地深爱她呢。”

“那是，那是！”

话说到这里，W君又把话拉回到P君身上说：“可你如今……”

“怎么？你看，我现在不是很好嘛！我身强力壮，有事业，有儿女，周围人对我也很好。对了，告诉你，我快要做奶奶了！”P君说着，有意做着自足、高兴的样子。

W君听了P君上述一番话忙说：“那我就祝福你，祝福你一家了！但是……”

“但是什么？”

“我是说，你的生活应当更美满一些。”

未待W君说出下文，P君打断他的话说：“我已经很美满了，我不想改变现在的一切，我要守在大尚的身边一辈子。”

短暂地沉默中，W君脑子里急速地感叹着：唉！命运啊！这就是命运！命运注定她与我有缘无分，终生为憾。可我失去了她这只春桃、仙桃，尚且得到了秋桃。而她，好容易遇到个叫什么李大尚的，他却抛下一对儿女过早地去了，可她还要苦守着那冢黄土一辈子！她太不幸了！太不幸了……

一阵秋风，荷花池旁的草丛骚动了一下，本在鸣唱中蟋蟀的歌声立刻消失了，高出荷花池水面的大圆荷叶扇动了几下，积在上面的露珠泪滴般地滴入水面上，发出“嘀嗒”“嘀嗒”的声响，那声响像是爱情韵律的音符，又像是为所有相爱者报时的钟摆声，“嘀嗒”“嘀嗒”“嘀嗒”“嘀嗒”……

又一阵凉风，P君觉得身上有些凉意，她从W君的身边移动了一下说：“哎呀，很晚了，孩子们和秋桃他们快回来了，咱们该回去了。”

于是，二人坐正身子，P君用手绢擦净面颊上的泪痕，再用手理了一下头发。

二人的月下聊天结束了。

从此，这一对不幸又是所幸的经世恋人，成了未来的亲家公、亲家母，友好、知己，两家如同一家。这是后话。

不一会儿，秋桃和孩子们都走过来，大家一道返回。

26

中秋月圆喜相聚，

南北万里统一家。

为了喜度两家人这难得的中秋聚会，W君和P君商定了近日的活动安排，并按计划进行活动。

农历八月十五日上午去大西南最大的园林基地参观。

中秋节早晨，P君和儿子李小尚起了个早床，去舍区街上大包小包地买了一些生、熟菜肴和糕点糖果等，准备晚上食用。

早饭后，P君一家由小尚驾车陪同W君一家去园林基地参观。

因园林基地庞大，P君确定只去近路的苗林园和桃林园参观。

汽车行驶不到半小时，即到达苗林园。

下车后，迎面就看到一个绿藤缠绕、花团锦簇的牌坊状大门，门楣上嵌一横长木楣牌，上书三个绿色大字——苗林园。

园内管理人员听说是P老师（即P君）陪来的客人十分客气地接待了大家。

在管理人员的陪同下参观开始了。

陪同人员先介绍说："这苗林园建于二十年前，是以桃老师（P君）为主的专家们规划、设计、建成的。面积2×1.5平方公里，叫苗林园，实际上里面除了有数千种植物苗种外，还有大片农渔养殖和成树林木、花果等。现在这里已成为大西南地区重要的树苗种供应基地。每年有大量苗种运往西南各地，在那里生根、发芽、开花、结果、成材，美化、改善了那里的生态环境和人民生活。"

作简要介绍后，陪同人员带引大家走马观花式参观，并不断作着介绍。

参观由南向北，由西向东，边介绍边参观，匆匆而过，约花了一个半小时。

整个苗林园有联系地分为五大片。南片为进大门后的各种花卉、盆景、艺术造型，西片为农渔养殖，北片为各种花果树木，东片为十几个大棚暖房，里面分门别类地种植着各种花果树木，藤蔓、各种幼苗。中间片是一个大池塘，池塘面上荷叶翩翩，水中鱼虾游跃。

总之，虽然是走马观花，但其场面已令人叹为观止，真是：树木花果，瓜藤鱼虾，应有尽有。且看：

那树，有松、柏、槐、杨、榕、樟、桑、柳、楸、椿、樗、桐……有常青，有落叶，有高耸，有矮茂，疏密，花簇叶繁，蓬蓬勃勃，好生气象！

那花，有梅、兰、栀、茶、金、银、牡丹……有的正花繁，有的正叶茂，红、黄、蓝、绿，万紫千红，喜气洋洋。

那果，有的正果，有的正孕，有的傲露枝梢，有的隐于叶后，红、黄、青、紫，竞相耍玩，可爱之极！

那藤，有老藤，有嫩藤，有青藤，有白藤，有红藤，有紫藤，有瓜藤，有豆藤。有的攀爬扭缠，有的超然架上，有的花团锦簇，有的叶茂繁荣，盘根错节，韧力劲长，令人振奋、坚定。

参观完了苗林园，又驱车约五分钟去东侧的桃林园参观。

刚下汽车，便看到由几棵桃树架长而成的一座绿色牌坊状大门，门楣上有三个大字——桃林园。

桃林园位于一片山丘地带，北高南低，一年四季阳光充足，十分有利于桃的生长育果。

陪同人员说：“这桃林园比苗林园要大得多，约占地二百亩，是十几年前桃老师规划设计的重点实验田园，里面种植着各种桃果树优良品种几十种，每年有大量桃果生产出售。”

观那桃林园遥远的四周种植着杨、柳等树木，貌同护林大堤，护卫着桃林不受狂风袭击，年年丰收有保障。

在陪同人员的带引下，大家开始参观。

因桃林园地块南低北高，所以参观不必走很多路，只站在南端瞭望即可尽收眼底。

在桃林园的南端每隔一片桃林竖有一块石碑，上有注明该桃林的名称，生长特性等。虽然陪同人员介绍了一些专业名称听不大懂，但只要宏观那片片不同桃树模样色彩，即令人感叹不已。只见那片片桃林间桃果累累，红绿相间，十分喜人。看那肥圆艳亮、蜜汁欲滴的桃果真令人欲望、欲摘。

约一个小时，参观完了桃林园即匆忙驱车返回。

在返回的路上，W君坐在车上，十分感慨地忖着：虽说P君受过千辛万苦，与儿女相依为命，十分艰难，但在事业上，她却取得了巨大的成就和成功，理所当然地受到了各方面的关注和尊敬，她荣获了国家级的园林科技大奖是当之无愧的。我虽然也取得了一些成绩，但比之她，仍如在校时一样，大悬她一筹。

当日下午，大家在P君家休息。

晚饭吃的较晚，一来是P君陪同去参观返回后再忙活着做饭，二来她有意安排得晚些，使晚饭与晚上的圆月活动相接。

晚饭前，P君与W君、秋桃商定的圆月活动的具体程序、项目。除了大致与P君她们往年的活动相同之外，要另外加一项活动，即举行一项李小蕊和柳小君的订婚仪式。秋桃提出按照大西北老家的婚俗进行。她刚提此话，P君突然略有所思地说："请等一下。"说着，她走入自己房间拿出一把戴鞘的短刀，并说："秋桃一说起，我倒想起来了，这短刀和刀鞘还是我和大尚当年的定情物呢！那就依这……"

P君的话没说完，秋桃立即从P君手中拿过戴鞘的短刀翻来覆去地看，看着看着，她抑制不住地哭了，弄得P君和W君疑惑重重。W君说："这不是商量着孩子的喜事嘛，你怎么又哭了？！"

秋桃沉默了一下，擦擦眼泪说："这短刀鞘正是当年我亲手送给大尚的，你们看，刀鞘的后面还有我亲手用火针烙上的密字——'莲'字。"

听秋桃此言，P君和W君都愣住了。P君拿过刀鞘仔细看，刀鞘的后面确实有一个隐约可见的烙字——莲。

P君愣了一会儿，长叹一声说："哎哟！太巧了！

太巧了！”说着她也流下了眼泪。于是对秋桃说：“秋桃妹，对不起，对不起！这刀鞘原本是应该还给你的。”

听二人悲切之言，W君赶忙说：“都别难过了，这是命运的安排啊！现在就让它们再传给咱们的后代，岂不也是一件美事！”

于是三人转悲为喜。P君又说：“这刀鞘是可以传给我女儿，叫她再给你们儿子小君作为情物。但这短刀，我要留着，这是大尚割血管救我的命用的，也是我的命。我要珍藏到死，带它和大尚一同长眠于这大西南的葱郁园林……”

秋桃听了P君一番衷肠之言，马上说：“大尚给你留的短刀，你自然应当永存。大尚当年送我的短刀，我已交给小君并已带来……”

W君听秋桃上言马上说：“这就好，P君将刀自己留存，将刀鞘传给女儿；秋桃将短刀传给儿子，订婚仪式上让小君和小蕊互相赠送上一代传给他（她）们的情物永订终身，太好了！太好了！”

就这样，晚上的中秋节圆月活动全部定下来。三位长者都十分高兴，然后P君和秋桃又各向女儿和儿子交代了一番。

中秋晚宴准备得很丰盛，摆了满满一大桌子。

待大家入座后，小尚、小君给大家斟满红葡萄酒，

P君忙碌匆匆地站立举杯说："今天是中秋佳节，为欢度这个传统的、美好节日，为我们南北两家相聚一堂共同圆月度佳节，来，大家干杯！"

于是，每个人杯中的葡萄酒红光闪闪，相碰叮当，各自畅饮。

吃过一阵，W君也站立举杯说："方才P君说得好，为了欢度这中秋佳节，也为了咱们南北两家统一家，为大家健康愉快，咱们再干杯！"

接着又是一阵杯碰盅响。

畅饮间，P君不停地给柳小君和春桃向碗里搛菜，并唠叨着说："没什么好吃的，家常便饭，大家别客气，吃菜，吃菜！"

秋桃接着P君的话说："哎哟，这么多好菜，好吃的，有许多我还是第一次吃呢，P大姐，谢谢你了！来，我敬你一杯！"

W君见秋桃为P君敬酒，也站起来说："来，我们同敬你一杯！"三位长者互相碰杯畅饮。

后面，下一代年轻人相继为三位长者敬酒，并互相干杯。

众人正酒宴方兴未艾，一轮明月悄悄从东方的树丛升起，洁白的月光洒在院子里，射向就餐的客厅。春桃见到月光，第一个先喊叫着："月亮上来了！月亮上来了！”

众人听后向院外观望，从客厅门前至整个院子早已洒满了月光。

于是大家匆匆收拾餐桌各自拿着自己的坐凳由客厅搬至早已布置好的圆月场地。

圆月场地，就设在客厅门外不远的院子里，两家人按长幼围坐于桌前。大圆桌上摆放着各种花卉盆景、茶、酒杯、桂花酒、月饼、干果及各种水果。那桂花酒，是P君家自采的上好桂花与甜米酒炮制；那茶，是苗林园出产的当年春茶；那水果，有鲜红、绿、紫葡萄，有丰盈大肥桃，有花红果子、苹果、脆梨、桔、柚；那干果，有西瓜子、葵花子、南瓜子、北瓜子，还有各种糕点、水果糖等。在桌子外围远处的地平上也摆放着更多的花卉盆景。那盆景，有象征长寿的松柏，有象征爱情的玫瑰，有象征和睦团圆的菊花，有象征奉献的栀子花……有的正花，有的叶茂，还有象征四季丰年的各种谷类青稞穗头和各种瓜类、藤豆……

东方的月光，皎洁明亮，犹如一位美女笑脸的容光妍泽，展现在大地，展现在山林，展现在园林舍区，展现在家家户户的院落里，展现在人们对月仰望的笑脸上。

啊，多么美好的中秋之夜！

参加圆月活动的主、客两家人依长幼主次围坐于大圆桌正、侧方。他们是：坐在主正位的主人家长——腰身笔挺、清癯、精神矍铄的P君；客人家长——身材略显肥腴，有几分儒雅风度的W君和妻子——身强悍壮、纯厚、质朴的秋桃。三位长者的两侧依次是：特意从家里接来的李小尚有身孕的妻子和李小尚、柳小君、李小蕊，柳春桃。不算小尚妻子腹中的胎儿，两家八口人全部团圆到场，真所谓中秋圆月共团圆。

圆月活动开始了。

首先选出李小尚当圆月活动主持人，在热烈的掌声中，他站起来说："今天的圆月活动经三位家长商定如下：

一、先由家长，妈妈致圆月祝词。

二、天、地、人共饮桂花酒。

三、向长辈敬献松柏寿桃和月饼。

四、李小蕊、柳小君订婚仪式。

五、圆月游戏活动——即击鼓传花猜谜游戏。

现在开始，首先请家长代表——妈妈致圆月祝词。"

于是P君站立致辞说：

"马年吉祥！圆月当空，天地同照，喜庆丰年，人丁兴旺，合家团圆。"

P君致辞完毕，众人欢呼，热烈鼓掌。

小尚又说："进行第二项，天、地同饮桂花酒。"

于是每人的杯中斟满桂花酒，P君先举杯望月领唱，众人随后跟唱："月老在上，天地人同饮我桂花酒，福寿安康，和睦团圆。"——众人齐举杯望月，首先将酒泼地少许，然后同饮而尽。饮罢，将空杯放于桌上，热烈鼓掌。

"下面进行第三项——向家长献寿礼！"

小尚宣布后，李小蕊、柳小君各捧一盆松柏盆景，李小尚、柳春桃各捧一盘寿桃和月饼走到座中央的三位家长献于家长面前，摆在桌上，三位家长站立接受。五位献礼晚辈共呼："祝长辈福寿安康！"三位家长点头表谢意。

"下面进行第四项——李小蕊、柳小君订婚仪式开始！请两位准新人站到前面来！"

小蕊、小君站立于桌前的花木盆景青稞花簇之间，面向家长及众人，先由柳春桃将两束红玫瑰花各交一束给准新人，然后主持人李小尚唱曰："新人交换爱情之花！"二位准新人各将玫瑰花佩戴于对方胸前，表示永生钟爱，并热烈拥抱。众人热烈鼓掌。

主持人又说："下面各自家长传承情物！"

于是秋桃将珍藏多年李大尚送的短刀传于儿子柳小君；P君将珍藏多年的短刀鞘传于女儿李小蕊。

众人热烈鼓掌。

接着，主持人在掌声中又说：“下面，两位准新人互相交换情物！”

于是柳小君又将短刀交于李小蕊，李小蕊将短刀鞘交于柳小君。众人又热烈鼓掌以表祝贺。

于是，二位准新人各自珍藏由上一代传承的情物。待选定佳期良辰时，短刀入鞘，终成伉俪，幸福偕老。

最后，二位准新人向家长跪拜，两家家长握手拥抱。

众人又一阵持久地热烈掌声。

上面节目结束，大家分吃糖果、糕点，喝桂花糖茶，吃月饼，吃干果，边吃边饮，边酌边谈笑，进入最后一个节目——击鼓传花猜谜游戏。

李小尚怕有身孕的妻子蒙累，先将其送回家休息。然后回来继续主持节目。

李小尚回来，众人正吃着糖果、月饼、干果，喝着糖茶赏月，开心之兴，他说：“今天的游戏和往年一样，还是击鼓传花猜谜。现在再说一下游戏规则、方法：

先由家长，我的妈妈执猜、准圆月牌，如牌上显示猜字，便开始击鼓传花，鼓止，花落谁手便从谜集盒内取出谜阄儿展示后自答。如答对了，妈妈手执的圆月牌上显示准字；如未猜对，则继续显示猜字不变。半分钟后仍猜不出，不得分，继续下一轮击鼓传花。

每答对一题得5分，总分第一名：奖桂花酒一瓶，第二名奖桂花糖一盒。祝诸位成功！”

首先，P君手中的圆月牌显示猜字——击鼓传花开始——

花刚传至柳春桃手中，鼓止，她只好哆哆地从谜集盒内取出一个谜阄儿展开看，上书：“什么树寿命最长？什么树树冠最大？”

春桃回答：“松柏树、白果树寿命最长，榕树树冠最大。”

大家齐看P君所亮出的圆月牌上显示出准字，答对了！两问各得5分。

第二轮击鼓开始，花传至秋桃手中，鼓止，她也从盒中取出阄儿展示：“竹子是否开花？辣椒花是花还是果？”

秋桃未加思索脱口说：“竹子怎么会开花？辣椒花的辣椒当然是花了。”

P君举的牌子仍显示“猜”字，未显示“准”字，超过半分钟。

秋桃答题不对，不得分。

第三轮子击鼓开始——花传至李小蕊手中鼓止，小蕊也笑着从谜集盒内取出一只谜阄儿展示：什么花最香？什么花朵最大？

小蕊想了一下说："桂花最香，牡丹花最大。"牌子由猜字立即转为准字，但复而又转为猜字，说明第一问答对了，第二问不对。小蕊又说："当然牡丹花最大了。"

"不对，玉兰花、葵花等比牡丹花大得多呢！"柳小君说。故李小蕊只得5分。

下一轮击鼓又开始了，鼓止，花传至柳小君手中，取出谜阄儿展示："什么花清幽香四溢？文人最喜爱？什么树结的果最大？什么树最小？"

小君毕竟是园林高才生，未加思索即说："兰花最清幽香，文人最喜爱，它还是四君子之一呢！"接着又说："椰果、波罗蜜果最大，但需说明的瓜类除外。老不大树最小。"

牌子显示"准"字，小尚全答对了，各得5分。

大家热烈鼓掌。

游戏一直反复进行着。

月光移到正南方偏西，P君对主持小尚说："不早了，该结束了。明天还有活动呢！"

最后，主持人宣布得分结果：第一名柳小君，得125分；第二名李小蕊、柳春桃各得120分。

由W君颁奖，奖柳小君桂花酒一瓶，奖李小蕊、柳春桃桂花糖各一盒。

其他人安慰奖，分掉桌子上吃剩余的糖果等。

中秋佳节圆月尽兴结束。

次日，大家睡了个懒觉，至上午九点才起床。

饭后，P君说：“今、明两天，大家自由活动。”

中饭后，李小蕊、柳小君又一溜烟地跑到外面去玩去了。春桃又到院子一个角落里去看小说。李小尚在自己小家中照顾有身孕的妻子，忙活家务。三位长者相约到舍区小街上逛玩。总之，大家稍放松了一下。

正是：月圆家圆人团圆

大西南北统一家

中秋月圆人团圆

27

游兴正浓。

农历八月十八，秋高气爽，祥云淡淡，天虽稍热，但仍不失为外出游玩的好天气。

早饭后，按原计划由P君、李小尚、李小蕊陪同W君一家去一百多里路以外的大西南旅游胜地水涟胜景游玩。

两家七口乘上李小尚驾驶的中巴车经过近两小时到达水涟胜景景点。

刚下车，展现在眼前的是葱葱郁郁的群山，沿石板路步行不远，即见一古藤缠绕而成的圆形大门。门楣上嵌一长方木牌，上书四个碧绿色大字——“水涟胜景”。

W君望着四个大字笑道：“咦！孙悟空有个水帘洞，这里还有个水涟胜景！”

P君听后也笑着说：“虽景点不同，但却有相似之处呢！而且胜过那猴子的老家水帘洞。”

“何以见得？”W君问P君，又说：“你能否先作一概略介绍，我们先有点概念，游览起来岂不更明白！”

“当然可以。”P君说。

于是，P君开始介绍。她说：“这水涟胜景是由天、地、水相结相连而成，共有五个分景点。从水的上游说起，依次是：太阳门、天水瀑布、涟漪潭、水涟洞、古藤崖。我们现在的位置是最后一景点。五个分景点四个是以水相连的。”说到这里，P君微笑一下、清清嗓门继续说：“相传在很久很久以前，天上极度炎热，连太阳公公也热得受不了啦，于是它到处寻找避暑之地，天上没找到，又到地上到处寻找。找到这附近，忽然感到一阵阴凉，一看，有一个山洞口，凉气全是从山洞口里喷出的，并听到从洞口传出呼呼的响声。再看四周的山脉，有多条小溪河汇流入那凉气洞口内。太阳公公在洞口乘了一会儿凉，然后用阳光向洞口内一照，嗬！里面彩光四射，十分好看。它索性进入洞内看个究竟。入洞不远，便见到由外面山脉溪流汇入的水流直冲入洞内，形成了一条大瀑布，又直冲入瀑布下的一个大水潭内。那水潭的水面因水的冲击形成的涟漪发射出多彩的波纹，好看极了。它再继续向洞内纵深走，又见洞中有许多洞岩、乳石，呈各种模样。人、兽、妖、仙，各种形象都有，十分奇观。太阳公公心想：这么舒适、好玩的地方，不妨就做自己的避暑胜地吧！于是从此每每天上太炎热时，它都要到洞内来避暑。”

P君说到这里，哈哈大笑了。接着她又说：“后来这山间附近的猴子也发现这里好玩，也常到洞内栖居，还常顺着洞外的古藤爬到这上面的山林间找野果子吃，所以这里也成了猴子们的居家了。”

P君继续说：“再后来，这里的风景被远近的人们发现了，逐渐就成了旅游胜地。再后来，经过反复人工修缮，就成了如今的模样。这水涟胜景之美名是何年何人所取，就不得而知了。”

P君说到这里，又哈哈大笑起来。最后她说：“这景点究竟怎么样，请诸位亲临实景看吧！”她又笑着对W君说：“不过，你这瘸子只好享受一下当地的滑竿轿子了！”

进景点总入口后，第一分景点就是千年古藤崖。它是由许多古藤从崖底的碧水湖畔攀爬至崖顶部，最早是猴子们上下的路径，后来人们沿着古藤修铺了一条石阶路，虽然仍不大好走，但人可以攀着古藤上下。因古藤沿途风景优美，所以古藤和这岩崖也成为水涟胜景的一个分景点。

W 君无可奈何地笑着坐上 P 君为他从附近雇请的滑竿轿子，在众人的簇拥、照顾下开始与大家游第一分景点古藤崖。

古藤崖有一百七八十公尺高深，陡峭的石阶路步履艰难，人们小心翼翼地攀着古藤，边浏览光顾四周的风景，边慢慢向崖下游览。时而停下，时而小心下行，心境渐爽。

沿古藤石阶下行不一会儿，本有些燥热的气温渐阴淡、凉爽起来。W 君优哉游哉地坐在滑竿轿上，不时地转动着头颈四处观赏。他感慨地说："确是个好地方，真是圣景难得啊！难怪那太阳公公和猴子们都看中了。"

P 君听后说："咳！这才刚开始呢！"

那千年古藤越沿崖向下越粗，粗大的约大碗口般，那细的，嫩的，花繁叶茂，蜿蜒扭结，树藤交错，那树，葳蕤森森，阳光只能从它们垂垂叠叠的孔隙间洒在石阶、壁崖上，形成一片片斑斓。说是太阳光，倒又似月光，树丛中的百鸟竞唱着"迎客歌儿"，悦耳动听。眼前的绿叶、花枝随风微微摇摆着，好像是摇枝相迎，又好像是与游人戏耍。好一个千年古藤胜景！

缓缓迤逦一个多小时，游至崖底的一条碧水河边的一块场地平台上，W 君乘的滑竿轿子停下来，眼前豁然出现一大碧水湖，湖面上有游舟往来。滑竿师傅说：“到了。”

柳小君搀扶W君下滑竿，众人在湖畔游览了一会儿，拍了照。

不一会儿，两条小舟划过来，P君、W君、秋桃、小尚乘一舟，其他人乘一舟，游船师傅轻摇划桨，小舟缓缓驶入湖面，悠悠而荡。摇船师傅不时地讲述着景点的特色、故事。

为何在古藤崖底部竟有如此之大的碧水湖？有如此美的山水风景？原来这是地壳地貌亿万年的变化形成的。碧水湖的水是从水涟洞内流出的，因碧水湖只有游船来往，无任何污染，故而湖水清澈见底，再加上水中绿色水生生物的衬托，就更显清透碧绿，故而称为碧水湖。不过人们已习惯将碧水湖和千年古藤崖统称为古藤崖景点。

在碧水湖内及四周划了近一个小时，众多的景观尽收眼底和照相镜头，然后小舟划至水涟洞口。

那水涟洞口约有小城门大，呈半方圆、多边角形，门楣上及两侧花、藤垂帘，滴水涟涟。门右侧的壁石上刻有绿漆显色上下排列的三个大字——“水涟洞”。四周古藤蜿蜒扭结，绿草茵茵。从洞内出来的空气阴凉湿润宜人，比外面湖面上更加舒适。只听摇舟师傅说：

“进水涟洞了，请游客不要站立、走动，注意安全！”

进洞不远，即见彩光四射，原来是人工布置的光源。洞壁两侧，凹凹凸凸，隐隐现现。不一会儿，又听到叮当悦耳的音乐声，原来那是两侧洞壁和洞顶部滴涟下的水滴击打洞内水面及洞中的回音发出的声响。

也真怪，游舟两侧水涟叮当，而游舟顶部却滴水没有，所以游客不会滴湿衣服。

随着小舟缓缓行进，眼前出现了各种奇形怪样的乳岩石，有的像人，有的似妖，有的如佛，有的如仙，有的如飞禽走兽，各种形象都有，彩光闪闪，栩栩如生，再加上摇舟师傅的故事讲解，就更加奇妙逼真，引人入胜。大自然真是万能奇匠，什么也能造就出来。

见了那奇妙的景观和听了摇舟师傅所讲的美妙故事，游人仿佛真的身临仙境，进入虫穴兽洞实景。

小舟在洞中天地水合一的水面上一会儿左，一会儿右；一会儿快，一会儿慢；一会儿视界开阔，一会儿又变窄狭。人们的双眼频收不暇……

好一个水涟洞圣境！好一个太阳公公和猴子猴孙们的休栖之地！

原来这水涟洞内的洞中河的水是由洞外山脉、山间的天水和洞内的地下水汇于一河，再加上洞壁滴水涟涟，又是猴子们栖居的地方，故而人们给它个名称谓“水涟洞”，将孙悟空的水帘洞的“帘”字改为“涟”字，故而既是名称相近，也有区别。不过，因为如今游人多起来，加之不断开发、搅扰，猴子们都跑到洞外及远处森林去了，洞内已没有猴子栖居之地。即使洞外的古藤林荫间也偶尔才见到几只野猴，也算是游人的一种遗憾吧！

坐在小舟上游览了半个多小时，忽见前方上部有一圆亮点，随着游船前进，那圆亮点逐渐变大，并见有多彩的光束射入洞中，不用说那就是太阳门了。

那多彩的光线、光束就是太阳从洞口——太阳门射入的。太阳门——这个名称确实取得好！

随着小舟摇近太阳门，便听到如风如涛的响声，并看到从太阳“门槛”上冲泻而下的大片瀑布，不用说，那就是开始P君介绍的天水瀑布景点了。因为那瀑布水是洞外上游山脉间流入的天水，故而取名天水瀑布，也十分恰当。

随着瀑布响声的增大、震响，小舟划入一个巨大的水潭中，那水潭的水泛闪着多彩的涟漪，啊！涟漪潭景点到了！只见从太阳门射入的阳光将水汽雾折射成各种光谱的彩带在水潭水面上鳞波闪闪，如锦似画。

小舟沿涟漪潭外围划至天水瀑布附近，只听到风涛呼啸巨响，举眼望去，水花四溅，气雾蒸腾，氤氲弥漫，好生壮观!

众人走下小舟，望着呼啸震响，流光溢彩的瀑布惊叹不已。W君说：“真是一个神功鬼雕之地！”P君听后说：“不然那太阳公公怎么会看中呢！”

众人边观赏边七嘴八舌地赞叹了一会儿，小尚免不了又给大家拍了不少好镜头。

大家先站着观赏了一会瀑布，然后又坐在涟漪潭边的石板上，脱下鞋袜，将双脚浸入泛闪着多彩涟漪的水面上，全身弥漫着紫气霞彩，真如仙境沐浴一般，陶醉至极。

参观完了五个分景点，小舟回程沿着另一条地下水河缓缓出洞。一路之上，又观赏了许多仙景奇石，此不赘述。

出洞后，W君由小尚搀扶出小舟，先在原地略休息，W君又乘上滑竿轿子又回到古藤崖顶部的平场地上，然后找一处休息。吃了一些自带的干粮，已是太阳偏西，又在附近作匆匆短游，然后众人满载游兴返回。

28

缅怀故去的亲人。

在休息闲聊中，终于谈到了故去多年——P君的丈夫李大尚。

因前些天两家人喜聚一堂欢度中秋佳节和各处游玩，P君有意回避谈及李大尚，以免冲淡了大家的兴致。但是，秋桃却一直耿耿在心，很想知道有关大尚的事，这也是她万里迢迢从大西北来大西南的目的之一。于是，她借着闲聊的话茬问P君："大尚究竟是怎么死的？"

秋桃的提问，立即使空气变得凝重了。P君此时也不回避了，她深叹一口气说："唉！提起来就让人难受。"但秋桃和孩子们却很想知道详细情况。

于是P君又深叹一口气说："那是在二十年前，也就是小尚六岁，小蕊一周岁那年的农历八月二十日，那天我正忙于园林的事，因大尚一只手不方便，我叫他在家帮我整理一些资料，也照顾着两个孩子。当日下午大约四点钟左右，我从外面回来，还没到家，在远处就看到家的上空烟雾弥漫，我正疑惑着：大尚在烧什么？怎么那么大的烟？当我走近家时，正碰上一个同村寨的人。她很惊慌地对我说：‘哎呀！P老师，你还不知道吧？你们家遭火灾了！’听她说后我急忙向家跑，跑到家门不远，只见两个孩子站在家旁路边哭成了小泪人，孩子旁边堆放了一些铺盖和我的一些书籍、资料，到处是灰屑和泥水。那泥水显然是救火时泼的，房子早已烧得不成样子，有的地方还在冒烟。我急问孩子：‘这是怎么啦？’两个孩子只管哭，说不出话来。正巧这时不远处的邻居胖嫂走过来对我说：‘P老师，你可回来了！不得了啦，你孩子爸爸被火烧伤了，正在医务室抢救呢！’”

“听她说后，我当即托她再帮我照顾着孩子，一个人急忙跑到医务室去看大尚，可进医务室却不见大尚的人，我问一位穿白大褂的女医生，对方说：‘你怎么才来？你丈夫被火烧死了，从你家运来已经不行了，现已搬到太平间去了。’她的话似晴天霹雳，我一阵昏晕摔倒在地。两位医务人员急忙抢救我。过了二十多分钟，我醒转来，已有许多人来抚慰我。在大家的陪同下，我到太平间去看，大尚已经是面目全非。

我哭天哭地，直到傍晚，人们才将我劝说回家。可是家早已是一堆焦砾狼藉了。还是那位胖嫂把我们娘儿仨扶搀到她家中暂住下。”

“那房子怎么办？”春桃问。

“被烧的房子是没用了，只能暂挤住在胖嫂家。直到一个月之后，在单位和众人的帮助下才又在别处盖了两间简易房，我们娘儿三人勉强栖身。后来又经过修缮和几经搬迁，直到五年前才搬到这里来。”

听了P君的诉说，秋桃早已哭成了泪人。她稍调整了一下情绪又问:“那是怎么回事？怎么会失火的？”

P君继续说：“事后，我断断续续地从孩子嘴里和邻居们那里才有些弄明白。原来那天，我到外面工作，大尚想烧点好吃的饭菜，待我回来一家人改善一下。也许是手不方便，也许又要照顾两个孩子，不慎灶内的柴草引烧到外面引起了火灾。火烧起来，他先将两个孩子抢抱到外面，又来回抢救我那些书籍、资料等。最后一趟跑进火场，正从上面塌下一根燃烧的大梁将他压倒，就再也没爬起来。邻居们来救火时还是从烧焦的大梁下把他拖出来的……”

听了P君的讲述，房间里所有人都哽咽了。他们哭那火场严酷的现实，哭两个孩子那么小就失去了父亲，哭P君一个女人家带着两个孩子当时无家可归的惨境，更哭大尚那舍命救孩子，救P君的资料的高尚品德的举动，也哭那大尚正当英年光灿而殒命的可悲可泣……

最后，还是W君安慰性地对大家说：“是啊，大尚是一位高尚的好爸爸，是一位高尚的好丈夫，是一位高尚的献身于园林事业的英雄。他把年轻的一生全献给了妻儿，献给了他可爱的家园，献给了大西南人，献给了园林国。我们有这样一位孩子的爸爸，妻子的丈夫，园林事业的同事，应当骄傲，应该自豪……”

慢慢地，大家的情绪才恢复。

农历八月二十日，按P君的计划安排，要去李大尚的墓地祭礼。这天正是李大尚去世二十周年祭日。

当日上午，P君与李小尚、柳小君三人去舍区小街上买了一些祭品。W君还特意嘱咐柳小君买了一只花篮，秋桃特意将送给P君家的西北大核桃和牛肉干留了一些准备为大尚祭礼用。

当日下午，晴空万里，阳光灿烂，两家人除有身孕的小尚妻子外，全去李大尚墓地为大尚祭礼。

李大尚的墓地位于P君现在住的地方的西南方一百多华里的一片三面环山东靠丘陵地带，路面蜿蜒向上，车速极慢，行驶两个多小时，在一片山林树苗园地停下，P君说：“大家下车休息一会儿，需要方便的去方便。”然后她与李小尚拿上车上带的锄头到一片松树苗地里挖了一株小山松，然后又到附近山坡上折了一些山花。原来她是要将小山松和山花拿到李大尚的墓地用。众人将小尚采来的山花整了一下，柳小君还在买的花篮上插了一些山花，另外整理成两束备用。

汽车继续开进，不到十五分钟，即到达李大尚的茔墓所在地。

原来那墓地是一片公墓，座西北、朝东南方向，约莫着有二百个坟丘包。墓地三面的群山苍葱森森，时下正是夕阳朗洁，松高天蓝，地上，绒绒秋草、黄花遍地。

据P君说：“三十年前，这里还是一片荒野，后来这四周逐渐建成了林地。这西北边倚山的一片则随着坟包的逐渐增加成了公墓，这里长眠的大多数是为建设大西南而献身的，他们继续守护着这块由他们用生命开发的郁林沃土。”

沿着花草如织的小道进墓地纵深不远，在一个被三面小山松环绕的坟包前停下，P君轻声说：“到了！”仔细看，坟包前的石碑上镌刻字右上方是：先夫×××年×月仙逝，中央的大字是：李大尚之墓。左下方是：妻、桃君携 子 小尚女 小蕊 敬立。

众人正肃穆立碑前，秋桃突然踉跄一步匍跪于碑前大声恸哭起来。只听她大声恸哭中，口中念念有词：“大尚啊，我可找到你了！大尚啊，我等了你多少年多少月啊！谁知你在这里！大尚啊，你的命好苦啊！大尚啊，我们的命好苦啊……”

在W君、P君及众子女的劝慰下，好容易才将秋桃劝慰搀扶起来。

正式祭拜开始了。

W君说：“来，我们全家先向大尚敬献花篮。”于是一家四口手捧花篮敬献于碑前。

接着，李小尚、李小蕊将折来的一束山花敬献于碑前。

然后，P君和秋桃点燃三炷香插于香炉中。

P君、小尚将三只酒杯斟满黄酒摆于祭桌上，再将带来的祭品一一摆好。

最后，秋桃将特意带来的西北大核桃和牛肉干泣跪摆于祭桌上，口中念叨着：“大尚啊，这是咱家乡的大核桃和牛肉干，我给你带来了！……”

悠悠香气缭绕于大尚的坟前上空……

夕阳普照，飒飒秋风，松涛潇潇，黄花摇曳，这纯美的大自然风光犹如天地的净手巨臂，捧拥着人们的无限缅怀、哀思，寄托予长眠的英灵，交予容纳英灵的富饶土地。

祭礼台上的香火正旺，供肴香气馥郁，果品清香，仙气缭绕……

P君叫儿子小尚从车上拿下锄头、铁锨和小山松树苗，走到大尚的坟左侧的一片生长正旺的山松前，用锄头掘一小坑，将带来的山松苗放入坑中，再与W君和秋桃三人一起各填土种好山松苗，然后小尚到附近河沟里打了一小桶水，缓缓浇灌于松苗根部。

W君和秋桃站在松前观看，这时他们才弄明白，原来P君一家人以往每年来祭拜时都要在坟侧种上一棵小山松苗，今天是第二十一棵，这二十一棵是两家人共种植的。

种好松苗，P君和W君带着孩子们先后一一在大尚的坟头上添土一锨，然后小蕊再在坟头上插上几株山花，这已是他们历年来为大尚祭拜的程序。

秋桃看到这里，本十分沉重而悲哀的心情舒然多了。她完全看出，她的接替人，如今的亲家P君一家没有亏待大尚，即使二十年后，也始终如一。

祭拜桌上的香燃完了，供奉结束了。P君一家三口列跪拜于碑坟前，W君一家四口列站于后，P君和小尚点燃纸钱、锡箔元宝献于英灵，然后各三叩头。小尚将酒杯内的酒缓缓泼地。

秋桃用小尚的锄头在大尚的坟前挖一小坑，将供奉的大核桃和牛肉干埋于坑内，口中又念念有词：“大尚，你没用完的大核桃和牛肉干放在这里，以后用吧！”说着，她又鼻涕眼泪地跪拜泣然，然后与W君及小君、春桃列后向大尚碑坟深深鞠躬。

秋风阵阵，纸币、元宝燃烧的香灰仙然飞天。

刚祭礼毕，W君正向四周张望，P君对儿子李小尚说：“小尚，你去把我叫你留的一束鲜山花拿来！”

小尚遵母示，从汽车上把另一束鲜山花拿来，正欲交给妈妈，P君说：“你将花交给柳小君，让他陪我们到那边去一趟。”

听P君上言，W君正要问，P君对W君说：“你还记得老同学杨君，杨大个子吗？”

“记得，那可是一个大好人呀！”

“是啊，是大好人，还是一名英烈呢！”P君说。

“怎么？他？”W君惊问。

“已经逝世二十多年了。”

“怎么死的？”

“是在一次修筑公路中，因山体垮塌遇难的。当时，他本可以逃生，但为了救右脚受伤的同事——老同学樗君，你还记得他吗？就是那个会说大话，全身患有瘙痒症的樗君。当时情急之下，他背起樗君就向侧远方跑，刚把樗君放至安全地，发现垮塌山体下还有一个西南籍的工人，他又冲至那工人身旁，刚拖着那工人向侧方向疾跑，高处的山体又二次垮塌，情急的瞬间，他奋力将小工人抛出。小工人得救了，可他却被石头绊倒被垮塌下来的巨石压住。当人们将他从巨石下救出来时，人已面目皆非断了气。可怜一个大好人就这样献出了还仅四十岁的生命。他的英灵遗骨就在不远处。”

W君听后深为感叹地说：“噢，原来是这样的，真是一位舍己救人的大英雄！大英烈！”

“是啊！杨君牺牲后，园林基地专门为他开了隆重的追悼大会，他的壮烈行为和一生的优秀品德曾鼓舞着一代人，不过，随着时光的推移，知道他的人就慢慢少了。”

“那被他救的小工人还在吗？还有那位老同学樗君如今？……”

“小工人后来调走了。那位樗君，我只在为杨君召开的追悼会上见到过他，再后来，就不知去向了。”

“后来你常到杨大个子的坟前祭拜他吗？”

“只要我来祭拜大尚，总要去他的坟前插上一束鲜山花。”

“有没见樗君来祭拜杨大个子？”

“从没看到过。”P君说。

二人谈话间只用了六七分钟即走到杨君的坟墓所在地。

杨君的坟墓坐落在一片墓林间，一看就是一座老坟地，坟头上下长满了杂草和小灌木丛，各色的草花随风摇摆着，坟前墓碑的镌刻字勉强能认出：“杨君，长林烈士之墓。”墓碑背面有简短的墓志铭，简要铭述了烈士的英雄事迹、牺牲年月。可惜多年风化和被杂草掩盖已看不清楚。

W君和P君并肩肃立，将鲜花献于墓碑前，然后深深三鞠躬。

向回走的路上，W君感慨万千地对P君说：“是啊，我们的同学为园林国，为大西南、大西北的开发建设，已有多人献出了自己的生命。到大西北去的，至去年棘君去世为止，已有四人献出了生命。”

P君听到这里急插话说：“怎么，棘君也死了？几年前我在园林科技大会上还见到他过嘛！他还荣获了三等奖呢！我当时曾经向他打听你的下落，但他说他不知道。”

听P君如上说，W君说：“他怎么不知道我？我俩从毕业到去大西北一直在一起共事。”

“那他为什么说不知道？”

“也许他心里有鬼呗！唉！这个人你又不是不知道。”于是W君将棘君在医院临终前向他忏悔他当年如何因私心诬蔑、攻击自己，后来毕业时如何将P君寄的两封信有意丢到垃圾堆里，以后又如何剽窃自己的文章，攫取科技大会代表名额及得奖杯的事一一讲述给P君听。P君听后深为愤慨地说：“这个人可真可恶！”

“说他可恶一点也不为过。要是没有他和樗君的耍坏，从中作梗，你我也许早已……唉！现在说这些已没有用了。他临死前忏悔过，也走了！我们也老了。”

听了W君之言，P君长长地叹着气无言回答。W君又说：“唉！也是咱们的命运该如此吧！他也走了，不说他了。他也算是为大西北人献身了！”

二人谈着，不一会儿又回到大尚的墓地附近。秋桃及孩子们正在休息等候。

已是下午四时半，大家收拾东西上车返回。一路无话。

29

三情浓融，南北一家永相牵。

葱郁园林，四季繁花美似锦。

祭拜大尚的第三天，W君对P君说：“到这里已时不短了，给你们全家增添了许多麻烦，你们也很辛苦，我们要办的事也全办好了，我们该返程了。”

P君考虑到还要上班，也未再强留，于是说：“别客气，你们决定要走就走吧！”二人不免又情深意浓地叙说了一番，并商谈了李小蕊和柳小君的婚事。

P君和W君将秋桃、小蕊、小君都叫来，想先听听他们的想法。小蕊立即说：“我们准备明年我毕业后旅行结婚。路线是大西北、大西南及园林国的名山名水。”小君也同时点点头。

三老听了二人的想法、打算，一致同意。他们知道，小蕊说的大西北、大西南自然是各自的家乡。小夫妻俩的婚期放在小蕊毕业后举行也是三老的想法，婚期双双到各自的家去住一段时间更是三老所希望的。

就这样，小君、小蕊的婚期和完婚形式定下来，三老也算了却了一桩心事。

免不了秋桃与两个后生又交谈了一些婚期的具体细节问题。

两家人又沉浸在即将分别的难舍难分的浓意之中。

W君对P君说：“这次相聚后何年何月再相聚也说不定，不过，两个孩子（指柳小君和李小蕊）总要常来常往，咱们就各自珍重吧！”

P君说：“等再过些年，我不上班了，也到大西北去玩玩，那时不就又相聚了。”

“那真是求之不得呢！我们就翘首以待了！”W君说。

但是，究竟何年何月再相聚，谁也说不定。因为虽然两人均已是花甲之年，但身体都很硬朗，园林事业也离不开他们。不过，再也不会如前那样遥不可期了。因为他们已是亲家或说是一家人了，何况如今交通便利多了。

二人一直交谈到很晚。

次日，农历八月二十三日，P君的儿子李小尚先将急于返校的李小蕊、柳小君送往机场，后又回来再送W君、秋桃和春桃去汽车站。

送君再长终有一别，P君站在汽车站向汽车上的W君、秋桃一家频频招手，双眼充满了热泪，直至汽车远去，视线模糊。

W君一家三口离开P君家后去园林国的几个名胜景点游玩后，又去拜访了几位老同学、老朋友，于农历八月底返回大西北。

几十年的期盼、想望，总算如愿以偿，美梦终成为现实。

W君一家三口回到家，都感到满足。更可喜的是儿子柳小君的婚事也订下来，只待明年他们完婚归来了。

于是，W君和P君这一对当年的恋人，如今的亲家公、亲家母、老同学、友好知己又恢复了鸿雁往来。

不过，如今通一次信可不像以前那样几个月还难收到对方的信。如今要是航空转寄信，只需几天就能收到，方便多了。

光阴似箭，不觉已是次年夏末，儿子柳小君来信说："准媳妇李小蕊，已顺利毕业。由于成绩优良，学校已同意她留校任教。"这样便实现了与柳小君同留校任教的夙愿，他们正计划着暑假期旅游结婚的事宜。

一日，W君又收到了P君的来信，并附有佳作。

信中说：

W君，你好！全家好！

日月如梭，不觉别后又一年。W君，去年你们一家光临寒舍，虽无厚招待，但相处得很愉快，唯有一样，就是由于时间短，安排紧，我又忙于家务，未能好好静以畅叙，觉得还有许多话未说。

自从你们走后，在业余、闲暇或夜静之时，不免又浮想联翩。从幼小时的育苗兄妹，到青年时期在校时的愉快生活，想到毕业前夕不期而别的终生遗憾，想到多年失去联系、思念、期盼之苦，以及后来漫长岁月的酸甜苦涩的桩桩件件，又想到鸿雁帮忙建立了新的联系的愉悦和彼此书信相叙的畅快……直至想到去年如愿以偿地愉快相聚……

在雅兴之际，草拟了几段五言对对句，以表心意。现抄给你，请雅正之。全文如后：

茫茫天地间，风雨霜雪寒。
孤零桃柳苗，飘落在林山。

雨露阳光灿，生机遍盎然。
邂逅桃柳林，兄妹情相连。

校园同窗读，无间互帮组。
四载共甘苦，诚挚爱敬慕。

风云急突变，棒打鸳鸯散。
尘霾雾漫漫，知谁北和南?

日间思念苦，漫漫长夜难。
酸甜苦辣涩，泪水腹中咽。

花开花又落，流水深又浅。
悠悠乾坤转，屈指三十年。

天高秋菊黄，中秋月正满。
西南喜相聚，两家共团圆。

月下笑语声，情长意绵绵。
促膝泪相叙，洗却离愁怨。

涟洞浮扁舟，仙境别具天。
琼浆流潺潺，妪翁犹做仙。

匆匆又别离，依依望再见。

两家统一家，天涯永相牵。

三情永相系，南北永相通。
天高山地宽，园林更青葱。

衷愿：
早春柳叶青，秋桃艳更红。
鬓白更奋蹄，晚来有新功。
妻贤儿女孝，家欢乐融融。
心是老顽童，寿若南山松。

W君看过P君写的五言佳句妙语，仔细推敲，倍感欣慰，忆往回首，激情满怀。于是，也写了一段散文，以表回敬。那散文如下：

天高地远，风旋树展，桃柳飘落在林园。

春光夏雨，秋风冬寒，日晒水旱，共祸同甘。

清山秀水，悠悠河畔，润雨绵绵。

春风吹动，园林吐艳，桃花倒影湖水间，彩光灿灿。

皎月当空，绿柳弯弯，柳丝摇影水中探，是赏？是看？是期？是盼？是爱？是恋？碧波涟漪眨眨眼，无语夜更阑。

风摇柳梢丝打弯，柳枝摇曳把气叹，虽是咫尺距，水中月难揽。要说有缘也无缘，要说无缘也有缘。

忆往兮，多少日，同窗共读，多少次，学识共研；多少次，漫步街巷，多少次，促膝相谈；多少次，欢歌笑语，多少次，坐默无言；多少次，花前月下，多少次，爱恋绵绵；多少次，絮语未来，多少次，憧憬美满。

突然间，风云急，天地变，棒打鸳鸯各离散。灰茫茫，雾漫漫，不知天高地多远？不知谁飘北和南？

日间思，夜梦幻，相依偎，情绵绵，醒来仍是野荒原。

光阴荏苒天地转，峥嵘坎坷几十年。水还是水，山还是山，水绕山麓山更绿，山连水边水更蓝。

喜今日，金秋叶红阳更灿，百虫伴歌月更圆。谁说是，秋叶红枯，老柏水干？谁说是蜡梅无荫，秋尽冬寒？我却说，不是春来胜似春，涓流千山倍清湛。

且看那，一句句，一段段，意切切，情绵绵。好一个，邂逅桃柳林，兄妹情无间。好一个，同窗共读，五载共苦甘。好一个，诚、挚、爱、敬慕，两心相连。好一个南北万里，天涯永相牵。

更喜那，中秋月圆夜，两家共团圆。涟洞浮扁舟，仙境别具天，脚沾涟漪波，身浴瀑布烟，琼浆流潺潺，妪翁犹做仙……只觉得，苍葱密雾，神魂荡然。

不惜春花夏绿叶，不惧天涯万重山，但求得，金秋叶红，冬腊笑枝傲霜寒。

W 君将写好的散文和一封信一并装入信封，然后交予秋桃寄出。他轻轻地嘘了一口气，看看墙上的时钟离晚饭还早，又如往常一样，扶杖走到院外马路上吹风散步。

日子过得也快，不觉暑假期到了。儿子柳小君和新媳妇李小蕊按既定计划双双回大西北旅行结婚。

早已作好一切准备的 W 君和秋桃热烈地接待了儿子和媳妇。

小夫妻在家期间，一家人欢乐愉快之情不必多述，自可想象。半个月后，儿子、媳妇离开，又去各地旅游，然后去大西南李小蕊家，假期结束，小夫妻返回学校工作岗位。此不多述。

园林国的天空大地春过夏至，秋去冬来，乾坤往复，风花雪月又十多年过去了。

身居大西南的P君曾有过多次想去大西北与W君一家再相聚一次，但由于种种原因均未能如愿成行。不过，虽抱有未兑现之憾，但女儿李小蕊、女婿柳小君却常往来于两家，所以两家人虽遥隔万里，却仍如同一家。

越是好年过得越快。如今的W君、P君和秋桃都已是耄耋和古稀之年退休在家安度晚年。但是，他们彼此之间仍如当年“三情”执着相与。他们或则书信，或则诗歌，或则电话，短者数日，长者一年半载互相传递着彼此的情谊、心声，真所谓“三情凝融，连贯旷世”。

虽说P君未如愿能亲身去大西北与W君一家相聚，但他们早已约定，每年的中秋节，即农历八月十五为两家人的相逢相聚团圆日。

就是说，作为亲家之相聚日；作为朋友、知己之相逢相叙日；作为两家之团圆日。

日月如梭，一年一度的中秋佳节又到了，这年正是P君七十八岁，W君八十岁，秋桃六十九岁。

这年的中秋节，他们两家要在一个明月下分三个小家度过。即：在大西北的W君、秋桃和女儿春桃一家；在大西南的P君一家和在园林大学的柳小君和李小蕊一家。

三家人按约定，各自在一轮明月下进行中秋圆月活动。

P君一家还如往年大致一样进行圆月活动，因人少比较简短。

圆月活动结束后，孩子们在整理收拾家务，P君又如往年一样一个人到院子的小植物园内浏览、散心。

如今P君院内的植物不仅更百花齐放，而且在四周的墙根还种植了一些绿柳，其寓意不说自明。

P君在院中小植物园内边浏览边思索，回忆着每一种植物从植种、培育，到成长、开花或结果的漫长过程，并不断深深地叹息着长气。她每叹息一口长气，都蕴含着一段往情故事，脑子里不断地过着“电影”，历历往事又一幕幕涌上心头。她又回到了往日那五彩缤纷、喜、忧、哀伤，畅、顺、坎坷年代……

大约半个小时后，P君又长叹一口气从小植物园中慢慢走出，然后移步走出院子。随着她身躯的缓缓移动，明月也在她身后留下一片蠕动的身影。那身影犹如一幅巨大画面上的一抹重彩，洒在院内每一种植物上，洒在院外的葱郁园林之中。

仍如往年一样，P君刚走出院门，孙女知道她又要到舍区休闲场地散步，赶忙跟随、搀扶着奶奶走出院外，走向舍区休闲地。

休闲场地如往年一样，头上的明月还是那么圆，那么明亮，空气还是那么清新，那么怡静，游人还是那么悠闲。

仍如往常一样，P 君在孙女的陪同、搀扶下，先围着荷花池漫步，祖孙二人边聊天边赏月，享受着月光的沐浴和中秋的夜色。当走至以前坐过的石凳前，看到石凳上有人坐，祖孙就继续绕着荷花池漫步，待石凳空了再坐。

祖孙二人绕荷花池转到第三圈，见石凳空了，便并肩而坐，聊天赏月，或观赏月光下的翩翩荷叶。

孙女的情绪特别活跃，她一会儿赞叹荷叶，一会儿赞叹月空和星星。她仰头望着圆月，忽然说："奶奶，人家说月亮里面有嫦娥或有玉兔，或有老婆婆纺棉花，究竟里面是什么呀？"

"你认为是什么那就是什么。"奶奶说。

"我认为嘛……月亮本是一面巨大的反光镜。"

"没听说过。"奶奶说。

孙女又说："你想，月亮的光是太阳照上去的，地球上的月光是月亮的光反射下来的，那月亮岂不是一面大反光镜！"

"说的倒也是，可那……"未待奶奶问出口，孙女又说：“那月亮中的嫦娥、玉兔，还有纺棉花的老婆婆什么的，实际上是月亮上的一些山脉、沟壑之类的被光折射出来的影子形象而已。”

“哦！孙女聪明！没白读这些年书。”奶奶夸奖说。

孙女又说：“此刻在大西北的柳姥爷、淳于姥姥他们和在中部的姑姑、姑父他们一定也在赏月。他们那里的月光也这么好吗？”

“全国的天气都好，大家都在一个月亮之下，他们那里的月光一定一样好，一样亮。”奶奶肯定地说。

按照往常，每年中秋节日，来荷花池旁赏月，奶奶P君都要在这石凳上独自一个人默默地坐一会儿。所以，孙女与奶奶聊了一会儿之后便说：“奶奶，你坐着，我到那边去看看还有没有没蔫的荷花。”

孙女走后，P君又如往常一样，一个人静静地坐着，她仰头看一会明月，再看看荷花池水面上的粼粼月影和那碧绿的大荷花圆叶，又侧耳听着草丛里蟋蟀的鸣唱声……

P君深深地吸一口含有荷叶清香的清新空气，脑子里又设想着此时此刻远在中部的女儿女婿及远在大西北的W君一家正在赏月的情景。一会儿，又回忆起了当年与W君一起时的种种愉快的情景……

一阵清风，荷叶上的露珠滴入水面，发出清脆的

“滴答”声，P君不由得又回忆起十多年前那个中秋之夜与W君也是在这石凳上那美好幸福的相聚……可是，可是如今坐在一旁的每次都是小孙女，和W君只有那一次，只有那一次啊！

想到这里，她觉得鼻子一阵发酸，泪水流进了鼻腔。她正抽吸着鼻子，忽听孙女走至身旁说：“奶奶，风有点凉，可别感冒了，咱们回去吧。”

P君用手绢捂抹一下鼻子，站起身来，祖孙二人又缓步返回住处。

就在这同一天，同一个中秋节日的下午，远在大西北的W君又如往常一样，于晚饭前在秋桃的陪伴下，又到他们常去的马路上吹风、散步。

二人摇摆着身子，迈着稳重的步子，款步而行。虽然此时大西北已有些秋凉风大，但对这一对经受过多年大西北风吹霜打的老人来说，一点也不妨事。他们从不惧怕风沙雪雨，如往常一样迎风稳劲而行。当二老走至一座石桥旁，二人互相搀扶、照应着拾石阶而上。走至桥面上的石栏杆一石凳前，秋桃说：“这桥上很好，可以居高远望，坐下休息会吧！”于是她手搀W君在石凳上坐下。

二人并肩坐着，舒心地望着远近的风光歇息。

煦阳透过桥边的疏密柳树丛，在两位老人身上洒下片片斑斓，几片黄叶掉落在二老的肩背上。二老各自看着所见的风光风貌。

秋桃远近看了一会儿，忽然见近处的柳树丛枝梢上一对鸟雀儿正在嬉舞弄俏，她直看得出神。不一会儿，两只鸟雀忽然展翅鸣叫着飞向远方。不一会儿，又有一只不知名的、十分美丽的小鸟飞落在柳枝梢上，将柳枝梢压得颤颤悠悠，继而那美丽的小东西用清脆的歌喉唱起了歌儿。它没唱一会儿，在远方的树丛里又传来了相似的鸟鸣声。听得出，它们正在遥相呼应，传递着某种信息。那信息是何含义，秋桃听不懂，她只管入神地盯着近处的鸟儿听着，微笑着。

此刻，W君独自扶杖从石凳上站起身来，走至一旁的桥栏杆前，用手抚摸着石栏杆。他站在十分熟悉的石桥上，手扶石栏杆，俯瞰桥下的潺潺流水，他又陷入了遐迩的深思回忆中。

W君还清楚地记得，四十多年前，这里还是荒野中的一片乱水石滩，污水溢流无羁，蚊虫、小咬、水蛇、毒虫横飞乱串。有一天，他和同事们因勘测作业，身上实在汗泥酸臭不堪，便走到烂泥河中洗澡，可刚脱下衣服不一会儿，漫空的蚊虫、小咬几乎叮满了全身，直感到全身先痒后痛，以致麻木肿胀。匆忙撩了几把水，即爬出水滩去穿衣服，可刚拎起衣服，竟发现有两条蛇正蜷曲在衣服内，他惊恐地拖着衣服边喊边跑，边跑边甩。一直跑到这里，当时，只有一些踏脚石的地方，才将衣服穿好。

后来，是由他为主的进行规划设计，将这脏、乱、污的乱石泥水滩建成了清澈河流，又在原本只有一些乱踏脚石的乱石滩上建起了这座石桥。而如今，这里已是宽阔大道，柳树成荫，桥下流水潺潺，鱼虾游跃……

W君又站在桥上引颈平栏远眺，他的视线越过无际的葱郁园林，越过苍葱葳蕤的群山，越过多彩的夕阳，仿佛又回到了大西南，又见到了P君。不一会儿，又回到了园林大学，他和P君及一群年轻人正活灵活现活跃在校园中。他和年轻漂亮的P姑娘——P君又在热烈地研讨着园林课程，以及曾经发生的那些欢乐、忧伤的故事……

随着思绪，他又忆起了在大学时对未来的美好憧憬，那有趣的“攀跃高峰，放飞未来”的游戏活动，忆起了毕业时与P姑娘不期而别的终生遗憾。继之他的思绪又回到了在大西南与P君一家聚会的愉快以及那个中秋节晚上与P君在荷花池边月下聊天的情景……还有那依依不舍的泪别……

一阵凉风，吹拂着W君那稀疏的苍发，他的视线又移向无际的苍山翠林，他仿佛又回到了三四十年前的大西北的生活。他们终年在群山荒野中，在寒风密雨间与天斗，与野兽、毒虫以及与饥渴、灾害、事故斗，所付出的艰辛、汗水乃至鲜血、生命。

他又望着眼前无际的葱郁园林，锦绣江山自慰又自豪地想着，这大西北的大好河山、葱郁园林也有他的一份汗水。为了这大西北的开发建设，他与在大西南的P君以及许许多多献身于园林国的人一样，虽然他失去了一条腿，但换来的却是大西北的葱郁园林的锦绣江山和大西北人民生活品位、水平的提高。他虽然失去了许多，但没有失去人间“三情”，他无悔于人生，无愧于大西北人民和这片大地。

W君又将视线移向眼前清河旁那片片茵茵嫩树苗和那片片随风摇曳、五颜六色的绒绒小花小草。他感叹着：啊！新一轮的生命又开始了！

“你又在发什么愣啊？天不早了，咱们回去吧！晚饭后还要中秋赏月呢！”

秋桃的话打断了W君的思绪，他转身淡淡一笑，深深地吸了一口气，扶杖走近秋桃。

W君与秋桃又相互照应迈着稳重的步子走下石桥。

夕阳照映着两位老人的身躯，他们仿佛更高大了。

当日晚饭后，W君在房内随意翻弄着一本《诗词集》，秋桃正在收拾餐具，忽听住在不远处的女儿春桃进院门就大声嚷着："爸，妈，有客人来了！"秋桃急忙迎出去一看，是女儿陪同一位住宅区的管事的送来一篮子水果和一包糕点，来客放下东西只说了几句中秋节祝福的话就走了。

女儿帮妈妈洗了一些水果，又帮妈妈将小矮桌子摆放在院内的桂花树旁说："爸，妈，今天我加班，我和孩子、孩子他爸都不来了，晚上你二老自己赏月吧！玩得开心点！别太晚了，早点休息！"说罢匆匆离去。

不一会儿，小院内月光明亮，桂香扑鼻，秋桃将女儿洗好的桃、梨、苹果、葡萄各分盛入盘内，另外还特意摆放了一小盘大干核桃和小盘牛肉干，后两样显然不是二老能吃的，秋桃自知是为谁摆放的。

摆好水果、干果后，秋桃又搬两把藤椅放于小矮桌前，然后大声喊W君："月亮上来啦，好出来了！"

W君刚看完《诗词集》中苏东坡的名作《水调歌头》："明月几时有，把酒问青天，不知天上宫阙，今夕是何年……人有悲欢离合，月有阴晴圆缺，此事古难全，但愿人长久，千里共婵娟。"听到秋桃的喊声，扶手杖走出房门，仰头望一下明月，与秋桃并肩坐于藤椅上。

二老坐定后，先仰头望着明月，彼此无话。过了一会儿，秋桃说：“人家说月亮里面是什么玉兔、嫦娥什么的，我看像是个小男娃。你看，他还戴着帽子呢！月亮上面一定很冷的。”

W君似乎没听见秋桃的话，此刻，他正望着月亮回味着《水调歌头》里的佳句呢！他默默地感叹着：写得多好啊！真是千古佳作呀！

秋桃见W君只思考着自己的，并没注意她的话，于是又换一个话题说：“你说，此刻小君一家及大西南他P阿姨一家一定也正在院中赏月吧？”

“那肯定是。”这回W君听清了秋桃的话。他又说：“各小家各自赏月可没有那年大家集中在他P阿姨家热闹呢！”

秋桃接着W君的话茬说：“是啊，何时还能再聚集在一起，再搞一次中秋圆月活动呀！那就人更多更热闹了！”

“……”W君未回话。

秋桃见W君无话，便拿起水果刀和苹果说：“吃点苹果吧！”

“不！不！”

秋桃换一只梨，刚要用刀削皮，W君又说：“不吃。”

秋桃又换一只软肥桃，W君看一眼也摇头说不吃。

秋桃又从盘内一大串紫葡萄上摘下一只大紫葡萄，

正准备递到W君嘴边，W君又摇摇头说："不吃！不吃。"秋桃只好作罢，顺手将摘下的紫葡萄放进自己嘴里。

一阵秋风，桂花树上飘落下些许桂花，有的落在二老的肩背上，小院子内的桂花香更馥郁扑鼻了。

秋桃说："你坐着，我去端茶来。"

秋桃走进房间，冲好两杯奶茶，再从小瓷罐中捏出少许前几天才从自家小院中的桂花树上收集并晒干的新鲜桂花撒入奶茶中，然后双手端至W君座前的小矮桌上，并说："风有点凉，喝杯热茶吧！"

W君看一眼有些冒热气的桂花奶茶，向秋桃投去一感激的目光，但未动手端茶杯，仍在若有所思地望着天空中的明月。

又过了片刻，秋桃又说："这会儿奶茶正香，不烫了，喝吧！"

听了秋桃二次劝茶，W君略收了一下神，将赏月的目光移至茶杯上，端起茶杯至嘴边微微呷了一口，然后又将茶杯放下。与此同时，秋桃也端杯呷了一口。两杯桂花奶茶微微冒着香热气，二老继续闲聊、赏月。

小院中悠悠清风，桂香、奶茶香馥郁扑鼻，二老望着明月，再看看满小桌子的果品和热香奶茶，默默地、不约而同地、发自内心的祝愿：让这袅袅桂花奶茶的香气，托载着满桌上的新鲜和干果的香气以及最良好的、最亲切的祝愿，随风飘向院外的葱郁园林，飘过千山万水，飘向远方的亲人……

尾 声

日出日落，白昼夜黑，潮起潮落，乾坤反复。春夏秋冬，四季相继，抽芽叶茂，开花结果，落叶常青，生生死死，死死生生，高山流水，永无停息。

若干若干年后，在园林国的东南方，有一片广袤的天地。那里的天、气、风、云、群山大地、江河湖泊、动、植物……一切都是原生态貌，圣洁原味，灵气缭绕，钟灵毓秀。那里的天，阴，则云雾缭绕，细雨霏霏，甘露滴滴，万物滋润；晴，则青空万里，阳光灿灿，彩霞辉映。那里的天空大气透明万里，一尘不染。

那里的群山、湖泊、河流互为通融，天地相接，天水合一。

那里的风，清清悠悠，爽气宜人，吹得大地苍葱翠绿，百花竞妍，如织如画，吹得群山龙飞凤舞，吹得江河湖泊碧波粼粼。

就在那圣洁天地南端，母亲河的一条重要分支正缓缓通入其中，犹如一条长长的明带，蜿蜒延伸、川流于那圣地的群山脉间。

那明带，碧水清澈，涌涌波波，缓缓而下。它的两岸，或则悬崖峭壁，或则葱山翠岭，或则黝林森森，峭峰冲天，雾不见顶。那明带的河水，时而宽不见边，时而窄如彩链，蜿蜿蜒蜒；时而一边山高水深，一边水浅见底，绿草茵茵，碎花片片；时而果树累累，鸟语花香……

当宽大、悠长的明带河水流至一座险要的大山，那大山上连青天，下接碧水，忽然将河水分流，隔分成两股，一股主干沿大山左侧直向下游远方山间泻去；另一股次干沿大山右侧缓慢溢流至一大片无际的群山脉间，形成了众多的大小不一、形状各异的河流、湖泊和群岛。远望去，那些河流、群岛上接茫茫苍穹，下连网潭碧水，在阳光照耀下彩光斑斓，紫霞飞扬，十分美丽壮观。

在群山河潭网的右近侧，沿河畔有一片广大的湿地，那湿地因地质形貌和自然条件不同，又形成了许多不同的地块片，有的是沼泽泥滩、茅草丛生，风起浪涌；有的是灌木葱葱，奇葩异草，蜂蝶飞舞；有的是乔木林森，鸟语花香，生机盎然；也有的或鹅卵彩石，或金色沙滩，或绒绒花草，如织如画……

在一个春天的早晨，阳光明媚，空气清新，附近的小动物们照例到靠近大河分岔口不远的一片鹅卵石河畔饮水、洗澡、玩耍。小水鸭因路近先来了，小乌龟来了，小山羊来了，小野兔、小松鼠……也来了，最后来的是小猿猴。众小动物们喝过水，洗完澡，又在鹅卵石上晒太阳，晾羽毛，它们跳啊、唱啊，互相嬉玩啊，十分快活。

小猿猴一边蹦跳着，一边啧啧地说："太舒服了！太舒服了！"其他小动物们也同声说："是啊，太舒服了！这里真好！"可唯独闷卧在河边的小水鸭不吭声。众小动物正对它投去一丝疑惑的目光，小水鸭却开口说："这里好是好，但到了热天却不好。"

"为什么？"众小动物们问。

"到了热天，太阳太毒热，上空炙烤，水热发烫，连鹅卵石也是火热的。到那时，你们都到远处的树荫下乘凉，我却因鹅卵石地太大，又火烫路远去不了，只能在烈日下曝晒，可真不是滋味！"

"你可以钻到水下避暑呀！"众小动物们齐说。

小水鸭又说："水下虽可避暑，可不能一直闷在水下呀！那多难受，一点也不好玩。"

听了小水鸭的话，众小动物无以回答。

过了片刻，聪明的小猿猴忽然想出了主意说："要是在鹅卵石滩上种上一些柳树就好了。那不就有了纳凉避暑之地！我们大家都可受益。”

听了小猿猴的话，小山羊深叹一口气说：“唉！可惜这一带山上山下没见到一棵柳呀！”

“那就种别的树呗！”小松鼠说。它内心想，最好种松树。

听了小松鼠的话，颇有些资历的小乌龟说：“这你就有所不知了，别的树生长缓慢，也不易成活，只有柳树才易成活，长得快。”

正当小动物们没主意之时，忽见河上游视线的尽头与天际相接处漂移着一模糊绿叶。随着那模糊绿叶移近，仔细看，方看清是一支小绿枝，再靠近漂来，那也不是树枝，而是一只用柳枝扎成的筏子，上面还站着一位少年和放了一些柳树苗。那少年约十四五岁，头上戴着一只用翠柳软枝扎成的头圈儿，上身穿一件白色布坎肩，手撑一根柳枝撑竿，下身穿蓝色布裤，双裤腿脚挽得高高的，赤双脚，正微笑着向小动物们漂来。

柳枝筏子刚靠近鹅卵石河畔，小动物们便叽叽喳喳拥向前看新鲜。有的说“他是捉鱼的”，也有的说“不！他一定是天上或什么地方飘来的仙童子……”

小乌龟恭敬地对少年说：“你是何方来的神童？”那划筏子的少年笑着说：“我是来种树的，尤其擅长种植柳树。”

听说少年是种柳树的，小动物们高兴极了。小水鸭说：“这回好了，可以种柳树乘凉了！”不容分说，小动物们一拥而上，七手八脚地帮着少年搬下筏子上的柳树苗和植树工具。

少年听完了小动物们正想种植柳树，便一口答应，但又说：“不过，要种柳树乘凉，必须自己动手才行。只有亲手创造的成果才有享受幸福的权利。”小动物们听后齐说：“好！我们都愿意亲自动手干，但是……”

少年马上说：“不会？没关系，我教你们种。”

于是，大家齐动手，按照少年的指导，有的挖坑，有的扶苗，有的浇水，有的填土，不一会儿，便在鹅卵石滩一带种了许多柳树苗。种好柳树苗，少年又说：“你们还想种何树？”小蜜蜂、小蝴蝶说：“我们要种许许多多含蜜的花儿！”

小松鼠说：“我要种许多松果树！”

小山羊和小黄兔说：“我们要种大片大片的嫩草肥草！”

“我要种……”

少年打断众小动物们接连不断地提着种植愿望说：“你们的要求我都答应，但是，还是那句话，不劳动者不能享受成果。”他又说：“谁先亲手创造出的第一批果实就先给谁祝贺生日。”

听了少年的话，小动物们都表示愿意干活，亲手为自己创造幸福。

于是，少年又撑着柳枝筏子去母亲河上游运来了许多好的树苗和优质花草，带领、指导小动物们在大片的湿地和群山、岛屿间种植了许多植物花草，并勤于浇水、育苗、修缮管理。

从此，小动物们与少年成了好朋友、好伙伴、好师徒。小动物们也常到少年的住处做客、玩耍。

可也真神，小动物们亲手种植的植物生长得特快，第二年春，便是花草如织，柳树成荫，把一个本就美丽、壮观的湿地群山点缀得更加繁茂美好了。

次年春末的一天，是小水鸭的生日。按照约定，少年和小动物们先为小水鸭举行“祝生日快乐”活动。小动物们各自带上自己的礼物，小水鸭也把自己的礼物拿出来，好好庆祝了一番。

祝贺小水鸭的生日活动结束后，小动物们在鹅卵石地蹦呀、跳呀、歌唱呀，玩得十分开心快活。可唯独小猿猴不大高兴。有阅历的小乌龟早已看出来，便对小猿猴说：“小猴子，为何不高兴啊？莫不因为……”

没待小乌龟说出口，小猿猴就说：“看，小水鸭多开心！它过了一个十分快乐的生日。可是，我的山上只有少数既酸又涩的野果子，我过生日却吃不上最好吃的果子。要是到我过生日那天能有大甜肥桃吃，那该多好！可是……唉！真没劲！”

就在这时，又忽见河上游视线的尽头与天际相接处漂动着一绿叶嫩枝，待那嫩枝绿叶逐渐移近，仔细看，却是一只用桃树枝扎成的筏子，再移近，见筏子上还睡了一个长发小姑娘。在她身旁还有一堆桃树苗和种树工具锄头等。

那小姑娘约十二三岁，面如桃花，十分秀美。她脖子上还套着一只用鲜艳桃花枝扎成的项圈儿。只见她身穿一件翠绿色短连衣裙，赤双脚，此刻正微闭双眼在甜睡呢！

小动物们见到突然出现的天仙般的小姑娘，都叽叽喳喳地惊异着。少年忙说：“别惊动她！她一定很劳累了。”

过了一会儿，那桃枝筏子慢慢靠近鹅卵石河畔，接着，竟停下来。小姑娘也醒来，只见她用双手揉揉双眼嗲声嗲气地说：“哎呀，这是什么地方呀？”

少年忙微笑着说：“这是你要到的地方，快下来吧。”

小动物们见状七嘴八舌地问道：“你是何方的仙女？怎么漂到这里来？”

“你是一棵桃仙吗？来这里做甚？”

“你一定……”

“我是来种桃树的。”小姑娘说。

听说是来种桃树的，小动物们高兴极了，尤其是那小猿猴，高兴地直蹦跳。

少年和小动物们似迎接好朋友、老朋友一样，热情地将小姑娘筏子上的桃树苗和植树工具一同搬运到少年住的乔木林旁的小草棚屋里。小动物们都忙着为小姑娘送好吃的，甚至是好玩的。

小姑娘刚吃完一只青果子就说：“走吧，快去种植桃树去！”

于是少年和小动物们领着小姑娘，撑上满载桃苗和种树工具的筏子，沿着少年种的柳树行河畔先到小猿猴所在的岛山上种植桃树。小猿猴及其众猴子猴孙们，按照少年及小姑娘的指点齐出来参加种植桃苗。它们要亲自动手为自己创造幸福。

在小姑娘及少年带领、指导下，没多久就在几座岛山上种植了许多桃树苗。

后来，少年和小姑娘又去母亲河上游运来许多上好桃树苗及其他树苗，在湿地及附近的群山上种了许多桃树和其他果子树。

确是有些神！当年种好的桃苗，当年就抽芽叶茂，次年春，即开花结果。刚至春末，即桃果累累。眼看着满树的累累桃果即将熟透，小猿猴们更是高兴地日夜管理，护卫着桃果树，只待摘桃享用了。

夏日的一天，种桃小姑娘和种柳少年撑着筏子，带着小动物们来到猴山桃岛上，他（它）们要来收桃子为小猿猴祝贺生日了。

种桃小姑娘和小动物们先摘了一些熟透的大肥桃，放在几只木条篮子里，摆放在岛山脚的一片绿草地上，小动物们也摆起了自己各自带来的礼物，祝贺小猿猴生日的活动开始了。

有资历的小乌龟先说：“今天我们特来为小猿猴祝寿，为小猿猴们祝贺丰收节日！”

一阵热烈掌声后，小动物们各自献上自己的礼品。小姑娘选一对上好的大肥桃献给小猿猴说：“祝你生日快乐！”

小猿猴在热烈掌声中狼吞虎咽地将两只大肥桃啃光吃尽，然后大小猴子猴孙们一起将几篮子肥桃一一分给众小动物们。小动物们边吃着又甜又肥的鲜桃，边开心畅怀地祝贺小猿猴生日快乐。

祝贺小猿猴生日快乐活动刚结束，种桃小姑娘又说：“小猿猴们，这猴山桃岛今后就由你们管了，我预祝你们种出更大更甜的大肥桃，年年大丰收！”

小动物们临走前，小猿猴让大家到桃山上尽情地玩了一会儿，又各自带了好多上好肥桃回去，算是对它们的回礼。

后来，又先后为小野兔、小山羊、小雀鸟、小蜜蜂、小蝴蝶等举行了“祝生日快乐”活动。

当年初冬是有些资历的小乌龟的生日，虽然它个头小，因为它在小动物中最年长，遇事有见解，有主意，所以小动物们都很尊敬它。如今，它的生日，大家都主动、热情地来为它祝寿。每个小动物又各自带上自己的礼物赠予小乌龟。

为小乌龟“祝生日快乐”活动开始前，众小动物们各自将自己的礼物摆放在鹅卵石河畔的场地上，摆了好大一片。

祝贺小乌龟的生日开始了！

小乌龟一一深表感谢。种柳少年和种桃小姑娘一并向小乌龟祝寿说：“祝你生日快乐！感谢你为大家付出的智慧和爱心！祝你高寿又高寿！”

小乌龟十分感激大家，它说：“我首先感谢种柳小哥哥和种桃小姐姐！是他俩给我们这里带来了幸福！我也感谢众小动物们今日之盛情！我也没什么好成果、收获，没有大家的功劳大，为了感谢大家，我虽没好礼物馈赠大家，只把积攒的一些蛋，除留下孵育后代之外就赠给大家吧！”说完，它将一篮子蛋摆在鹅卵石上。

听了小乌龟的话，大家热烈鼓掌。

接着，就是娱乐节目。众小动物们在鹅卵石河畔各自表演自己最精彩的节目，尽情地跳呀、唱呀、舞呀，一直到尽兴。

祝小乌龟生日快乐活动最后，小乌龟郑重地对大家说：“我有一个建议。”

“什么建议？快说！”众小动物都说。

小乌龟说：“我的建议是：咱们这里所以有今天的幸福快乐的生活，全是柳、桃二位少年来指导、帮助、带领创造出来的。可是，他两位已来这里三年多了，却从没为他们举行过祝生日快乐活动。所以，我建议也为他们举行一次祝寿活动。”

“好！”“好！”“好！”小动物们齐响应。这时，小猿猴急忙说：“可我们不知道他们的生日是何月哪日呀！”

听了小猿猴的话，少年柳马上说：“我的生日是八月十五日。”

“我也是八月十五日中秋节。”小姑娘说。

“那你们是同年、同月、同日生了？”小乌龟插话说。

“不！我比她大两年。”种柳少年说。

“噢，是同月、同日生。”众小动物又齐声说。

小乌龟又说：“那太好了！待到明年中秋节日，我们都来为你们二位祝寿，举行一次更隆重、更热烈地为二位‘祝生日快乐’活动。”

“谢谢大家的好意。”两少年说。

日子过得飞快，不觉已到次年中秋。

中秋节那天，天空彩云飘荡，阳光灿烂，整个湿地群山呈现出一派欣欣向荣。鹅卵石河畔的场地上更是一派节日气氛。小动物们把身上洗晾得干干净净，带上自己的礼物，手挽着配偶、子女和朋友，成群结队都到鹅卵石场地来为二位少年祝贺生日。

鹅卵石场地上摆满了各种礼品和鲜花香草，只待“祝两位少年生日快乐活动”开始了。

可原本每次活动都早到场的柳、桃两少年今天却迟迟未到场。

小乌龟说：“可能他们昨天干活太劳累了，今天起晚了。要不，去他们的住处看看去，请他们来？”

小山羊和小黄野兔齐说：“我们跑得快，我俩去。”

小山羊和小兔子飞快地跑到二少年的住处看，可出乎意料的，二少年的住处空无一人。小山羊到高坡上去四处瞭望，小兔子到角角落落处去找均未见二人的身影。无奈，小山羊和小野兔又回到鹅卵石场地，并说明未找到二位少年。

小乌龟听说后急说：“快！咱们到大河边去看看。”

小动物们跑到大河边，不仅没见到二少年，连他们用的筏子也不见了，急向大河下游望去，在下游的远方彩霞中，隐约可见二人模糊的身影在移动。众小动物们齐大声喊道：“柳哥！桃姐！柳哥！桃姐！”

大概柳、桃二人听到了小动物们的喊叫声，他们回过身来高高地招着手也喊道：“小动物们，再见了！再见啦！朋友们，再见了！”

看着二少年远去，小动物们着实有些难过、失落。但是，它们能理解二人的不辞而别。

于是，小乌龟说：“咱们祝贺二少年生日快乐活动照常举行！让我们衷心祝贺柳哥、桃姐生日快乐！祝愿他们开发出更多的新园地！祝愿他们永远年轻、幸福、永长！”

后 记

我是一名专业离休医生，为病人治病、服务一辈子；与病人和医护人员打交道一辈子。也写了一些医学专业文章。但对文学写作却是门外汉。只是有点爱好，平时也喜欢看看文学书籍或写点文学题材的东西。

71 岁全离休后，没有别的爱好，便开始写一些非专业性的文章。先后写过几十万字的传记文学、散文等。后来，又试着写创作性小说。

《葱郁园林》是我写的第一部创作性的小说习作。手稿完成后，我鼓着勇气呈送我的老首长——上海金秋文学社社长杨在春教授审阅。他看后给了我很多鼓励，并建议我送出版社出版。但我缺乏自信，只自费装印成册送亲朋好友看。经过几年的送阅，不少读者也建议我去争取出版。所以我又对原书稿作了修改、校对，打印成电子文稿，准备发送给出版社，看究竟怎么样？

我写此作品的基本情况在杨在春教授所作的《序

一》和胡慈姚书记所作的《序二》中作了介绍。下面我再对写作构思相关的脉络做几点简要赘述。

（一）为何用童话式写法？

完全是为了提高作品的趣味性、可读性和艺术性。但不是纯粹的童话小说。

（二）为何从宇宙—地球—世界—大自然—植物世界写起？

是为了勾勒一个大自然的，具有生命天性的大空间，以展示、衬托在这个大空间内所发生的故事中的人物，特别是主人公的宽广胸怀和伟大的献身精神。

（三）作品为何有意不涉及政治、经济和具体的年代时间、背景，只写人与大自然、人与人之间的关系？

是为了将故事写成一个一般性的放之四海而皆宜的需要。

（四）为何用拟人化写法，把植物人格化，人性化，也把人写成具有一些植物属性的特点？

是为了表述人与大自然的密切相关性，也是为了提高作品的艺术性所采取的写作手法。

（五）为何故事中主人公的爱情故事写得那么曲折、离奇和磨难多多？

是为了表明创建和谐社会并非易事，是要付出代价的。要小爱服从大爱，积小爱为大爱，乃至血汗生命的付出；也是表明大爱的“纯金”始终如一，即使肉体泯灭，大爱亦存。

（六）为何作品的尾声中一下子又写成了纯童话故事？

是为了与开篇的童话故事前后相呼应，也是为给主人公在乾坤反复中有个好的结局，更是给读者一个童话的憧憬原生态世界，让读者轻松、愉快地结束阅读。

最后，在本书稿送出版社之际，不管是否出版，我首先特别感谢杨在春老师几年前在大热天用了半个月的时间，对拙文稿进行细致的审阅，作了多处画龙点睛的润色，最近，又以90岁高龄为本书稿作序。我也感谢宁波二院胡慈姚书记在百忙中也为拙作作序。我也要感谢家人、子女以及一切为本文拙作劳动的人。

由于本人思想境界不高，写作水平低，难免有谬误和错误之处，敬请读者批评、指正。

王世绪